Das Buch

Die charmante, ehrgeizige Laura Walsh ist Produktionsassistentin bei KEY News in Manhattan und dort für die Videonachrufe zuständig. In den letzten Jahren hatte Laura dabei ganz erstaunliches Glück: Immer wieder mussten die Konkurrenzsender nach überraschenden Todesfällen von Prominenten eilig etwas zusammenschneiden, während Laura einen perfekt vorbereiteten Nachruf aus der Schublade ziehen konnte. Ihre Kollegen haben sie daher scherzhaft den »Todesengel« getauft. Aber dann stirbt jemand *sehr* überraschend und wieder hat Laura einen Videonachruf vorbereitet. Weiß sie zu viel? Ist sie vielleicht doch ein »Todesengel«? Und was hat das mit dem kürzlich in Lauras Heimatstadt entdeckten Skelett eines Jungen zu tun, der vor vielen Jahren in einem Freizeitpark spurlos verschwand?

Die Autorin

Bevor Mary Jane Clark mit ihrem Roman *Ich sehe was, was du nicht siehst* zur Bestsellerautorin avancierte, war sie Produzentin bei CBS News. Sie hat zwei Kinder und lebt in New York City.

Von Mary Jane Clark sind in unserem Hause bereits erschienen:

Ich sehe was, was du nicht siehst
Ich weiß nichts von dir

Mary Jane Clark

Du weißt zu viel

Roman

Aus dem Amerikanischen von
Anja Giese

Ullstein

Ullstein Taschenbuchverlag 2000
Der Ullstein Taschenbuchverlag ist ein Unternehmen der
Econ Ullstein List Verlag GmbH & Co. KG, München
Deutsche Erstausgabe

Titel der amerikanischen Originalausgabe: Let me Whisper in your Ear
(St. Martin's Press, New York)
Übersetzung: Anja Giese
Redaktion: Verlagsbüro Dr. Andreas Gößling und Oliver Neumann GbR
Umschlagkonzept: Lohmüller Werbeagentur GmbH & Co. KG, Berlin
Umschlaggestaltung: DYADesign, Düsseldorf
Titelabbildung: ZEFA, Düsseldorf
Gesetzt aus der Sabon, Linotype
Satz: Josefine Urban – KompetenzCenter, Düsseldorf
Druck und Bindearbeiten: Elsnerdruck, Berlin
Printed in Germany
ISBN 3-548-24895-0

Für meine Eltern,
Doris Boland Behrends, die mich dazu ermutigte,
meinen Traum, bei den Fernsehnachrichten zu arbeiten,
wahr zu machen …
und für Fred »The Fed« Behrends, der mir, so hoffe ich,
ein paar seiner kriminalistischen Gene vererbt hat.
Danke, dass ihr mich in den Palisades-Vergnügungspark
mitgenommen habt!

Prolog

»Palisades Amusement Park …
Swings all day and after dark …«

Die beiden Jungs zwängten sich, wie schon so viele andere vor ihnen, durch das enge Loch im Zaun. Dass ihre Eltern nicht wussten, wo sie sich herumtrieben, steigerte den Reiz des verbotenen Vergnügens nur.

Sich mit zwölf Jahren nachts in den Palisades-Vergnügungspark zu schleichen, das war cool. Tagsüber, wenn der Vergnügungspark geöffnet war, hatten sie das schon oft getan. Direkt hinter der Freispielbühne war in dem Zaun, der den ganzen Park umsäumte, ein Loch. Viele der hiesigen Kinder wussten von diesem Loch und schlüpften hindurch, um keinen Eintritt zahlen zu müssen. Sie hatten keine Ahnung, dass der gutherzige Besitzer des Vergnügungsparks das Loch sehr wohl kannte, die Wächter aber angewiesen hatte, beide Augen zuzudrücken. Er wollte einfach nicht, dass einem Kind der Einlass zum Palisades-Vergnügungspark verwehrt blieb. Außerdem würden die Eindringlinge ihr Geld, wenn sie einmal drinnen waren, genauso ausgeben müssen wie alle anderen auch.

Sich tagsüber hineinzuschleichen war eine Sache. Es nachts zu tun, wenn der Park geschlossen war, eine ganz andere. Da aber in ein paar Tagen die Schule schon wieder losging und der Park zum Winter geschlossen werden würde, konnten sie nicht länger warten. Wenn sie ihre Belohnung von Emmett eintreiben wollten, dann hieß es: heute Nacht oder nie.

Vom Licht des frühen Septembermonds geleitet, eilten die Kinder den düsteren Mittelweg hinunter, voller Vorfreude darauf, endlich in den Genuss ihrer Belohnung zu kommen. Vorbei am verrammelten Ballonspiel und am Katzenspiel, vorbei an den geschlossenen Birkenbier- und Roastbeefständen. Vorbei an der Bingobude, wo noch vor wenigen Stunden Frauen und Männer gesessen und sich in ihren kurzärmeligen Baumwollhemden und Sommerröcken eifrig rote Plastikchips über Pappspielbretter hinweg zugeschoben hatten.

Und da war er endlich. Der Großvater aller anderen Attraktionen, der Zyklon. Gegen den mondhellen Himmel ragte die größte, schnellste, furchterregendste Achterbahn der Welt dunkel und bedrohlich vor ihnen auf: ihre Belohnung für eine Saison, in der sie Botengänge für Emmett erledigt hatten.

Die Spitze einer brennenden Zigarette glühte in der Dunkelheit und zeigte ihnen an, dass Emmett bereits auf sie wartete. Als sie näher kamen, sahen sie, dass Emmett nicht allein war. Diese kurvenreiche Brünette mit ihren hautengen Wrangler-Shorts, die schon den ganzen Sommer über um ihn herumscharwenzelt war, klebte auch heute Nacht wieder an ihm.

»He, Knirpse! Seid ihr bereit?«

Sie blickten sich an und nickten ängstlich. Was ihnen tagsüber großartig vorgekommen war, nahm nun in der Nacht eine ganz andere Dimension an. Ihre Begeisterung schlug in erregte Furcht um. Wie würde es sein, ganz allein in der Dunkelheit auf dem Zyklon zu fahren? Würden sie ihren Plan wirklich ausführen und die Mutprobe durchziehen, die sie sich gegenseitig auferlegt hatten?

Keiner von beiden wollte als Erster den Schwanz einziehen und so kletterten sie in einen der weißen Holzwagen der Achterbahn. Sie setzten sich nebeneinander, die Hände fest auf dem metallenen Sicherheitsbügel. Das Herz hämmerte ihnen aufgeregt in der Brust, als sich der Wagen langsam in Bewegung setzte. Das metallene Klappern der Zugkette hallte unheimlich in der Spätsommernacht wider.

Entsetzlich langsam stiegen sie hoch über den Palisades-Vergnügungspark auf. Unter ihnen schimmerte die Skyline von New York City, während sie unaufhaltsam zum höchsten Punkt des Zyklons emporkrochen.

Was genau danach geschah, würde erst nach Jahrzehnten geklärt werden. Als aber die Fahrt zu Ende war, saß nur noch ein Kind im Wagen.

Die Weihnachtszeit

1

Dienstag, 21. Dezember

»Wenn ich dich sehe, muss ich an den Tod denken.«

Laura Walsh, die in ihren Armen vorsichtig einen Stapel mit Videobändern balancierte, drehte sich zu ihrem Boss um und grinste. »Vielen Dank für die Blumen, Mike!«

Sie hatte es wieder einmal geschafft. Manchmal beunruhigte es sie, wie viel Befriedigung ihr das verschaffte. Berufliche Befriedigung. Sie war wieder einmal vorbereitet gewesen und hatte gute Arbeit geleistet.

Der Tod eines Menschen. Im Normalfall ein trauriges Ereignis mit weit reichenden Folgen für die Hinterbliebenen. Für Laura Walsh jedoch bedeutete der Tod viel Arbeit, zumindest unter gewissen Umständen.

Heute war es ein alter Filmstar, eine Schauspielerin, von der es schon seit längerem hieß, dass sie es nicht mehr lange machen werde. Laura war vorbereitet. Nur wenige Minuten nach Bekanntgabe des Todes durch den Presseagenten der Schauspielerin lief ein zweiminütiger Videostreifen, der das Leben der Bildschirmlegende rekapitulierte, über das KEY Television Network und konnte dort von Millionen von Zuschauern verfolgt werden.

Wenn sie sich überhaupt darüber Gedanken machten,

dann wunderten sich die Fernsehzuschauer wahrscheinlich, wie schnell die Fernsehleute alles zusammenstellen und senden konnten. Um ein ganzes Leben auf zwei Minuten verdichten zu können, waren doch sicher lange Recherchen und knifflige Entscheidungen nötig, was man berücksichtigen und was man weglassen würde. Ganz abgesehen davon, dass ein Skript geschrieben werden musste. Brauchte man nicht etwas Zeit, um so was zu schreiben? Allein an die alten Kinoausschnitte ranzukommen musste doch wahnsinnig schwierig sein. Wie schafften sie das alles praktisch im Handumdrehen?

Tatsache war, dass sie es nicht im Handumdrehen schafften. Laura Walsh hatte den Nachruf auf den Filmstar schon Monate vor dem Tod der Diva geschrieben und produziert.

»Makaber«, »schaurig«, »ungeheuerlich«, »krankhaft« waren nur einige der Adjektive, die Laura sich anhören musste, wenn sie den Leuten erzählte, womit sie ihren Lebensunterhalt verdiente. Aber Laura liebte ihre Arbeit. Wenn sie an ihrem jeweiligen Projekt – oder »Opfer«, wie Mike Schultz es nannte – arbeitete, verstand Laura sich nicht als »Todesengel«, wie ihre Mitarbeiter sie neckisch getauft hatten. Vielmehr sah sie sich in einer verantwortungsvollen Position. Sie wollte der jeweiligen Person gerecht werden, denn sie wusste, dass die Bilder, die sie auswählte, überall in den Vereinigten Staaten zu sehen sein würden. Und durch die zahlreichen und komplizierten Verträge der Pressebüros, die KEY News mit den ausländischen Fernsehanstalten hatte, würde ihre Arbeit schließlich weltweit zu sehen sein.

Die Nachrufe waren Zusammenfassungen von Leben und Werdegang einer im Rampenlicht stehenden Persönlichkeit. Eine Art Minibiografie. Laura wusste, dass andere von KEY News es für bescheuert halten würden, Videonachrufe zu produzieren. Sie fühlte sich jedoch geehrt.

Sie wusste ebenfalls, dass sie für eine derart verantwortungsvolle Position mit ihren achtundzwanzig Jahren recht jung war. Vor sechs Jahren hatte sie das College abgeschlossen. Da zu ihrem Studium ein Praktikum gehörte, hatte sie in dem Sommer vor ihrer Abschlussfeier als Schreibkraft bei »Hourglass« gearbeitet, dem hochkarätigen TV-Nachrichtenmagazin. Zu Lauras Glück, das sich als dauerhaft erwies, hatte die glamouröse und manchmal sehr scharfzüngige Gwyneth Gilpatric, Starkorrespondentin des Fernsehsenders, sie unter ihre beeindruckenden Fittiche genommen.

»Lass dich von keinem dieser Hirnamputierten hier einschüchtern«, hatte Gwyneth sie beruhigt. »Die meisten sind eigentlich okay. Nur ihr Ego und der Druck machen, dass sie so besessen wirken. Denk dran: Wenn sie schreien oder herumbrüllen oder so tun, als ob's dich nicht gäbe, dann liegt das daran, dass sie so auf das konzentriert sind, was sie gerade tun, und daran, dass sie eine Heidenangst davor haben, einen Termin nicht einzuhalten oder einen Fehler zu machen. Es ist nicht gerade lustig, daneben zu greifen, wenn dir dabei Millionen von Menschen zuschauen.«

Laura bemühte sich, an Gwyneth' Ratschlag zu denken, wenn wieder einmal einer der Produzenten oder Redakteure von »Hourglass« sie in jenem Sommer anfuhr. Sie hatten einfach ständig Bammel, ihren Job zu verlieren. Joel Malcolm, der Chefproduzent von »Hourglass«, hatte seinen Leuten unmissverständlich eingebläut, dass er die CBS-Sendung »60 Minutes« von ihrem hohen Ross zu stürzen gedachte. Wer nicht sein Bestes gab, um sie diesem Ziel näher zu bringen, hatte bei »Hourglass« nichts verloren.

Das war die allgemeine Stimmung während der sechs Jahre gewesen, die Laura jetzt bei KEY News war. Nach ihrem Collegeabschluss hatte sie sich von ihrem ersten, äußerst schlecht bezahlten Job als Schreibhilfe über die Stellen einer

Sendeassistentin und der Assistentin des Produzenten zur Koproduzentin hochgearbeitet. Bei KEY News stellten sie Namen ein. Wenn man Mist baute, flog man raus. Hier gab es kein Pardon und keine Zweitbesten.

Bislang hatte Laura nie Anlass zur Klage gegeben. Sie war ein Goldmädchen. Ihre Chefs mochten sie und übertrugen ihr mehr und mehr Verantwortung, nachdem sie sich langsam daran gewöhnt hatten, dem Einschätzungsvermögen und den Fähigkeiten zu vertrauen, die ihnen angesichts ihres jugendlichen Alters bemerkenswert schienen. Allerdings wussten sie nicht, dass Laura morgens häufig mit einem Knoten im Magen zur Arbeit kam, weil sie sich Sorgen machte, was der Tag wohl bringen würde. Genauso wenig wussten sie von den Nächten, in denen sie um drei Uhr morgens hochschreckte und sich bis zur Morgendämmerung rastlos hin- und herwarf, weil ihr fürchterliche Gedanken durch den Kopf jagten, dass sie ein Projekt in den Sand setzen könnte. Sie wussten nichts von den »Vorahnungen«, die Laura manchmal hatte, schienen aber alle über das Ergebnis dieser Vorahnungen nur zu glücklich ... und stellten keine Fragen, wenn Laura ihre Nachrufe auch dann fertig hatte, wenn man den Tod der betreffenden Person noch gar nicht erwartet hatte.

2

»Und ich sage dir, Gwyneth, das wird eine fantastische Story – ›Tod im Vergnügungspark‹«, schwärmte Joel Malcolm, während er in seinem geräumigen Büro auf und ab lief. »Dein Schatz Laura Walsh hatte die Idee. Sie versucht einen Job im Nachrichtenmagazin zu bekommen, wusstest du das?«

»Nein, wusste ich nicht«, antwortete Gwyneth eisig.

Joel preschte weiter vor. »Und wenn wir's nicht bald tun, ist es zu spät. Alle Oldtimer werden das Zeitliche gesegnet haben, und wir werden niemanden von damals mehr für ein Interview auftreiben können.« Joel zündete sich eine Zigarette an, das allgemeine Rauchverbot bei KEY News missachtend.

Gwyneth Gilpatric, in ihrem kornblumenblauen Kaschmirblazer, der das Blau ihrer Augen noch besser zur Geltung brachte, saß wie versteinert auf dem Sofa. Sie starrte aus dem Aussichtsfenster – eines der wenigen bei KEY News – und betrachtete eingehend die schneebedeckten Hänge der Felsen von New Jersey auf der anderen Seite des Hudson River.

»Den Palisades-Vergnügungspark gibt es nicht mehr, Joel.« Gwyneth seufzte. Sie hob anmutig ihre Hand und fuhr sich abwesend über den Hals. »Sie haben den Vergnügungspark abgerissen, um dort eine Hochhaussiedlung hinzubauen, erinnerst du dich nicht?«

Vom Mangel an Begeisterung seiner Starkorrespondentin unbeirrt, fuhr Malcolm starrköpfig fort: »Aber wir haben doch fantastisches Wochenschaumaterial. Wir können ein Bild von dem legendären alten Palisades-Park mit seinem einfachen Spiegelkabinett, dem *Tunnel of Love* und der uralten hölzernen Achterbahn heraufbeschwören und den mysteriösen Tod eines Jungen mit einflechten – einen Todesfall, der erst nach dreißig Jahren bekannt wurde.«

Gwyneth zupfte sich mit übertriebener Sorgfalt ein aschblondes Haar von der Schulterpartie ihres Blazers. Joel fuhr mit seiner Hymne fort.

»Die Leute konnten sich damals noch an einfachen Dingen erfreuen.« Er schwelgte in Erinnerungen. »Verflucht, ich weiß noch, wie meine Eltern mich jeden Sommer in den Palisades-Vergnügungspark mitgenommen haben. Darauf hab ich mich immer schon das ganze Jahr über gefreut.«

»Dich unters gemeine Volk zu mischen, Joel?« Sie beide wussten, dass Malcolm in der zweistöckigen Wohnung in der Fifth Avenue lebte, in der er aufgewachsen war und die er von seinen Eltern geerbt hatte. Als er den Wert der Wohnung das letzte Mal hatte schätzen lassen, war sie auf zwölf Millionen Dollar veranschlagt worden.

»Sag nur, du warst nie im Palisades-Vergnügungspark, Gwyneth. Wo du doch in einem dieser großen Häuser nebenan in Fort Lee aufgewachsen bist. Bist du wirklich nie dort gewesen?«

»Doch, natürlich, Joel.« Gwyneth seufzte gereizt.

»War es nicht einfach unvergleichlich?«

»Es war ganz in Ordnung.« Gwyneth weigerte sich, in seinen Begeisterungstaumel einzustimmen.

»Na schön. Mach dich nur lustig über mich, wenn dir danach ist. Aber es ist die Wahrheit. Ich hab's einfach geliebt. Ich hab's geliebt, auf dem Zyklon zu fahren, hab's geliebt da oben auf dem Bogen, wenn mir nicht schlecht wurde wie all den anderen, hab's geliebt, das zweiköpfige Kalb in der Abnormitäten-Show anzuglotzen und die Kuh mit den sechs Beinen.«

»Das wundert mich kein bisschen.«

Joel blickte einen Augenblick verletzt drein, dann tat er ihre Bemerkung mit einem Schulterzucken ab. »Wahrscheinlich war ich schon damals ein Showman. Nichts liebe ich mehr als eine gute Show, und ich sage dir, Gwyneth, das hier wird eine Supershow für ›Hourglass‹. Wir können sie noch rechtzeitig für das ›Februarbuch‹ in den Kasten kriegen.«

Das »Buch« war die Bibel des kommerziellen Fernsehens. Die Einschaltquoten bei den Programmen, die während der vier »Zählzeiten« gesendet wurden, bestimmten, wie viel Geld Firmen in den nächsten Monaten für Werbespots bei den entsprechenden Sendern investieren würden. Deswegen brachten die Fernsehsender die ihrer Meinung nach interessantesten Produktionen während der Einschaltzählungen im Februar, Mai, Juli und November.

»Nichts liebst du mehr als eine gute Show, ja?« Gwyneth hatte beschlossen, ein Ablenkungsmanöver zu starten. Sie schlug ihre Beine übereinander und lehnte sich sacht gegen die butterweichen Lederkissen.

Joels Augen leuchteten auf und er drückte seine Zigarette aus. Er durchquerte den Raum und setzte sich neben Gwyneth auf das Sofa.

»Wir werden es im neuen Jahr entscheiden. Was hältst du davon, Kleines?«, flüsterte er und begann, Gwyneth' langen, anmutigen Hals zu küssen.

Nein, werden wir nicht, dachte Gwyneth. *Die Entscheidung ist bereits gefällt. Du weißt nur noch nichts davon.*

3

Mit zitternder Hand legte Felipe Cruz den weißen Hörer des an der Küchenwand montierten Telefons auf. Er starrte, ohne wirklich etwas zu sehen, auf die roten Tomaten- und orangefarbenen Mohrrübenmuster der Tapete, mit der sie versucht hatten, die alte Küche aufzuhellen.

Wie sollte er das Marta beibringen?

Die Ergebnisse waren da. Durch den DNS-Test, von dem er erstmals während des O.-J.-Simpson-Prozesses gehört hatte, war jetzt – zumindest teilweise – das qualvolle Geheimnis gelüftet worden, das seit dreißig Jahren auf ihnen lastete. Drei Jahrzehnte voller Verzweiflung und Trauer, in denen sie sich Sorgen gemacht und Fragen gestellt hatten. Die Hälfte ihres Lebens. Eines Lebens, das durch Tommys spurloses Verschwinden für sie in ein »Davor« und ein »Danach« zerfallen war.

Man hatte die DNS-Tests an Proben aus einem Haufen Knochen durchgeführt, den Bauarbeiter Anfang Dezember gefunden hatten, als sie in der kalten Erde Fundamente aushoben. Auf dem ertragsträchtigen Grundstück des einstigen Palisades-Vergnügungsparks sollte eine weitere Hochhaussiedlung entstehen. Die Polizei von Cliffside Park hatte die Familie Cruz angerufen, um ihnen das Untersuchungsergebnis mitzuteilen: Die Knochen stammten von einem Jugendlichen. Felipe und Marta hatten in den letzten zwei Wochen, seit sie den Behörden ihre DNS-Proben zum Vergleich übergeben hatten, kaum ein Auge zugetan.

Jetzt wussten sie es endlich. Dreißig Jahre hatten sie in schmerzvoller Vorahnung verbracht und sich an einer Hoffnung festgeklammert, die im Laufe der Zeit immer verzweifelter und schwächer wurde. Nach dreißig Jahren wussten sie es endlich. Die DNS, der genetische Bauplan eines Menschen, hatte schließlich den Aufenthaltsort ihres einzigen Kindes preisgegeben. Die Knochen waren Überreste von Tommys Körper.

Lieber Gott, vergib mir. Ich bin erleichtert.

Zumindest wussten sie jetzt endlich mit Bestimmtheit, dass ihr Tommy nicht mehr irgendwo da draußen war. Die Jahre waren im Schleichtempo vergangen. Tommys Geburtstage waren gekommen und gegangen. Der erste ohne ihn war der schlimmste gewesen. Dann sein vierzehnter, sein fünfzehnter … sein vierzigster, einundvierzigster, zweiundvierzigster. Irgendwie hatten sie es überlebt – betend und sich fragend, ob ihr Sohn wohl eines Tages wieder auftauchen würde. Und wenn er wieder in ihr Leben treten würde, welche Schrecken würde er durchlebt haben? Viele Nächte hindurch, jahraus, jahrein, hatte Felipe in der Dunkelheit eine schluchzende

Marta in den Armen gewiegt, und sie hatten Vermutungen darüber angestellt, was ihrem Sohn zugestoßen sein könnte. Und dann hatten sie aufgehört, Vermutungen anzustellen. Zumindest laut. Sie konnten nicht länger darüber reden. Nicht, wenn sie weiterleben wollten.

Der Schmerz war bisweilen so groß, dass sie darüber sprachen, wie sie sich umbringen könnten. Sie stimmten darin überein, dass sie es tun würden, wäre da nicht ihr Glaube. Als Katholiken glaubten sie, dass sie ihr Leben nach dem Willen Gottes zu Ende führen mussten, wie schmerzlich es auch sein mochte.

Felipe spürte ein Ziehen in der Brust. *Wie kann Gott das hier gewollt haben?,* fragte er sich.

Marta würde bald vom Markt zurückkehren. Felipe ging in der Küche auf und ab und überlegte, was er sagen würde. Aber dann wurde ihm klar, dass Marta, sobald sie sein Gesicht sah, bereits alles wüsste. Er brauchte sich keine Worte einfallen lassen, um der Mutter seines Sohnes beizubringen, dass ihr Junge tot war und sein Leichnam in den letzten dreißig Jahren weniger als eine Meile von ihrem Haus entfernt in der Erde verrottet war.

Aber Felipe würde sich dennoch etwas überlegen müssen: Wie sollte er seiner Frau beibringen, dass laut der Untersuchung von Tommys Überresten praktisch jeder einzelne Knochen seines Körpers gebrochen war? Die Polizei hatte wenig Hoffnung, den Besitzer der silbernen Kette mit dem Kreuz aus Markasit ausfindig zu machen, die sie zwischen Tommys Überresten gefunden hatten.

4

Mittwoch, 22. Dezember

Der kalte, graue Dezember brachte immer den gefürchteten Jahresrückblick.

Drei Tage vor Weihnachten saß Laura mit einem gelben Textmarker bewaffnet an ihrem Schreibtisch und schwitzte über einer Computerliste von all den Leuten, die sich im Laufe des Jahres einen Nachruf in der *New York Times* verdient hatten. Der Ausdruck war so dick wie *Vom Winde verweht*.

Nächstes Jahr werde ich das nicht mehr tun, versprach sie sich selbst. Während die meisten anderen Leute ihre Weihnachtslisten machen, mache ich meine Liste und überprüfe sie sogar noch zweimal. Eine Liste der Toten.

Laura wischte sich ihre blonden Ponysträhnchen aus der Stirn, rieb sich instinktiv die dünne Narbe über ihren Augenbrauen und seufzte. Es war das Letzte, wozu sie Lust hatte. Und nicht etwa, weil es eine makabre Aufgabe in der sonst so fröhlichen Weihnachtszeit gewesen wäre. Nein, um ehrlich zu sein, fand sie es sogar ziemlich interessant zu lesen, wer in den letzten zwölf Monaten gestorben war. Obwohl sie die Tagesnachrichten stets sehr genau verfolgte, gab es immer ein paar Leute, die sie vergessen oder übersehen hatte: diejenigen, die einem nicht auf Anhieb bekannt waren, die nicht in den Genuss eines vollständigen Nachrufs im Fernsehen kamen, wenn sie das Zeitliche segneten, die aber trotzdem wichtig genug gewesen waren, um ihnen ein paar Zeilen in der *New York Times* zu widmen.

Nein, es war nicht die Arbeit an sich, die sie störte. Es war der Zeitpunkt, zu dem sie erledigt werden musste. In dieser Jahreszeit gab es einfach so viel zu tun. Gesellschaftliche Verbindungen pflegen, Einkäufe tätigen, die ganze Hektik, das Einpacken der Geschenke. Es war so schon anstrengend genug, das alles auf die Reihe zu kriegen. Wer wollte sich da noch zusätzlich Gedanken darüber machen, wer zu den Top-50-Löffelabgebern des Jahres gekürt werden sollte?

Jetzt reicht's aber, Laura, ermahnte sie sich selbst. *Werd bloß nicht zynisch! Du weißt, dass du gute Arbeit leisten willst. Sämtliche KEY-Fernsehstationen werden dein Material verwenden.*

Der Jahresrückblick würde am Silvesterabend gesendet. Zweieinhalb Minuten Rückblick auf diejenigen, die in die ewigen Jagdgründe eingegangen waren, im Hintergrund eine passende Musik. Dieses Jahr hatte Laura dafür die Erkennungsmelodie eines legendären Sängers ausgewählt, der vor ein paar Monaten gestorben war.

Sie wusste, dass es gut ankommen würde. Das war immer so. Sie hatte bereits mehrere dieser Jahresrückblicke zusammengestellt, und jedes Mal, wenn sie gesendet wurden, waren ihre Kollegen fasziniert. Und das war schließlich ein Haufen Abgebrühter, die nicht gerade zu Komplimenten neigten. Aber selbst ein paar der abgebrühtesten Typen wurden angerührt durch die Mischung von Bildern, wunderschöner Musik und Gedanken an die Menschen, welche einen bleibenden Eindruck in dieser Welt hinterlassen hatten und nun hinübergegangen waren – zu was auch immer danach kam.

Laura spürte jedes Mal Genugtuung, wenn der Jahresrückblick geschafft war. Vor allem aber fühlte sie sich erleichtert. Erleichtert, dass sie wieder einen Termin eingehalten hatte und jetzt ihrem Privatleben, was immer das auch sein mochte, ein wenig Aufmerksamkeit schenken konnte.

Als Produzentin im Presseinformationsbüro von KEY News hatte Laura praktisch kein Privatleben. Als sie die Stellung angenommen hatte, wusste sie, dass sie ständig auf Bereitschaft sein würde. Wochenenden, Feiertage und Urlaubszeiten gehörten nur so lange ihr selbst, wie keine wichtigen Nachrichtenthemen reinkamen. Wenn irgendwas Großes passierte, ertönte der Piepser, ihr ständiger Begleiter, und man erwartete von ihr, dass sie sich dann umgehend in der Zentrale von KEY News meldete und – was häufig genug vorkam – kurz darauf persönlich erschien. In dem Jahr, das sie jetzt für das Presseinformationsbüro arbeitete, hatte sie Dutzende von Abendessen unberührt stehen lassen und unzählige freie Tage der Arbeit geopfert.

Immer, wenn sie sich selbst ein wenig Leid tat, weil der Rest der Welt ganz normale Arbeitszeiten zu haben schien und sich nicht darum sorgen musste, ob einem eventuell ein wahlloser Akt der Gewalt oder eine Laune von Mutter Natur die Pläne durchkreuzte, rief sich Laura in Erinnerung, dass es unzählige Menschen gab, die ein ähnliches Leben führten wie sie: Polizei und Feuerwehr waren rund um die Uhr einsatzbereit, und Krankenhausärzte und Schwestern mussten sicherstellen, dass ihre Abteilungen 24 Stunden am Tag, 365 Tage im Jahr besetzt waren.

Und tatsächlich fand Laura, wenn sie darüber nachdachte, dass KEY News viel mit einem Krankenhaus gemeinsam hatte. Die heiklen Operationen wurden bei den »KEY Evening Headlines« und den Nachrichtenmagazinsendungen wie »Hourglass« durchgeführt, wo in zahllosen Stunden unendlicher Sorgfalt und Arbeit jeder kleinste Aspekt der einzelnen Sendungen ausgefeilt wurde. Das Presseinformationsbüro war so etwas wie die Notaufnahme eines Krankenhauses. Die Korrespondenten, Produzenten und Redakteure, die für die Pressemitteilungen zuständig waren, mussten sich mit allem befassen, was von den Nachrichtengöttern in ihre Richtung wehte, und zwar sofort. Es ging hier um Sekunden, damit man die Nachrichten auch ja als Erster sendete und somit der Konkurrenz um eine Nasenlänge voraus war.

Laura war in ihre Nachrufliste so vertieft, dass sie zusammenzuckte, als sich ihr eine Hand auf die Schulter legte.

»Hey, Laura, wie läuft's?« Mike Schultz war über ihrem Schreibtisch aufgetaucht.

»Ich hab's bald geschafft«, antwortete sie und steckte die Kappe auf ihren Markierstift. »Ich habe die wichtigsten verstorbenen Persönlichkeiten festgehalten – jetzt können wir nur beten, dass in den nächsten neun Tagen niemand mehr das Zeitliche segnet.«

»Du kannst drauf wetten, dass noch irgendein hohes Tier ins Gras beißt, bevor das Jahr um ist«, sagte Mike.

Laura nickte. Sie wusste, ihr Chef würde Recht behalten.

5

Mike Schultz winkte ein Taxi herbei und wies den Fahrer an, ihn nach Penn Station zu fahren. Er freute sich keineswegs auf sein Pendler-Haus. Um so mehr freute er sich auf einen doppelten Johnny Walker Black.

Mike war ein Bär von einem Mann. Mit seinen ein Meter achtundachtzig trug er sein Übergewicht zwar mit Würde, aber seine ausladende Silhouette umfasste etwa zwanzig überschüssige Kilos, die er sich seit seinen Fußballertagen im College angefuttert hatte. Das war noch nicht mal ein Kilo pro Jahr, räsonierte er. Sein Arzt sah die Sache allerdings anders.

»Was du da hast, ist ein Herzinfarkt im Frühstadium. Hör endlich auf, Mist zu essen, beweg deinen Hintern, lass das

Rauchen und mach dir nicht so viel Stress mit deiner verfluchten Arbeit!«

»Okay, Doc«, seufzte Mike resigniert. Du hast leicht reden, dachte er.

Dabei versuchte er es wirklich. Statt sich im Delikatessenladen gegenüber vom Bahnsteig seines Pendlerzugs ein Brötchen mit Frischkäse – Doppelrahmstufe – und Gelee zu holen, nahm er sich die Zeit, sich zu Hause eine Banane in einen Teller zu schneiden, sie mit Rosinen, Weizenkleie und fettarmer Milch zu übergießen und das Ganze hinunterzuschlingen. Dann hechtete er zur Tür hinaus, um den Zug von Park Ridge in New Jersey nach Manhattan noch zu erwischen. Mittags suchte er sich mit Bedacht etwas von der Salattheke in der Cafeteria aus, statt sich seine üblichen Cheeseburger, Pommes frites und Zwiebelringe reinzudrücken. Er versuchte sogar, einmal am Tag nach draußen zu kommen und zwanzig Minuten spazieren zu gehen.

Zu Hause war es jedoch schon schwieriger. Nach einem Tag im Presseinformationsbüro sehnte er sich nach einem Scotch oder zwei – oder drei. Er fragte sich, was für eine Wirkung diese ständige Alarmbereitschaft auf einen Menschen haben mochte. Sie konnte nicht besonders gut sein. Jederzeit konnte alles passieren und letztendlich fiel es in seinen Verantwortungsbereich als leitender Produzent, die Nachrichten im KEY Television Network auf Sendung zu bekommen. Natürlich hatte er Korrespondenten, Produzenten und Redakteure unter sich, die dafür zuständig waren, dass Nachrichten ohne Zeitverluste gesendet werden konnten und man so den anderen Sendern immer um Haaresbreite voraus war. Wenn aber mal was schief lief, wenn sich durch menschliches Versagen oder irgendwelche logistischen Albträume keiner mehr zuständig fühlte und alle die Verantwortung entrüstet von sich wiesen, blieb der Schwarze Peter an Mike Schultz hängen.

Er hatte genug davon. Allmählich konnte er nicht mehr. Anfangs war es eine Erleichterung gewesen, einfach wieder in seinem Job zu arbeiten. Er war entschlossen gewesen, seine Arbeit gut zu machen und denen da oben in der Führungsetage zu zeigen, dass er Führungsqualitäten und alles Sonstige besaß, was man so brauchte, um in der Hierarchie von KEY News als wertvolles Teammitglied anerkannt zu werden. War er nicht immer ein guter Soldat gewesen, bereit, alles zu tun, was KEY von ihm erwartete? Jemand musste die Prügel für den Gwyneth-Gilpatric-Skandal einstecken. Er erinnerte sich noch mit Schaudern an den Tag, als Yelena Gregory ihn in ihr Präsidentinnenbüro zitiert und ihm erklärt hatte, dass er zum Wohle von KEY News und dem guten Ruf ihrer Starkorrespondentin die Schuld auf sich nehmen müsse.

Er hatte seine Stellung bei »Hourglass«, der zweitbeliebtesten Fernsehsendung, aufgeben müssen. In einem Augenblick noch war er auf der Nachrichtenüberholspur des Senders dahingebraust, im nächsten schon in seiner Branche zur *persona non grata* degradiert. Keiner der anderen Sender wollte etwas mit ihm zu tun haben. Ein Jahr lang war er arbeitslos ... ohne Arbeit, aber mit einer Frau, drei Kindern und einer Hypothek auf seinem Haus.

Sie waren über die Runden gekommen, hatten sich über Wasser gehalten, indem Nancy vertretungsweise Unterrichtsstunden hielt, er nachts in einem örtlichen Wein- und Spirituosenladen arbeitete und sie die Ersparnisse antasteten, die eigentlich für die Collegeausbildung ihrer Kinder vorgesehen waren. Nach Monaten dieses Wahnsinns hatte er Yelena Gregory angerufen und damit gedroht, den ganzen Schwindel von damals, als er mit Gwyneth Gilpatric bei »Hourglass« gearbeitet hatte, auffliegen zu lassen.

Plötzlich hatte ihm Yelena versichert, dass sie ihn natürlich zurückhaben wollten. Er sei ein wertvolles Mitglied ihres Teams. Sie wollten nur etwas warten, bis sich die Wogen glätteten.

Wieder ging Zeit ins Land, das Geld sickerte unablässig von dem Konto der Familie Schultz und Mikes Selbstvertrauen war schwer angeknackst. Er wollte keine Schwierigkeiten machen, wollte nicht an die Öffentlichkeit treten. Er hatte weder die Energie noch das Portmonee, noch war er beherzt genug, KEY News den Kampf anzusagen. Er wollte einfach nur wieder bei den Fernsehnachrichten arbeiten.

Gerade, als er allen Mut zusammengenommen hatte, um den Medienkritiker der *New York Times* anzurufen, rief Yelena Gregory an. Sie hatten einen Job für ihn. Sie wollten ihn zum leitenden Produzenten im Presseinformationsbüro machen, einer Abteilung, die sich bei Insidern von KEY News eines wesentlich geringeren Prestiges erfreute als die berühmte Nachrichtenmagazinsendung »Hourglass«. Mike würde sich der harten, zermürbenden Arbeit widmen, die Abteilung zu schmeißen.

Mike war so dankbar gewesen, wieder Arbeit zu haben, dass er beinahe vergaß, wie übel KEY News ihm mitgespielt hatte. KEY News und Gwyneth Gilpatric.

6

»Miss Laura Walsh ist da«, verkündete der grau gekleidete Portier.

Laura stand in der mollig warmen Eingangshalle des eindrucksvollen Vorkriegsgebäudes an der Central Park West und war froh, nicht mehr der frostigen Nachtluft ausgesetzt zu sein.

»Sie können direkt hinaufgehen, Miss Walsh.«

Der mit Mahagoni ausgekleidete Aufzug schwebte sanft zum obersten Stockwerk. Laura beobachtete die polierte Messinganzeige, während der Aufzug nach oben fuhr. Penthouse. Die Türen öffneten sich geräuschlos und Laura fand sich direkt in der langen, mit Marmor ausgelegten Diele von Gwyneth Gilpatrics Apartment wieder. Ein prächtiger Weihnachtsbaum beherrschte den Raum. Seine Zweige waren dicht mit wunderlichen und ausgefallenen Dekorationen behangen. Laura ließ ihren Blick über den Baum wandern, fand aber nicht, wonach sie suchte.

»Laura, meine Liebe!« Gwyneth kam mit ausgebreiteten Armen auf sie zu. »Wie schön, dich hier zu sehen! In letzter Zeit sehe ich dich viel zu selten. Aber wie ich gehört habe, wirst du vielleicht wieder bei ›Hourglass‹ arbeiten.« Gwyneth, in grauer Hose und einem Kasack mit blaugrauem, zapfenförmigem Perlenbesatz, schloss die junge Frau fest in die Arme. »Komm rein, komm rein.«

Gwyneth führte ihren Gast in das riesige Wohnzimmer. Die Fensterwand vor ihnen bot einen spektakulären Blick über den Central Park und im Süden über die glitzernde Skyline von Manhattan. Laura stockte der Atem, so hinreißend war der Anblick. Auf dem Wohnzimmertisch stand eine Sanduhr mit hellrosa Sand und ringsherum eine regelrechte kleine Armee von Emmy-Trophäen.

»Setz dich vors Feuer, Laura. Möchtest du etwas trinken? Ein Gläschen Wein? Ich habe einen Merlot offen. Ich weiß, dass du Merlot magst.«

Wie sonst auch fühlte sich Laura wieder einmal geschmeichelt, dass Gwyneth sich an solche Kleinigkeiten erinnerte. »Ein kleiner Merlot wäre nett«, sagte sie und ließ sich in das größte und luxuriöseste weiße Sofa sinken, das ihr je zu Gesicht gekommen war.

»*Ma'am*, der Premierminister ist wieder am Telefon.«

»Bitte, Delia, nenn mich Mrs. Gilpatric. *Ma'am* klingt so altdamenhaft. Laura, meine Liebe, entschuldigst du mich bitte einen Augenblick? Ich habe für nächsten Monat ein Interview in London organisiert und Tony und ich spielen immer noch Fangen am Telefon. Es dauert bestimmt nicht lange.«

Gwyneth verschwand irgendwohin, um den Anruf entgegenzunehmen, und Laura machte es sich bequem, um die wunderschöne Umgebung zu genießen. Wie es wohl wäre, in einer Wohnung wie dieser hier zu leben? Sooft sie auch hier gewesen war, sie war nie damit vertraut geworden. Es war, als fände man sich in einem Traum wieder.

Sie beugte sich vor, um die schwere Sanduhr hochzuheben, und stellte sie andersherum wieder hin. Der feine rosa Sand rieselte langsam durch die schmale Öffnung. Sie las die Inschrift auf dem Messingschildchen, das an dem Teaksockel befestigt war. FÜR GWYNETH. DU MACHST AUS JEDER STUNDE HAUPTEINSCHALTZEIT. JOEL.

Joel Malcolm, der Chefproduzent von »Hourglass«, war eine fast ebenso bedeutende Legende der Fernsehnachrichten wie Gwyneth. Er hatte die preisgekrönte Nachrichtensendung ins Leben gerufen, und Gwyneth Gilpatric hatte ihr Berühmtheit verliehen.

Laura dachte an ihren Boss in ihrem ersten Sommer bei KEY News. Malcolm war ihr gegenüber anfangs barsch und desinteressiert, als sie in jenem Juli und August ihr Praktikum bei »Hourglass« absolvierte. Das hatte sich drastisch geändert, als er mitbekam, dass Gwyneth die Collegestudentin für eine viel versprechende junge Frau hielt. Malcolms Gleichgültigkeit schlug in freundliches Interesse um. Als das Praktikum vorüber war, hatte Malcolm einen großen Kuchen und Champagner kommen lassen, um Laura für ihre

Arbeit zu danken und alles Gute für ihr Abschlussjahr im College zu wünschen.

»Auf Laura«, hatte er ihr zugeprostet und sein Glas mit Piper Heidseck erhoben. Dann hatte er sein attraktives Gesicht dem versammelten Personal zugewandt und hinzugefügt: »Sie war eine wirkliche Bereicherung für unser Team, und wir werden sie hier vermissen. Aber«, fuhr er fort und lächelte Gwyneth zu, die in einer Ecke des Redaktionsbüros auf einem Schreibtisch hockte, »irgendwas sagt mir, dass wir Laura Walsh hier bei KEY News noch wiedersehen werden. Und irgendwas sagt mir auch, dass wir davon nur profitieren werden.«

Laura erinnerte sich, wie verlegen sie damals gewesen war. Ihr war bewusst, dass Mitarbeiter über sie geredet hatten, denen so viel Bevorzugung sauer aufgestoßen war. Sie war erleichtert, dass das Praktikum vorüber war und sie wieder zurück aufs College musste. Als das Schuljahr jedoch langsam seinem Ende zuging und die Abschlussprüfungen immer näher rückten, reifte in Laura die Gewissheit, dass sie im Bereich Fernsehjournalismus arbeiten wollte. Und gab es dafür einen besseren Ort als KEY News?

Die glitzernden Lichter der Stadt, die verzaubernd auf die dunklen, Schatten werfenden Wolkenkratzer von Manhattan fielen, zogen Laura unwiderstehlich an. Sie stand auf und trat hinaus auf die Terrasse. Die trockene, eisige Dezembernachtluft nahm ihr einen Augenblick lang den Atem. Sie schlang die Arme um den Körper, um sich vor der Kälte zu schützen, und ging hinüber zu dem Fernrohr, das am Rand der Terrasse stand. Sie blinzelte durch das Gerät hindurch und zielte auf den Dachgarten des Metropolitan Museum of Art, auf der anderen Seite des Central Park.

Heute Nacht fand auf dem Dach zwischen den Skulpturen keine Cocktailparty statt.

Gwyneth blieb einen Augenblick lang in der Wohnzimmertür stehen und sah durch das Fenster auf die Terrasse hinaus, wo Laura – nicht ahnend, dass sie beobachtet wurde – durch das Fernrohr blickte. *Was für eine attraktive junge Frau!* Ihre glatten, naturblonden Haare waren stumpf geschnitten und fielen ihr seidig-weich über die Schultern. Sie hatte feine Gesichtszüge, wache blaue Augen, eine gerade Nase und volle Lippen, die sich gern zu einem Lächeln verzogen und dann blendend weiße Zähne aufblitzen ließen.

Sie würde wahrscheinlich gut im Fernsehen ankommen, wenn sie wollte, dachte Gwyneth. Vielleicht sollte ich sie zu einem Versuch ermutigen.

Vielleicht aber auch nicht. Im Fernsehen zu erscheinen war nicht so toll, wie es oft den Anschein hatte. Gwyneth konnte ein Lied davon singen. Es war schon komisch. Früher hatte sie es für so wichtig gehalten, im Fernsehen aufzutreten. Du lieber Gott, die Sachen, die sie getan hatte, die Leute, über die sie getrampelt war, um dahin zu kommen, wo sie war, weil sie geglaubt hatte, dass es so verflucht wichtig wäre hinzukommen.

Jetzt aber genug, altes Haus! Du tust es doch gern. Was sonst hätte dir so viel Aufregung und Genugtuung einbringen können, von der ganzen Bewunderung mal abgesehen? Und vergiss nicht das Geld! Du hast ohne Vitamin B angefangen, und jetzt guck dich nur um, meine Liebe! Ein Penthouse am Central Park, ein Häuschen am Meer in den Hamptons und eine Wohnung in London. Obwohl »Wohnung« irgendwie nicht das richtige Wort für die luxuriöse Bleibe in Kensington war.

Und zudem war sie auch noch jung genug, um etwas davon zu haben. Erst siebenundvierzig Jahre alt. *Erst.* Noch vor kurzem wäre ihr das uralt vorgekommen, jetzt aber nicht mehr. Gwyneth stand in beruflicher Hinsicht auf dem Zenit und das allein zählte. Zumindest sagte sie sich das immer wieder, wenn sie jeden Morgen im Spiegel ihre am Hals kreppartig gewordene Haut betrachtete.

Sie hatte sich keine Familie zugelegt. Zwar hatte sie zahlreiche Affären gehabt, viele Beziehungen, aber nie war sie jemandem begegnet, den sie ernsthaft hätte heiraten wollen. Und das war für sie auch ganz in Ordnung gewesen. Ihre Karriere war ihre Leidenschaft, und sie wollte ihre Energien nicht anderweitig vergeuden.

Gwyneth kannte sich gut. Sie wusste, dass sie die Kompromissbereitschaft und die Geduld, die für eine Ehe erforderlich sind, nicht aufbrachte. Es hatte ihr nie wirklich Leid getan, dass sie nicht geheiratet hatte. Allerdings bereute sie es, kein Kind bekommen zu haben.

Du hättest eins haben können, das weißt du. Durch Adoption, von einem deiner Liebhaber, sogar mit Hilfe einer Samenbank. Aber gib's doch zu: Du wolltest dir einfach nie die Zeit dafür nehmen. Du wolltest keine Energie darauf verschwenden. Wolltest nicht abgelenkt werden. Sieh der Wahrheit ins Gesicht: Du wärst keine gute Mutter gewesen.

Gwyneth beobachtete, wie sich Laura, hoch aufgeschossen und von eckigem Wuchs, vom Fernrohr abwandte. Sie lächelte, als sie bemerkte, dass Gwyneth sie beobachtete.

Was hat Laura nur an sich?, fragte Gwyneth sich, als Laura ins Wohnzimmer trat und sich auf das Plüschsofa setzte. Was hatte sie nur an sich, das sie eine solche Saite in ihr zum Klingen brachte? Gwyneth Gilpatric, die im Normalfall so nüchtern, oft genug auch hart und stets berechnend war, hatte ein tiefes Interesse an Laura Walsh.

Sie kannte die Antwort auf ihre Frage. Aber sie wollte jetzt nicht darüber nachdenken. Sie hob ihre rechte Hand, um sich den Nacken zu massieren.

Delia stand schon wieder in der Tür.

»Ja, Delia? Was gibt es?« Gwyneth war ganz offensichtlich verärgert.

»Dr. Costello ist am Telefon, Mrs. Gilpatric«, verkündete das Mädchen nervös.

Wieder eine Unterbrechung. Gwyneth zuckte zusammen. Sie hatte keine Lust, mit ihrem Schönheitschirurgen zu reden. Es war ihr bewusst, dass sie den einfacheren Weg gewählt hatte, als sie Costellos Krankenschwester Camille Bruno angerufen hatte, um ihre Schönheitsoperation abzusagen. Es war einfacher, das Camille zu sagen, als Leonard gegenüberzutreten. Sie hatte keine Lust, ihm den Grund für ihren Sinneswandel zu erklären.

Über die Jahre hinweg, in denen sie sich einem relativ kleinen Eingriff nach dem anderen unterzogen hatte, um den Alterungsprozess aufzuhalten, war Leonard zu einem echten Freund geworden. Gwyneth hatte sich gut informiert. Leonard Costellos Name stand ganz oben auf der Liste der gefragtesten Schönheitschirurgen New Yorks.

Als auch noch so viel sorgfältigst aufgetragener Lippen-Liner nicht mehr ausgereicht hatte, um zu verhindern, dass ihr Lippenstift verlief, hatte sie mit Collageninjektionen angefangen, um die winzigen Falten, die sich um ihren Mund gebildet hatten, aufzufüllen. Im Jahr darauf ließ sie auf Leonards Anraten hin eine Operation an den Augenlidern durchführen, bei der Fettgewebe von den oberen und unteren Augenlidern entfernt wurde. Dann kam der Hals dran. Ein Lifting, um sicherzustellen, dass ihr Fernsehprofil weiterhin wohl umrissen und jugendlich wirkte.

Das vollständige Facelifting hatte sie so lange wie möglich hinausgezögert. Jetzt aber reichten die Lücken schließenden Prozeduren nicht mehr aus. Gwyneth' äußeres Erscheinungsbild war ein wichtiger Bestandteil ihres Berufes. Sie vermutete zwar, dass sich auch die Männer im Fernsehen

Sorgen ums Altern machten, doch bei ihnen hieß es dann einfach, dass sie reif und distinguiert aussähen. Bei Frauen war es unhaltbar, alt auszusehen. Obwohl beim Sender groß getönt wurde, dass niemand wegen seines Alters diskriminiert würde – wie viele ältere Frauen sah man denn in den Fernsehnachrichten?

Sie hatte es mit Joel besprochen und war ein wenig verletzt, wenn auch nicht besonders überrascht, dass er das Lifting für eine gute Idee hielt. Joel schien sich einzig darum zu sorgen, ob Gwyneth rechtzeitig zu den Einschaltzählungen im Februar wieder für KEY News vor die Kamera treten könnte. Als sie ihm versicherte, dass das mit dem richtigen Make-up gehen werde, stimmte Joel begeistert für die Operation. Er hatte sogar die Frechheit besessen vorzuschlagen, dass sie Aufnahmen von ihrer Schönheitsoperation und der darauf folgenden Tage machen sollten. Diese Flausen hatte sie ihm jedoch schnell ausgetrieben.

Gwyneth hatte sich also einen Termin für ein vollständiges Facelifting mit CO_2 und Erbiumlaser in der ersten Januarwoche geben lassen, in dem beruhigenden Wissen, dass sie sich in Leonard Costellos begnadeten Händen befinden würde. Ihre Zuversicht war aber in schiere Panik umgeschlagen, als sie erfuhr, dass Leonard Costello die Parkinsonsche Krankheit hatte.

Sie dankte ihrem Glücksstern, dass sie sich mit Camille Bruno angefreundet hatte. Die freundliche Krankenschwester war ihr bei ihrem ersten Besuch sofort sympathisch gewesen. Über die Jahre hinweg hatte sie anlässlich ihrer vierteljährlichen Collageninjektionen viele Unterhaltungen mit ihr geführt. Jedes Jahr zu Weihnachten hatte Gwyneth der Krankenschwester ein Geschenk zukommen lassen. Sie hatte für Camilles Familienmitglieder und Freunde von außerhalb Führungen durch das Sendezentrum organisiert, ihr Tickets für den beheizten Columbus-Circle-Stand von KEY News einschließlich Partyservice während des Erntedankfest-Umzugs besorgt und den drei Töchtern Camilles Empfehlungsschreiben fürs College geschrieben. Alle drei waren an den gewünschten Universitäten zugelassen worden. Gwyneth hatte zwar ihre Zweifel, dass das auf ihre Schreiben zurückzuführen war, doch Camille war davon überzeugt.

Als Gwyneth Mitte Dezember angerufen hatte, um die Einzelheiten für ihre bevorstehende Operation zu besprechen, hatte sie das Unbehagen in Camilles Stimme herausgehört.

»Was ist los, Camille?«

»Ich glaube, ich muss Ihnen etwas sagen.«

»Was denn?«

»Nicht jetzt«, hatte sie geflüstert. »Können Sie mich zu Hause anrufen? Heute Abend?«

Also hatte Gwyneth sie am Abend angerufen.

»Ich fühle mich so mies gegenüber Dr. Costello, dass ich Ihnen das erzähle, aber Sie waren so gut zu mir und meinen Mädchen. Dr. Costello würde mich fristlos entlassen, wenn er wüsste, dass ich es jemandem erzählt habe.« Camilles Stimme zitterte.

»*Was* erzählt habe?«, drang Gwyneth in sie.

»Sie dürfen ihm auf keinen Fall sagen, dass Sie es wissen. Sie dürfen ihm nicht sagen, dass ich es Ihnen erzählt habe.«

»Das werde ich nicht tun. Ich verspreche es. Also raus mit der Sprache.«

Camille erklärte ihr, dass sich die Parkinsonsche Krankheit bei Dr. Costello noch im Anfangsstadium befinde und mit Medikamenten gut beherrscht werden könne. Dr. Costello achtete stets drauf, dass er seine Medikamente vor jeder Operation zu sich nahm, und wartete auch, bis die Wirkung einsetzte, ehe er das Skalpell in die Hand nahm.

»Er hat Ihnen gesagt, dass er an Parkinson leidet?«, fragte Gwyneth.

»Nein. Er weiß nicht, dass ich es weiß. Mir ist ab und zu aufgefallen, dass seine Hand gezittert hat, aber niemals während einer Operation. Aber vor ein paar Wochen hat er eine Operation verschoben, obwohl wir alle startklar waren. Ich habe gesehen, wie er eine Pille geschluckt hat. Und dann hat er eine Dreiviertelstunde lang in seinem Büro gesessen, bevor es endlich losgehen konnte. Das ist ganz und gar untypisch für ihn. Normalerweise hält er seinen Zeitplan strikt ein.«

»Das heißt aber noch lange nicht, dass er Parkinson hat, Camille.«

Am anderen Ende der Leitung herrschte Stille.

»Camille?«

»Ich schäme mich so.« Die Krankenschwester atmete tief aus.

»Was geschah dann? Camille, bitte.«

»Ich bin später an seine Schublade gegangen und hab mir die Pillenpackung angeschaut«, gab sie zu. »Es war Sinemet, das Medikament, mit dem man Parkinson behandelt.«

Und jetzt war Leonard am Telefon und verlangte eine Erklärung, warum sie ihren Termin abgesagt hatte. So viel war sie ihm schuldig. Sie konnte es genauso gut gleich hinter sich bringen.

»Entschuldige mich einen Augenblick, meine Liebe.« Gwyneth runzelte die Stirn und hoffte, dass Laura den Namen des bekannten Schönheitschirurgen nicht erkannt hatte. Sie wollte nicht, dass sie oder sonst jemand von den Schönheitsoperationen erfuhr. »Ich muss diesen Anruf entgegennehmen, auch wenn ich es lieber nicht täte. Ich bin in ein paar Minuten wieder da. Das wird die letzte Unterbrechung für heute sein, großes Ehrenwort!«

Sie ging rasch den Korridor zu ihrem Büro entlang und

schloss die Tür hinter sich. Als sie den Hörer abnahm, atmete sie einmal tief durch.

»Leonard! Wie geht's dir? Ich freue mich so darauf, dich und Anne am Silvesterabend zu sehen.« Sie bemühte sich, ihre Stimme fröhlich klingen zu lassen.

»Mir geht's gut, Gwyneth, aber ich mache mir ein wenig Sorgen. Camille hat mir gesagt, dass du die Operation abgeblasen hast.«

»Ja.«

»Darf ich fragen, warum?«

»Ich bin einfach feige«, log Gwyneth. »Ich traue mich nicht, Leonard. Ich habe Angst, das durchzuziehen. Ich hab panische Angst, dass ich danach nicht mehr wie ich selbst aussehe.«

»Aber das haben wir doch alles schon besprochen, Gwyneth. Unzählige Male.« Sie konnte heraushören, dass er sich bemühte, geduldig zu klingen.

»Ich weiß, Leonard. Es tut mir Leid. Aber ich bin einfach noch nicht so weit.«

»Na schön, Gwyneth. Warum machen wir dann nicht einfach einen Termin im Frühjahr aus?« Sie hörte ihn in seinem Kalender blättern.

»Nein, Leonard. Besser nicht.« Gwyneth blieb fest. »Ich melde mich, wenn ich so weit bin.«

7

Auf der anderen Seite vom Central Park zog sich Kitzi Malcolm für die vierte Dinnerparty dieser Woche an, während sie darauf wartete, dass ihr Mann von KEY News nach Hause kam. Ihre Hände zitterten, als sie sich mit dem Verschluss ihres Perlenhalsbandes abmühte, ein Geschenk, das ihr Joel zu einem ihrer Hochzeitstage gemacht hatte. Joel. Ihr geliebter Ehemann.

Sie formte die perfekt aufeinander abgestimmten Perlen zu einem Häuflein und knallte sie auf die Frisierkommode. Dann langte sie zwischen ihre Schulterblätter und versuchte den Reißverschluss ihres hellen, ärmellosen Kaschmir-Oberteils zu finden, kam aber nicht dran. Zum Teufel mit Joel. Wenn er nicht rechtzeitig nach Hause kam, müsste die passende Strickjacke mit dem gefärbten norwegischen Fuchsbesatz den offenen Reißverschluss verdecken, bis sie in der Damentoilette jemanden bitten konnte, ihn zu schließen.

Sie hatte die Schnauze voll davon, Mrs. Joel Malcolm zu sein – aber sie allein war schuld daran! Sie hatte es sich ausgesucht.

Sie hätte sich schon vor Jahren von Malcolm scheiden lassen sollen, das wusste sie; aber es gab da ein kleines Problem: Sie liebte ihn immer noch.

Er war faszinierend, leidenschaftlich und konnte einen zum Lachen bringen. Er konnte warmherzig, zärtlich und verständnisvoll sein. Und er war notorisch untreu.

Nicht, dass ihm an den anderen irgendwas lag, sagte sich Kitzi, als sie mit ihrem Augen-Liner gekonnt ihr Augenlid nachzog. Nein, sie waren lediglich eine Abwechslung.

Alle bis auf eine.

Kitzi passte stets auf, dass Joel es nicht merkte, wenn sie ihn beobachtete. So viele, viele Male. Wenn sie ihn beobachtete, wie er auf ihrer Terrasse hoch über dem Central Park stand, das Auge fest an das Okular des Fernrohrs gedrückt, das nach Westen zeigte und direkt auf Gwyneth' Apartment gerichtet war.

8

Gwyneth Gilpatric, die kultivierte Dame von Welt, riss das hellgrüne Weihnachtsgeschenkpapier von der Saks-Fifth-Avenue-Schachtel wie ein aufgeregtes Kind auf und stieß einen Freudenschrei aus.

»O Laura, der ist einfach wundervoll!«

»Du hast ihn noch nicht?« fragte Laura unsicher.

»Oh, mein Liebes, nein. Nein, den hier habe ich noch nicht. Er ist bezaubernd.«

Gwyneth hielt in ihren Fingern mit den rot lackierten Nägeln einen etwa acht Zentimeter hohen Weihnachtsbaumschmuck. Die Figur stellte einen kleinen blonden Jungen mit glänzender grüner Hose dar, der in eine goldene Trompete blies. In der anderen Hand hielt er eine handbemalte Uhr, die fünf Minuten vor Mitternacht anzeigte.

»Die Figur heißt ›Das Einläuten des neuen Jahres‹«, bemerkte Laura. »Ich weiß, dass du Christopher Radko magst. Ich hab nur gebetet, dass du diese hier noch nicht hast.«

Gwyneth ging zu Laura hinüber und umarmte sie. »Das stimmt. Ich liebe die Radkos, seit ich vor ein paar Jahren den Weihnachtsbaum im Weißen Haus mit seinem Schmuck gesehen habe. Kennst du Radkos Geschichte?«

Laura schüttelte den Kopf.

»Es ist wirklich eine ganz bezaubernde Erfolgsstory. Wir haben vor einiger Zeit ein Stück über ihn für ›Hourglass‹ gemacht.« Gwyneth drehte den Baumschmuck sanft in der Hand hin und her, um die kostbare Handarbeit zu betrachten. »Christopher Radko hat früher irgendwo bei der Postabfertigung gearbeitet, ohne dass es ihm so recht gelungen wäre, die Firmenleiter nach oben zu klettern, als er einmal über die Weihnachtstage bei seiner Familie aus Versehen den

Weihnachtsbaum umwarf. Der gesamte Familienbaumschmuck, der in Europa von Hand hergestellt worden war und den seine Familie über Jahrzehnte hinweg gesammelt hatte, kam herunter und ging zu Bruch. Radkos Großmutter sagte zu ihm, dass er ihr Weihnachten für immer verleidet habe.«

»Wie fürchterlich.« Laura versuchte sich vorzustellen, wie sie sich fühlen würde, wenn sie Familienerbstücke kaputt gemacht hätte. Ihre Verwandtschaft war allerdings nicht gerade zahlreich.

»Sei nicht traurig, Liebes. Wie du dir vorstellen kannst, hat die Geschichte ein Happy End.«

Gwyneth hielt inne, um sich elegant eine Zigarette anzustecken. Sie blies den Rauch mit geschlossenen Augen aus. »Radko flog während seines Osterurlaubs nach Polen und machte einen alten Glasbläser ausfindig, der in seiner Garage Glasschmuck herstellte. Radko gab ihm Skizzen von ein paar Eiszapfen, Kometen und Sternen, und als er zwei Wochen später in die Vereinigten Staaten zurückkehrte, hatte er über zwei Dutzend Glasfigürchen bei sich. Als er ein paar davon seinen Mitarbeitern zeigte, fragten sie ihn, ob sie auch welche kaufen könnten. Also hat er in seiner Garage ein kleines Geschäft eingerichtet und angefangen, ein paar Schachteln voll Hängeschmuck zu importieren, dann mehr und immer mehr. Für die Herstellung eines Glasschmuckartikels braucht man sieben Tage. Das Glas wird erhitzt und in eine Form geblasen, dann wird der neue Hängeschmuck innen mit Sterlingsilber bemalt. Und am Ende wird das Glas dann von Hand bemalt und lackiert und die restliche Detailarbeit ausgeführt. Wie du sehen kannst, hat sich das Radko-Konzept durchgesetzt. Um es kurz zu machen, mittlerweile soll er sechzehn Fabriken in Europa haben und allein in New York über zweitausend Leute beschäftigen. Er hat ein Weihnachtssortiment, ein Chanukka-Sortiment und bietet verschiedenen Schmuck für Halloween, Ostern und den vierten Juli an.«

»Was für eine großartige Geschichte!« Laura lächelte anerkennend. »Ich kannte Radkos Geschichte zwar nicht, aber mir seine ganzen Sachen bei Saks anzuschauen war einfach fantastisch. Ich habe genau das Richtige für meinen Vater gefunden ... eine wunderschöne silberne Achterbahn.«

Das Lächeln in Gwyneth' Gesicht verschwand.

»An dieser Geschichte gefällt mir eines ganz besonders, zumal ich es auch in meinem eigenen Leben erlebt habe.« Gwyneth reichte Laura ein glänzendes Goldpaket. »Nämlich, dass oftmals eine scheinbare Tragödie zu etwas viel Schönerem führt, als man sich je hätte träumen lassen.«

9

Nancy Schultz schüttete eilig eine Packung Makkaroni in den Topf mit kochendem Wasser. Während die Nudeln köchelten, warf sie drei Sets auf den Küchentisch und knallte Teller, Besteck und Papierservietten darauf. Dann schenkte sie drei große Gläser Milch ein.

Ich hasse es, den Kindern diesen Fraß vorzusetzen, dachte sie, während sie die Nudeln abgoss und Milch, Butter und das Orangenpulver einrührte, die das Ganze wie durch Magie in Käsemakkaroni verwandeln würden. Sie zwang sich, einen Blick auf die Nährwertangaben an der Seite der blauen Schachtel zu werfen, in der das Abendessen ihrer Kinder verpackt gewesen war. Viel Fett, viel Natrium, viele Kalorien. Klasse!

Was macht sie da bloß?, fragte sie sich, während sie große Portionen auf die Teller der Kinder schaufelte. Wahrscheinlich genau das, was viele andere Mütter in Amerika an diesem Abend ebenfalls taten. Mütter, die den ganzen Tag in unterbezahlten Jobs in Büros oder Restaurants, Krankenhäusern oder Supermärkten gearbeitet hatten. Mütter, die sich da draußen durch die Menschenmengen und den Verkehr gekämpft hatten in dem Versuch, die Weihnachtseinkäufe zu erledigen – wofür sie natürlich nicht bezahlt wurden. Alles Mütter, die zu viel zu tun und nicht genug Zeit dafür hatten. Und die, wie sie selbst, an diesem Abend verdammt noch mal zu müde waren, um auf dem Nachhauseweg zum sechzigsten oder siebzigsten Mal in diesem Jahr bei dem kleinen A&P-Lebensmittelladen anzuhalten. Sie hatte einfach nicht mehr die Kraft, sich wieder ein Abendessen auszudenken. Hatte nicht mehr die Kraft, es zuzubereiten. Mehr als dreihundert Abendessen hatte sie in diesem Jahr gekocht – oder mehr. Das war genug.

»Aaron. Brian. Lauren. Das Abendessen steht auf dem Tisch.«

Sie hörte das eilige Fußgetrampel, als ihre Kinder aus dem Spielzimmer in die Küche stürmten. Sie beobachtete ihre Gesichter, um herauszufinden, ob ihnen das, was sie ihnen als »Abendessen« präsentierte, zuwider war.

»O super! Käsemakkaroni!«, rief der achtjährige Aaron aus. Sein sechsjähriger Bruder Brian war bereits am Schaufeln. Und Lauren mit ihren vier Jahren tat es ihren älteren Brüdern nach. Erleichtert verkündete Nancy: »Okay, Kinder, ich stell mich noch rasch unter die Dusche.«

Die Kinder blickten erstaunt zu ihr auf.

»Isst du denn nicht mit uns?«

»Nein. Erinnert ihr euch nicht? Ich muss heute Abend arbeiten. Julie D'Amico kommt rüber und passt auf euch auf, bis euer Vater nach Hause kommt.«

»Gut«, sagte Aaron und wandte seine Aufmerksamkeit

wieder dem orangefarbenen Essen auf seinem Teller zu. »Julie hat immer Kaugummi dabei.«

Nancy seufzte. An diesem Abend hatte sie nicht genug Energie, um ihnen einen Vortrag über die Schädlichkeit von Kaugummi für die Zähne zu halten.

Als sie dankbar unter die dampfende Dusche trat, wünschte sich Nancy, dass sie hier für immer stehen bleiben könnte. Sie war alles andere als erfreut über die Aussicht, sich diesen Abend vier Stunden lang an der Kasse der Damenunterwäscheabteilung von Macy's die Beine in den Bauch stehen und die Artikel wieder säuberlich zusammenlegen und in die Regale einordnen zu dürfen. Aber sie brauchten das zusätzliche Geld, und zwar nicht nur für Weihnachten. Sie versuchten verzweifelt, ihre Schulden abzuzahlen und noch darüber hinaus zu sparen, damit sie die Rücklage für die Collegeausbildung ihrer Kinder rechtzeitig wieder auffüllen konnten.

Erschreckend, wie weit ein Jahr ohne festes Einkommen des Hauptverdieners eine Familie finanziell zurückwarf. Manchmal hatte Nancy den Eindruck, dass sie das Loch nie wieder würden stopfen können.

Und heute hatte auch noch eine Einladung zu Gwyneth' berühmter Silvesterfeier im Briefkasten gelegen. Sie war gespannt auf Mikes Reaktion.

10

Donnerstag, 23. Dezember

Laura hängte ihren marineblauen, zweireihigen Wollmantel und den gestreiften Chenille-Schal in den doppeltürigen Wandschrank im Presseinformationsbüro und ging schnurstracks zu ihrem Schreibtisch. Nachdem sie ihren Computer hochgefahren hatte, sah sie erst einmal nach, ob E-Mails auf sie warteten.

Drei neue Nachrichten waren eingegangen, seit sie gestern Abend nach Hause gegangen war: der TAGESPLANER, in dem aufgelistet war, was KEY News an diesem Tag alles bringen wollte, das KONKURRENZPROTOKOLL, in dem die Storys aufgeführt waren, die ABC, CBS und NBC am Vorabend in den Nachrichten gesendet hatten, und eine E-Mail FREIE STELLEN.

Im Augenblick war Laura am meisten an den Stellenausschreibungen interessiert. Sie wollte vom Presseinformationsbüro aufrücken und wusste auch schon genau, wo sie hinwollte. Sie klickte auf die E-Mail, um sie zu öffnen.

Es gab eine freie Stelle als Produzent im Londoner Büro. Verlockend, aber momentan wollte sie weder New York noch ihren Vater verlassen. Dann wurde noch ein Produzent in Washington gesucht. Doch auch diese Anzeige war für sie uninteressant.

Beide Stellen würden eine eindeutige Verbesserung für sie darstellen. Ihr Job wäre die Nachrichtenermittlung, Arbeit vor Ort und Erstellung eigener Berichte. Aber sie hatte sich auf »Hourglass« versteift, obgleich dort keine unbesetzten Positionen ausgeschrieben waren. Sie wusste nur zu gut, dass die Stellenausschreibungen in vielen Fällen nichts als eine reine Formalität waren. Im Normalfall entschieden die Chefproduzenten schon vor den obligatorischen Stellenausschreibungen, welche Mitarbeiter sie für ihre Sendungen haben wollten.

Sie hoffte, Joel Malcolm mit dieser Palisades-Vergnügungspark-Story so weit für sich gewonnen zu haben, dass er sie bei der nächsten frei werdenden Produzentenstelle bei »Hourglass« berücksichtigen würde. Es war sicherlich hilfreich, Gwyneth auf ihrer Seite zu haben, aber jetzt, wo sie darüber nachdachte, fiel ihr auf, dass Gwyneth nicht weiter auf ihre Idee eingegangen war, als sie am Abend zuvor Weihnachtsgeschenke ausgetauscht hatten.

11

Nach einer unruhigen Nacht dachte Gwyneth wieder an Lauras Besuch, als sie sich an ihrem Schreibtisch niederließ. Mit ihrem eisblauen Seidenmorgenrock bekleidet, saß sie zu Hause vor ihrem Laptop und ging ihre E-Mails durch. Nur noch zwei Tage bis Weihnachten und sie hatte noch so viel zu erledigen, dass sie es möglichst vermeiden wollte, im Sendezentrum vorbeizuschauen.

Als Gwyneth die E-Mail von Laura las, spürte sie, wie ihr das Blut in die Wangen schoss.

AN: Mitarbeiter@key.com
VON: Laurawalsh@key.com
BETREFF: RECHERCHE
»Ich arbeite gerade an einem Projekt über den alten Palisades-Vergnügungspark, der fast 75 Jahre lang in Betrieb war und die Volkskultur einer im Wandel befindlichen Nation widerspiegelte.
Wenn ihr jemanden mit einer guten Palisades-Park-Story kennt, lasst es mich bitte wissen.«

Laura

Wie konnte Joel es wagen, Laura grünes Licht für die Story zu geben? Er hatte ihr doch versprochen, mit der Entscheidung bis nach Neujahr zu warten.

Gwyneth fuhr den Computer runter und goss sich noch eine Tasse Kräutertee aus der silbernen Teekanne ein, die Delia auf dem langen Tisch in der Bibliothek abgestellt hatte. Sie nippte an ihrem Tee und versuchte, Ordnung in die Gedanken zu bringen, die ihr im Kopf herumrasten. Ihre Wut auf Joel wurde umso größer, je länger sie über seinen Verrat nachdachte – obwohl sie ganz genau wusste, dass er, damit konfrontiert, bestreiten würde, sein Wort ihr gegenüber gebrochen zu haben. Laura für die Arbeit an der Geschichte seinen Segen zu geben war aus Joels Sicht nur im Interesse von »Hourglass« – und folglich auch nur im Interesse von Gwyneth. Diese Begründung schob er ihr gegenüber immer vor, wenn etwas nach seinem Kopf gehen sollte.

Aber jetzt ist Schluss damit, Joel, dachte Gwyneth mit einem triumphierenden Blick aus ihren blauen Augen, hinaus auf den schneebedeckten Central Park. Schluss damit, dass bei uns immer alles nach deinem Kopf läuft.

Sie hatte sich schuldig gefühlt, hatte gebangt und Angst davor gehabt, Joel etwas zu sagen. Doch angesichts seiner jüngsten Ungeheuerlichkeit war Gwyneth jetzt überzeugt, dass es ihr eine wahre Genugtuung sein würde, den Ausdruck in seinem attraktiven Gesicht zu sehen, wenn sie ihm sagte, dass sie Abschied nahm.

Abschied von KEY News, Abschied von »Hourglass«, Abschied von ihm.

Einen kurzen Moment lang war sie besänftigt. Joel hatte sie verletzt, und bald würde sie ihn verletzen. Aber ihre Befriedigung wich schnell einem Gefühl der Furcht. Unter dem seidenen Morgenmantel lief ihr kalter Schweiß an der Seite hinunter, als ihr einfiel, dass KEY News in Kürze seine nicht eben unbedeutenden Mittel einsetzen würde, um die letzten Tage des Palisades-Vergnügungsparks unter die Lupe zu nehmen.

Entschlossen griff sie nach dem Telefon und wählte Joels Durchwahl.

»Ist das etwa dein Weihnachtsgeschenk für mich, du Mistkerl?«

Joel zuckte zusammen, als er Gwyneth' giftiges Zischen hörte, und hielt den Telefonhörer fest umklammert. »Gwyneth, Liebling, ich kann dir alles erklären.«

»Hör auf, mich Liebling zu nennen, du hinterhältiger Lügner! Du hast mir versprochen, dass wir gemeinsam eine Entscheidung wegen dieser Palisades-Park-Story treffen würden, *nach* den Feiertagen, und dann gehst du einfach hin und entscheidest über meinen Kopf hinweg. Das ist der rote Faden deines Lebens: Joel macht, was Joel machen will. Alles hat nach der Pfeife des großen Chefproduzenten zu tanzen!«

»So funktioniert das System nun mal, Mädel.«

»Schön, aber ich hab die Schnauze voll davon. Und was ist damit, seine Mitarbeiter bei Laune zu halten? Das ist wohl ein Konzept, über das du dir in der letzten Zeit nicht gerade den Kopf zerbrochen hast.«

Joel schwieg einen Augenblick und überlegte, mit welcher Tour er es am besten probierte. Sollte er ihr zeigen, wer hier der Boss war, oder lieber versuchen, sie zu besänftigen?

»Komm schon, Gwyneth. Warum die ganze Aufregung?« bettelte er und entschied sich für Besänftigung statt Konfrontation. »Ich habe Laura nur gesagt, dass sie mit ihren Recherchen weitermachen kann.«

»Wo du so scharf auf die Story bist, ist das gleichbedeutend damit, ihr grünes Licht zu geben, das wissen wir schließlich beide«, erwiderte Gwyneth wütend.

»Heißt das etwa, dass Kitzi und ich von der Gästeliste zu deiner Silvesterparty gestrichen sind?«

»Mach doch, was du willst!« sagte Gwyneth kurz angebunden. Sie knallte den Hörer auf, wohl wissend, dass Joel auf der Party erscheinen würde. Wahrscheinlich würde er irgendein Versöhnungsgeschenk mitbringen in dem Glauben, dass er schon alles wieder geradebiegen könnte.

Diesmal nicht! Auch sie hatte eine kleine Überraschung für ihn bereit. Nach dieser Geschichte hier würde sie ihm ihre Neuigkeiten nur zu gern ins Gesicht sagen. Sein geliebtes »Hourglass«, seine Kreation und sein Lebenswerk, würde bald schon ohne seinen Star auskommen müssen.

12

Die pensionierte Lehrerin Maxine Dzieskanowski Bronner freute sich auf Lauras Besuch morgen am Heiligabend. Laura hatte sie auch die letzten zwanzig Jahre regelmäßig an diesem Tag besucht. Sie erinnerte sich an das erste Mal, als die achtjährige Laura ins Haus Bronner in der Lafayette Avenue gekommen war nur einen Monat nach dem Tod von Lauras Mutter.

Lauras Vater hatte Schwierigkeiten, den Tod seiner Frau zu verkraften. Er ersäufte seinen Kummer in Alkohol, ging nicht mehr zur Arbeit und weinte unaufhörlich. Maxine wusste all das, weil Laura es ihr erzählte. Nicht von Angesicht zu Angesicht, sondern in ihrem Tagebuch.

Die Drittklässler, die Maxine an der Epiphany School unterrichtete, kamen jeden Morgen in die Schule, packten ihre Schulranzen aus und schrieben als Erstes in ihr Tagebuch. Mrs. Bronner gab ihnen jeden Tag ein anderes Thema auf. Was möchtest du werden, wenn du mal groß bist? Was ist dein Lieblingsplätzchen zu Hause? Beschreib deine Familie! Was habt ihr im Sommer vor? Manchmal hatten die Schüler auch freie Themenwahl: Sie konnten alles niederschreiben, was ihnen im Kopf herumging.

Durch dieses Tagebuch war Maxine Zeugin geworden, wie ein kleines Mädchen seine Mutter verlor.

Im September hatte Laura geschrieben, dass ihre Mutter den ganzen Sommer über krank war und ständig zum Arzt musste. Im Oktober ging ihre Mutter ins Krankenhaus, um sich behandeln zu lassen. Wegen dieser Behandlung musste sie sich ständig übergeben, und das blonde Haar fiel ihr aus. Mami hatte gesagt, dass die Behandlung sie wieder gesund machen würde. Im November erzählte Lauras Mutter ihrer Tochter, dass die Behandlung doch nicht gewirkt habe.

Maxines Schüler wussten alle, was vor sich ging. Zu dieser Tagebucherfahrung gehörte auch, dass die Kinder der Klasse laut vorlasen, was sie geschrieben hatten. Keiner wurde dazu gezwungen, aber jedes Mal, wenn die Lehrerin die Klasse fragte: »Wer möchte uns seine Arbeit vorlesen?«, schnellte Lauras Hand in die Höhe.

Die anderen Kinder versuchten sie zu trösten.

»Deiner Mutter wird es bald besser gehen.«

»Mach dir keine Sorgen, Laura.«

»Mein Onkel war auch krank und ist wieder gesund geworden.«

Aber als das Erntedankfest näher rückte und die Klasse von der »Mayflower«, von Plymouth Rock, den Pilgervätern und den Indianern erfuhr, schrieb Laura in ihr Tagebuch, dass sie jede Nacht bei ihrer Mutter schlief, damit sie ganz nah bei ihr sein konnte. Wenn ihr Vater neben seiner Frau eingeschlafen war, schlich sich Laura in das große Doppelbett und kuschelte sich an ihre Mutter, um die Wärme ihres ausgemergelten Körpers zu spüren und dem Geräusch ihres Atems zu lauschen.

Ihre Mutter schlief nicht besonders gut, aber sie hatte nie etwas dagegen, dass Laura nicht wie ein großes Mädchen in ihrem eigenen Bett schlief. Sie nahm ihre Tochter in die Arme, streichelte ihr das goldene Haar und flüsterte ihr ins Ohr, dass alles wieder gut werden würde. Und in diesen Augenblicken in der Dunkelheit, wo sie sicher und warm neben ihrer Mutter lag, glaubte Laura das auch.

Die letzte Nacht aber, schrieb Laura, war ihre Mutter nicht aufgewacht, als Laura sich neben ihr zusammengerollt hatte. Ihr Atem klang komisch, wenn sich ihre Brust hob und senkte. Laura versuchte ihren Vater aufzuwecken, aber der rührte sich nicht. Sie wusste, dass er nach dem Abendessen eine Unmenge Bier getrunken hatte, und jedes Mal, wenn er das tat, war es sinnlos, ihn aufwecken zu wollen.

Und so hatte sie dagelegen, die Arme um ihre Mutter geschlungen, und sich an die Person geklammert, die ihr Sicherheit gab, die Person, die sie am meisten auf der Welt liebte. Und Laura betete, dass Gott ihre Mutter wieder gesund machen würde.

Sie hörte die Kuckucksuhr unten in der Diele rufen, lag in der Dunkelheit und betete. Und dann hörte sie den Kuckuck wieder. Unmittelbar darauf hob sich die Brust ihrer Mutter zum letzten Mal.

Maxines Herz blutete, als sie Lauras Geschichte hörte, und sie versuchte alles in ihrer Macht Stehende, um dem kleinen Mädchen zu helfen. Sie legte den Arm um das Kind und sagte: »Wir sind immer für dich da.« Laura hatte in den Armen ihrer Lehrerin geweint.

Die erste Weihnachtszeit nach Mrs. Walshs Tod, als die Wunde noch ganz frisch war, musste Maxine all ihre Selbstdisziplin aufbringen, um nicht vor dem Kind in Tränen auszubrechen. Das Weihnachtskonzert der Schule fand statt, die Kinder sangen Weihnachtslieder, der Weihnachtsmann kam ins Klassenzimmer und schenkte den Kindern Süßigkeiten, und Laura machte so gut sie konnte mit – ein tapferer kleiner Soldat vor den anderen Kindern.

Wenn die Schulglocke das Ende eines Tages einläutete, drückte sich Laura weiter im Klassenraum herum. Sie wollte nicht nach Hause zurückkehren, in das Haus, in dem sie ihr Leben lang gewohnt hatte, in das Haus in der Grant Avenue, das Haus ohne ihre Mama. Ihr Vater war zu Hause, aber das war nur ein schwacher Trost. Laura hatte Angst vor dem Zustand, in dem sie ihn vorfinden würde.

Deswegen blieb sie nach Schulschluss, und Maxine gab ihr kleine Arbeiten auf: die Tafel abwischen, das schwarze Brett verzieren helfen, Blätter zu Klassenprojekten an die Wand heften. Als die letzten Tage vor den Weihnachtfeiertagen näher rückten, nahm Maxine allen Mut zusammen und fragte Laura, was sie und ihr Vater über Weihnachten vorhatten.

Laura ließ den Kopf sinken. »Paps sagt, dass wir dieses Jahr Weihnachten ausfallen lassen.«

»Wegen deiner Mutter?«

Laura nickte.

»Glaubst du, deine Mama würde wollen, dass ihr Weihnachten feiert, auch wenn sie nicht mehr bei euch ist?«, fragte Maxine mit sanfter Stimme.

Laura dachte einen Augenblick nach. »Ich weiß nicht«, sagte sie unsicher.

»Nun, Laura, das ist eine schwere Zeit für deinen Vater. Ich kann verstehen, dass er im Augenblick keine Lust zum Feiern hat. Aber was hältst du davon, wenn ich ihn frage, ob ihr beide am Heiligabend zu mir nach Hause kommen wollt? Wir feiern immer ganz groß, und wir machen viele Sachen, die in meiner Familie schon seit Jahr und Tag Brauch sind. Für dich wäre es mal ein ganz anderes Weihnachtsfest.« Die Augen des kleinen Mädchens leuchteten auf.

An diesem Abend rief Maxine Emmett Walsh an. Sie merkte an seinem Lallen, dass er getrunken hatte, aber als sie ihre Einladung zum Heiligabend vorbrachte, fühlte sie sich irgendwie durch seine Antwort ermutigt.

»Ich weiß, dass Laura ein Weihnachtsfest haben sollte, aber ich kann ihr keins bieten. Ich hab mir keins verdient. Aber Laura hat sich's verdient.«

»Natürlich haben Sie es sich verdient. Sie sind doch nicht schuld am Tod Ihrer Frau!«

»Sie ist nicht in Frieden gestorben. Und das ist meine Schuld.« Maxine konnte hören, wie er einen Schluck Bier trank.

Sie verstand nicht, was er meinte, aber sie hatte das Gefühl, dass es ihr nicht zustand, weitere Fragen zu stellen.

»Mr. Walsh, vielleicht sollten Sie einmal mit Pfarrer Ryan reden. Vielleicht kann er Ihnen helfen, mit dem Ganzen fertig zu werden.«

»Momentan hab ich's nicht so mit der Religion, Mrs. Bronner. Um ehrlich zu sein: Ich bin auf Gott ziemlich sauer.«

»Nun, das ist natürlich Ihre Entscheidung, Mr. Walsh. Aber Laura ist ein unschuldiges Kind, und ich weiß, dass Sie ihr Bestes wollen. Bitte kommen Sie Weihnachten doch zu uns!«

Und so hatte es angefangen. Die ersten paar Jahre kam Emmett Walsh mit seiner Tochter am Abend vor Weihnachten ins Haus der Bronners. Später kam Laura dann allein.

Als Einzelkind liebte Laura diese großen Familienfeiern. Alan Bronner war ein warmherziger, großzügiger Mann, der seine »Maxie« und ihre beiden Kinder, Danielle und Justin, sichtlich liebte. Tanten, Onkel, Cousins und Cousinen kamen im Haus zusammen, um die *Wigilia*, das wichtigste polnische Familienfest im ganzen Jahr, zu feiern.

Wenn sich die Dämmerung senkte, stellte Mrs. Bronner eine Kerze in eines der Fenster, die zur Straße hinaus gingen. Sie erklärte Laura, dass das den Geistern von Familienahnen helfen sollte, zur *Wigilia* den Weg »nach Hause« zu finden.

»Glauben Sie, dass meine Mama mich hier finden wird?«, fragte Laura in jenem ersten Jahr leise.

Maxine zog das Kind an sich. »Laura, ich glaube fest, dass deine Mutter hier bei uns ist und dich sehr, sehr liebt. Sie hat alles versucht, um bei dir bleiben zu können, und ich weiß, dass sie dich nicht verlassen wollte. Aber es war Zeit für sie weiterzugehen, zu Gott im Himmel. Ich weiß, dass sie sich wünscht, dass du glücklich bist und dein Leben und all die wunderbaren Dinge genießt, die auf dich warten.«

»So wie heute Abend?«

Das arme Kind bittet um Erlaubnis, sich amüsieren zu dürfen, dachte Maxine. »Ja, ganz besonders heute Abend.«

Maxine nahm Laura an der Hand und führte sie ins Wohnzimmer. Sie klappte eine Ecke der kräftig gestärkten weißen Leinentischdecke zurück und zeigte dem Kind das Stroh, das darunter lag. »Heu und Stroh sind die Symbole für die Geburt Jesu im Stall, Laura. Wenn sich der erste Stern am Himmel zeigt, können wir mit unserer Feier beginnen.«

Laura überlegte einen Augenblick. »Und was ist, wenn sich kein Stern zeigt? Was ist, wenn zu viele Wolken am Himmel sind?«

Maxine lachte. »Dann fangen wir um sechs Uhr an.«

An jenem Abend aber zeigte sich ein Stern. Die Familie und ihre Gäste standen um den Tisch herum und brachen und teilten das *Optalek*, das heilige Brot, das – so erklärte Mrs. Bronner Laura – der Hostie ähnlich war, die man als Leib

Christi während der Messe verwendete. Im Gegensatz zur runden Form der Hostie war das *Optalek* allerdings rechteckig und hatte auf einer Seite ein Weihnachtsmotiv. Für die Polen symbolisierte es das Festigen der zwischenmenschlichen Bande.

Laura aß voller Ernst ihr Stück Waffel und nahm dann neben ihrem Vater am Tisch Platz. Sie war erleichtert, dass ihr Vater an dem Tag nichts getrunken hatte. Sie hatte sogar bemerkt, dass er, als Mrs. Bronner ihn fragte, was er gerne trinken würde, um ein Ginger Ale gebeten hatte.

Vielleicht würde sich doch noch alles zum Guten wenden.

13

In den Tagen vor dem Tod ihrer Mutter wurde die achtjährige Laura immer früh ins Bett geschickt, aber sie konnte nicht schlafen. Das vertraute Schlafzimmer mit seiner bunt gestreiften Tapete und dem Baldachinbett, dem »Prinzessinnenbett«, wie ihre Mutter es nannte, dieser Glück spendende, behagliche Ort, an dem ihr liebevoll so viele Gute-Nacht-Geschichten erzählt worden waren, wurde zu einer düsteren, beängstigenden Kammer. Tagsüber gab es die Schule und ihre Lehrerin, Mrs. Bronner, Lob für gute Leistungen und Verabredungen mit Spielkameraden. Aber nachts, wenn alle Aktivitäten vorbei waren, lag Laura allein in ihrem engen Bett und grübelte und machte sich Sorgen.

Sie wusste, dass etwas nicht stimmte, obwohl alle versuchten, so zu tun, als sei alles in Ordnung, wenn sie dabei war.

Ihr Vater wusste nicht, dass sie ihn abends in seinem großen roten Sessel hatte weinen sehen. Er dachte, dass sie schlafend im Bett liege. Aber das tat sie nicht. Sie war wach und schlich im Haus herum. So hatte sie auch alles mitbekommen.

Tapfer wie immer, hatte sie so getan, als ob nichts wäre. Sie plauderte beim Abendessen, erzählte Emmett, was tagsüber in Mrs. Bronners Klasse alles vorgefallen war, und achtete stets darauf, nicht auf den leeren Stuhl am Tisch zu blicken. Mamis Platz. Sie hatte so getan, als ob es überhaupt nicht seltsam sei, dass ihre Mutter abends oben im Bett lag und nicht am Tisch bei ihrem Mann und ihrer Tochter saß und Fleischkäse mit ihnen aß. Laura trank ihre Milch aus, aß die Erbsen auf und hoffte, dass alles wieder in Ordnung kommen würde, wenn sie nur ein artiges kleines Mädchen war.

Laura hatte auch so getan, als fiele ihr nicht auf, dass ihr Vater noch mehr trank als sonst.

Seit sie denken konnte, trank ihr Vater aus den rotweißen Dosen. Ihre Mutter sagte im Normalfall nichts dazu, aber Laura wusste, dass ihre Mutter jeden Tag die leeren Dosen im Abfalleimer zählte. »Emmett, das reicht jetzt, mein Schatz«, pflegte sie zu sagen. Und normalerweise hörte ihr Vater dann auf.

Später, als ihre Mutter dazu nicht mehr in der Lage war, hörte ihr Vater nicht mehr auf. Er trank immer mehr. Beim Sprechen lallte er. Er roch nach Bier. Manchmal stolperte er und fiel hin, wenn er von seinem Stuhl aufstand.

Eines Abends sagte Laura: »Vati, das reicht jetzt.« Da schlug ihr Vater sie. Danach tat Laura immer so, als bemerke sie nichts, wenn sie hörte, wie eine Bierdose nach der anderen geöffnet wurde.

Irgendwie hatte Laura, so klein sie auch war, gewusst, dass ihr Vater sie nicht hatte schlagen wollen. Er liebte sie, dessen war sie sicher. Sie verzieh ihm, weil ihr klar war, dass ihr Vater sich Sorgen um ihre Mutter machte.

Sie wusste es, weil sie es ihn hatte sagen hören. Wenn ihre Eltern dachten, dass sie sicher in ihrem Zimmer lag und tief und fest schlief, stand Laura mit ihrem blonden, feinen Haar im Flur vor dem Schlafzimmer ihrer Eltern und lauschte den gedämpften Stimmen.

»O Sarah, was soll ich ohne dich anfangen?« schluchzte ihr Vater.

»Schsch, mein Liebling, ruhig. Es tut mir so schrecklich Leid. Aber du musst stark sein, du musst weitermachen für unser kleines Mädchen, für Laura.«

»Ich kann nicht.«

»Natürlich kannst du. Du musst. Aber Emmett, du musst aufhören zu trinken. Versprich mir, dass du dir helfen lassen wirst.«

Laura hörte ihren Vater wimmern, und das beängstigte sie. Wenn ihre Mutter sie verlassen würde, dann hätte sie nur noch ihren Vater, und ihr Vater stand kurz vor einem Nervenzusammenbruch. Ihr Vater, von dem sie immer geglaubt hatte, dass er so groß und stark sei. Ihr Vater, auf den sie sich würde verlassen müssen, dass er alles wieder ins Lot bringen würde. Ihr Vater, den sie jetzt schluchzen hörte.

»Versprich es mir, Emmett. Du musst es jemandem erzählen. Es dir von der Seele reden. Du wirst nie imstande sein, mit dem Trinken aufzuhören, wenn das, was geschehen ist, weiter an deinem Gewissen nagt. Du musst endlich aufhören, dich schuldig zu fühlen, und stattdessen die Verantwortung übernehmen. Zugeben, was passiert ist. Es war ein Unfall. Geh zur Polizei. Beichte alles.«

Laura wusste, was »beichten« bedeutete. Sie hatte in diesem Jahr ihre erste Kommunion gehabt, und damit auch ihre erste Beichte, das andere Sakrament, die Buße. Sie hatte Mühe gehabt, sich etwas einfallen zu lassen, das sie dem Pfarrer erzählen konnte, etwas, das als Sünde zählte.

Da stand sie, mit bloßen Füßen und im Flanellschlafanzug, und fragte sich: *Was hat Paps nur getan, dass sich Mama solche Sorgen machte?*

Zwanzig Jahre später, nach einer Kindheit und Jugend voller Geheimnistuerei und körperlicher Züchtigung, wusste Laura immer noch nicht, was ihre Mutter damals gemeint hatte, als sie sich flüsternd mit ihrem Vater unterhielt. Aber auf ihrer Stirn prangte ein ständiges Mahnmal, dass ihr Vater krank war und unfähig, sich zu beherrschen.

14

Mit schwerem Herzen beendete Dr. Leonard Costello im Krankenhaus Mt. Olympia seine Visite. Aber nicht wegen seiner letzten Patientin – einem jungen Mädchen, dem ein Verrückter im Central Park Messerwunden im Gesicht zugefügt hatte –, empfand er dieses Gefühl des Verlustes. Wenn er mit ihr fertig wäre, mehrere Operationen und viele Tausende von Dollars später, würde sie unter Umständen sogar besser aussehen als vorher.

Costello schritt langsam durch den Gang. In der Luft hing der Geruch von frisch gewischtem und desinfiziertem Linoleum. Krankenschwestern eilten den Gang auf leise quietschenden Kreppsohlen entlang. Über knisternde Lautsprecher wurden Namen von Ärzten ausgerufen. Aber Costello nahm die Aktivitäten um sich herum nur verschwommen wahr. Er dachte an seine Unterhaltung mit Gwyneth Gilpatric, die ihn zutiefst aufwühlte.

Wusste sie es etwa? Wie konnte sie von seiner Krankheit wissen? Er hatte es niemandem erzählt, nicht Francheska und nicht einmal seiner Frau.

Er war sehr vorsichtig gewesen. Als er gemerkt hatte, dass etwas mit ihm nicht stimmte, hatte er keinen Arzt im Mt. Olympia hinzugezogen – hier in New York hatte er mit überhaupt keinem Arzt gesprochen. Stattdessen hatte er seinen besten Freund aus seiner Zeit an der medizinischen Fakultät angerufen und war zu einer Untersuchung nach Miami geflogen. Sein Kumpel von der Uni, der jetzt als Neurologe arbeitete, untersuchte ihn gründlich, war sich zunächst aber nicht sicher, was ihm fehlte. Es konnte alles Mögliche sein: Parkinson, Multiple Sklerose oder irgendetwas Unbekanntes. Er hatte ihm vorgeschlagen, ein Medikament auszuprobieren. Innerhalb von 24 Stunden würde Leonard wissen, ob es wirkte. Wenn Sinemet das Zittern unterdrückte, würde feststehen, dass Leonard an der Parkinsonschen Krankheit litt.

Als Leonard zum ersten Mal die gelbe Tablette schluckte, tat er das mit gemischten Gefühlen. Er wollte zwar wissen, was ihm fehlte, aber er betete, dass es nicht die Parkinsonsche Krankheit war. Die Aussicht auf Multiple Sklerose oder eine Funktionsstörung des Gehirns war allerdings auch nicht besser. Wie sehr er seine Gesundheit für selbstverständlich gehalten hatte!

Am Ende jenes Tages hatte Leonard es gewusst. Das Sinemet wirkte. Leonard hatte sich zu den Rängen von Schauspieler Michael J. Fox, Justizministerin Janet Reno und dem Boxgiganten Mohammed Ali aufgeschwungen.

Als die Diagnose einmal feststand, hatte sein Freund geschworen, keinem etwas davon zu erzählen. Leonard war sicher, dass sein Freund sein Wort halten würde. Schließlich wusste auch Leonard gewisse Dinge von ihm. Ärzte mussten zusammenhalten.

Der Schatten eines Verdachts und ein überfüllter Warteraum konnte in null Komma nichts zu einer leeren Grabstätte werden. Der gute Name bedeutete alles, wenn man sich einer gut gehenden Praxis erfreuen wollte.

Er hatte zu lange und zu hart an der Verwirklichung seiner Traumpraxis gearbeitet. Er war ein Künstler. Das sagten alle, und auch sein Bankkonto bewies es. Und sein Lebensstil spiegelte es wider.

Der Jaguar, der Range Rover, das Boot, das am Hudson verankert lag. Die Villa in Scarsdale, das Haus am Meer auf einer Klippe in St. Martin. Die Kinder in den besten Privatschulen. Die heißblütige Geliebte in einem Apartment an der Upper East Side.

Das alles würde er nicht so einfach aufgeben.

Falls Gwyneth es wusste, würde sie es über kurz oder lang jemandem erzählen. Die Gerüchteküche würde überbrodeln. Leonard Costello, der berühmte Schönheitschirurg mit den zitternden Händen. Seine betuchten Patienten würden panisch das Weite suchen. Es schauderte ihn bei dem Gedanken.

Natürlich würde er sich irgendwann aus dem Arbeitsleben zurückziehen müssen. Aber noch nicht jetzt. Er konnte es gut und gerne abwarten, bis sich das Zittern nicht länger mit Medikamenten kontrollieren ließ. Mit etwas Glück konnte das noch Jahre dauern. Jahre, in denen weiterhin der Rubel auf sein Konto rollen und er seinen Geldanlagen besondere Aufmerksamkeit schenken würde. Es war an der Zeit, sich das Polster zuzulegen, das er später einmal brauchen würde.

Er musste herausfinden, ob Gwyneth es wusste. Falls ja, könnte er ihr versichern, dass er niemals während eines Anfalls operieren würde. Vielleicht konnte er an ihr Mitgefühl appellieren und ihr seine Pläne erklären. Sie würde verstehen, dass er noch etwas Zeit brauchte, bevor er sich aus dem Geschäft zurückzog. Er nahm sich vor, sie während ihrer Silvesterparty zur Seite zu nehmen und ihr ein wenig auf den Zahn zu fühlen. Wenn er mit ihr von Angesicht zu Angesicht sprach, würde er ihr ansehen, ob sie es wusste oder nicht.

»Hallo, Len.« Greg Koizim, ebenfalls einer der gefragtesten Schönheitschirurgen New Yorks, unterbrach Costellos Gedankengänge. Koizim, blond, gut aussehend und zehn Jahre jünger als er, ging im Gleichschritt neben ihm.

»Hallo, Greg. Wie läuft's?«, fragte Costello etwas lustlos.

»Rat mal, wer gestern bei mir in der Praxis war.«

»Passe.«

»Gwyneth Gilpatric. Ist das nicht eine von deinen Patientinnen?«

Du weißt verdammt noch mal genau, dass sie das ist, du Mistkerl, dachte Costello und verfluchte sich selbst dafür, dass er in den letzten Jahren so hemmungslos mit den Berühmtheiten, die bei ihm in Behandlung waren, geprahlt hatte. Aber die Tatsache, dass er eine berühmte Patientin verlor, kümmerte ihn im Augenblick herzlich wenig. So lange er nur die anderen halten konnte.

»Ach ja? Was lässt sie sich machen?«, fragte Costello und bemühte sich, nur mäßiges Interesse zu zeigen.

»Vollständiges Facelifting. Ich habe ihr einen Termin in der ersten Januarwoche gegeben.«

Dr. Costello spürte, wie seine Wangen zu glühen begannen. Der ganze Mist, den ihm Gwyneth erzählt hatte, von wegen, dass sie Angst habe und noch nicht so weit sei. Sie hatte gelogen.

Es gab keinen Zweifel mehr: Gwyneth wusste es.

15

Laura arbeitete den ganzen Morgen und einen guten Teil des Nachmittags an ihrem Jahresrückblick. Sie sah sich drei Kästen voller Videos an, auf der Suche nach genau den zwei Bildschirmsekunden, die das Wesen ihrer verstorbenen Hauptdarsteller einfangen würden. Um vier Uhr ließ sie alles stehen und liegen, um für ihre Aufnahmesession mit Eliza Blake zum Studio der »Evening Headlines« hinunterzugehen.

Alle Mitarbeiter, denen es irgend möglich war, versuchten, sich die Weihnachtswoche frei zu nehmen. Laura würde, mit Ausnahme des Weihnachtstages, die Woche über arbeiten und ihren Jahresrückblick beenden. Eliza Blake nahm ein paar Urlaubstage, aber bevor sie ging, wollte KEY News für alle Eventualitäten gerüstet sein.

Als Laura ins Studio kam, saß Eliza bereits am Koordinatorentisch und sah ihren Text durch. Sie lächelte Laura zu, als diese auf sie zu kam.

»Ich find's irgendwie schaurig, das hier am Tag vor Heiligabend zu machen«, bemerkte Eliza.

Laura nickte. »Ich auch. Aber du weißt ja, wie es läuft. Wenn wir darauf vorbereitet sind, wird er nicht sterben. Nur, wenn wir nicht darauf vorbereitet sind, wird er todsicher abtreten.«

»So kann man's natürlich auch betrachten.« Eliza zuckte mit den Schultern. »Ich frage mich nur, ob sie wissen, dass wir das hier machen.«

»Nach allem, was ich gehört habe, kriegt er im Moment überhaupt nichts mit.«

»Okay. Es kann losgehen.«

Laura ging quer durch den Raum zur Regiekabine und überließ es Eliza, den Ton zu prüfen.

»Mikro-Test, eins, zwei, drei.«

»Klingt gut«, bestätigte Direktor J. P. Crawford, während sich Laura hinter ihm niederließ. Crawford übernahm den Count-down: »Eliza Blake, ›Sonderbericht Kevin Kane‹ in drei, zwei, eins. Einsatz Eliza.«

Laura beobachtete Eliza auf dem Fernsehbildschirm, wie sie direkt in die Kamera blickte und die Worte vom Teleprompter ablas. »Das ist ein KEY-News-Sonderbericht. Der ehemalige Präsident Kevin Robert Kane ist heute auf seiner Ranch in der Nähe von Tucson in Arizona im Alter von dreiundsiebzig Jahren gestorben. Der frühere Präsident litt seit einem Jahr an Krebs.

Präsident Kanes Leichnam wird im Rundraum des Kapitols aufgebahrt. Er wird auf dem Gelände der Kevin R. Kane Presidential Library in Tucson beerdigt werden.

Mehr zu Präsident Kanes Tod heute Abend in den ›Evening Headlines‹. Ich wiederhole: Der frühere Präsident Kevin Kane ist im Alter von dreiundsiebzig Jahren gestorben.«

»Okay, schauen wir uns das mal an«, sagte Crawford.

Laura und die Studiomitarbeiter beobachteten auf der Wand des Kontrollraums, wie die Aufnahme von Eliza auf einem halben Dutzend Bildschirmen zurückgespult wurde.

»Wie findest du's?«, fragte Crawford.

»Spitze«, lobte Laura.

Wenn jetzt der ehemalige Präsident in den nächsten zehn Tagen sterben würde, was leicht der Fall sein konnte, würde KEY von seinem Ableben berichten. Wie sich das gehörte, würde das die Moderatorin der »Evening Headlines« übernehmen – obwohl sie mit ihrer Tochter auf Rhode Island Urlaub machte, zweihundert Meilen vom Sendezentrum entfernt.

Eliza Blake nahm ihr Mikrofon ab. »Ist das nicht deprimierend, ständig diese Nachrufe zu schreiben?«, fragte sie.

Laura zuckte mit den Schultern. »Eigentlich nicht. Wenn ich ehrlich sein soll, mach ich sie irgendwie auch gern. Jemand, der sich einen Nachruf im Fernsehen verdient hat, muss in irgendeiner Form ein außergewöhnliches Leben geführt haben. Das Recherchieren macht mir wahnsinnigen Spaß. Ich lerne ständig Sachen, die ich noch nicht wusste.«

Eliza nickte. »Haben eigentlich alle was gemeinsam?«

Laura dachte einen Augenblick nach. »Ja«, bestätigte sie. »Alle Persönlichkeiten, mit denen ich mich befasse, haben in ihrem Leben sehr schwierige Zeiten durchgemacht. Jeder von ihnen hat sich mit irgendwelchen Schicksalsschlägen auseinandersetzen müssen und sich nicht unterkriegen lassen. Und in vielen Fällen sind sie eindeutig als Gewinner daraus hervorgegangen.«

Eliza strahlte. »Das gefällt mir. In diesem Sinne wünsche ich dir schöne Feiertage. Ich mache mich mit Janie auf, um meine Eltern über Weihnachten mit unserem Besuch zu beglücken. Was hast du vor, Laura? Ich hoffe, du musst nicht arbeiten?«

»Gott sei Dank, nein! Dieses Jahr habe ich Weihnachten frei. Ich fahre raus nach New Jersey und verbringe den Tag mit meinem Vater.«

16

Heiligabend

Die Atmosphäre bei KEY News am Heiligabend war festlich. Jemand hatte bunte Lichterketten an die Decke des Presseinformationsbüros gehängt und der größte Schreibtisch im Raum war freigeräumt worden, um Kuchen, Keksen und der

Baklava von Mike Schultz' Frau Platz zu machen. Die Nachrichtenwelt war am Tag vor dem Jahrestag von Christi Geburt ruhig, und Laura und ihre Mitarbeiter verbrachten einen guten Teil ihrer Zeit damit herumzublödeln, sich gegenseitig zu fragen, was sie an Weihnachten vorhatten, und die Bedauernswerten zu bemitleiden, die arbeiten mussten.

Laura versuchte, ein paar Dinge für ihren Jahresrückblick zu erledigen. Sie hatte das Gefühl, ziemlich gut voranzukommen und das Projekt rechtzeitig zum Abschluss zu bringen. Deswegen beschloss sie, ein wenig früher nach Hause zu gehen als sonst. Sie konnte es kaum erwarten, bei den Bronners zu sein.

Da sie nicht vom Busfahrplan abhängig sein wollte, hatte sie sich den Luxus gegönnt, für zwei Tage ein Auto zu mieten. Ihre Geschenke für die Bronners lagen bereits im Kofferraum. Also verließ sie das KEY-Sendezentrum und steuerte direkt auf den Lincoln Tunnel und New Jersey zu. Als sie wieder aus dem Tunnel herausfuhr, dunkelte der Winterhimmel bereits. Der Fuß auf dem Gaspedal juckte sie. Sie wollte da sein, bevor der erste Stern am Himmel erschien.

Das ist der Teil von Weihnachten, der mir am besten gefällt, dachte sie. Der Teil, auf den ich mich am meisten freue. Einen Moment lang fühlte sie sich schuldig und wünschte sich, sich am meisten auf die Zeit mit ihrem Vater zu freuen. So sollte es eigentlich sein. Aber so war es nicht.

Ihre Beziehung zu Emmett war kompliziert. Sie liebte ihn, daran gab es keinen Zweifel. Aber die Jahre, die sie damit verbracht hatte, sich Sorgen um ihn zu machen und in ständiger Furcht davor zu leben, was er als Nächstes tun würde, hatten ihre Spuren hinterlassen. Bei ihren Besuchen hatte sie immer einen Kloß im Hals. Wie würde er sein? Nüchtern? Aufbrausend? Oder deprimiert?

Die Bronners dagegen begrüßten sie immer wie eine der ihren. Ihr war bewusst, dass sie, weil sie eben nicht mit ihnen blutsverwandt war, sich nicht mit dem ganzen emotionalen Kram beschäftigen musste, der dazugehören würde, wenn sie tatsächlich Teil der Familie wäre. Sie konnte einfach zu ihnen nach Hause gehen und die reizende, traditionsbewusste Heiligabendfeier genießen.

Laura fand einen Parkplatz an der Ecke Lafayette und Palisades Avenue. Während sie die Geschenke aus dem Kofferraum holte, fiel ihr ein, dass direkt gegenüber das Gelände war, auf dem sich einst der Palisades-Vergnügungspark befunden hatte. Der Fundort von Tommy Cruz' Überresten war nur wenige Häuserblocks entfernt. Sie ging die Lafayette Avenue hinauf, auf das Haus der Bronners zu. Während ein Windstoß ihr kalt ins Gesicht blies, nahm sie sich vor, Maxine und Alan zu fragen, ob sie sich an etwas aus der Zeit erinnerten, als der Junge verschwunden war. Als sie die Stufen zur kranzgeschmückten Haustür der Bronners hinaufstieg, blickte sie hinauf zum Himmel und sah einen Stern.

»Du hast es gerade noch rechtzeitig geschafft!«, begrüßte Maxine sie mit offenen Armen. »Komm herein.«

Aus der Küche drangen die bekannten Gerüche der Bronnerschen Weihnacht. Zum Abendessen würde kein Fleisch gereicht werden. Es würde eingelegten Hering und Forelle mit Äpfeln, Pilzen, Zwiebeln und Sellerie geben. Ein fleischloser Jägereintopf mit Sauerkraut und gelben Erbsen köchelte auf dem Herd vor sich hin. In wenigen Minuten würde er zusammen mit Nudeln und Mohn auf dem Tisch stehen. Und natürlich würde es auch Lauras geliebte *Pierogi* geben, mit Kartoffeln und Käse gefüllte polnische Knödel.

Während die Bronners Laura Begrüßungen entgegenriefen, stellte sie ihre Geschenke unter den Weihnachtsbaum. Die Zweige waren mit Engeln, Sternen, Bäckereien und glitzerndem Lametta behangen. Sie zog ihren Mantel aus und enthüllte ihr neues, figurbetontes rotes Kleid, das sie sich erst kürzlich selbst als Weihnachtsgeschenk gekauft hatte.

»Laura, du siehst einfach wundervoll aus!«, rief Maxine aus.

»Sie aber auch, Mrs. Bronner. Sie sind einfach unverändert.«

Maxine lachte. »Ich wünschte, dem wäre so, mein Liebes. Aber die Zeit bleibt nicht stehen. Und wie oft habe ich dir schon gesagt, dass du mich Maxine nennen sollst?«

»Wenn man Sie so betrachtet, sollte man das nicht für möglich halten«, sagte Laura. »Sie sehen genauso aus wie damals, als ich zum ersten Mal in Ihre dritte Grundschulklasse marschierte. Und das ist wahrscheinlich auch der Grund, warum ich immer an Sie als Mrs. Bronner denken werde. Aber ich werde mich bemühen, Sie Maxine zu nennen.«

»Lady Clairol trägt wahrscheinlich tüchtig dazu bei, dass ich nicht älter aussehe«, sagte Maxine mit einem gleichgültigen Achselzucken und schob sich eine Strähne dunkelbraunen Haars hinters Ohr.

Alan Bronner legte den Arm um seine Frau. »Du hast vollkommen Recht, Laura. Max ist so hübsch wie am Tag, als ich sie kennen gelernt habe, oder ich sollte vielmehr sagen am Tag, als ich die falsche Nummer gewählt habe. Das war der glücklichste Tag meines Lebens.«

Sie kannten alle die Geschichte, wie Maxine und Alan zum ersten Mal »Kontakt geknüpft« hatten. Alan hatte eigentlich ein anderes Mädchen anrufen wollen und aus Versehen die falsche Nummer gewählt. Maxine Dzieskanowski hatte abgehoben. Bei beiden machte es Klick. Zunächst lief die Beziehung ausschließlich übers Telefon. Als Alan sie schließlich zu ihrer ersten Verabredung abholte, öffnete sie einem jungen Mann mit einem kleinen Pferdeschwanz und einem

Flicken im Schritt seiner Jeans die Tür. Der junge Mann gründete dann in seinem Keller eine Computerfirma, die schließlich fünfunddreißig Mitarbeiter in Büroräumen in Mahwah beschäftigte. Die Bronners hätten locker von Cliffside Park wegziehen und sich ein größeres Haus in einer wohlhabenderen Vorstadt in New Jersey leisten können. Aber sie zogen es vor zu bleiben, wo sie waren, denn sie waren fest in der Gemeinschaft hier verwurzelt.

»Auf geht's! Alle Mann zu Tisch! Es ist Zeit für die *Wigilia*«, rief Maxine. Man brach die *Optalek* und genoss anschließend lustig plaudernd und lachend die Mahlzeit. Als Maxine den Nachtisch servierte – ofenwarmer, herzförmiger Honiggewürzkuchen, ein Kompott aus Trockenobst, Nusspudding und einen trockenen Mohnkuchen –, stöhnte Laura auf.

»Ich kann nicht mehr!«

Das hinderte sie aber nicht, sich noch einmal den Teller zu füllen.

Nach dem Abendessen setzte sich Maxine im Wohnzimmer ans Klavier. Sie war eine begnadete Pianistin, hatte sie doch mit fünf Jahren begonnen, Klavierunterricht zu nehmen. Laura fiel mit den anderen ein und sang voller Inbrunst Weihnachtslieder mit. Dann wurden die Geschenke ausgepackt.

Laura saß neben Maxine auf dem gepolsterten Zweiersofa in der Ecke des Raumes und erfreute sich an den »Oohs« und »Aahs«, als die Geschenke ausgepackt wurden.

»Wie läuft es so bei KEY News, Laura?«

»Ziemlich gut momentan.«

»Machst du immer noch die Nachrufe?«

»Ja. Aber ich hoffe auf einen neuen Job bei ›Hourglass‹.«

Maxines Augen weiteten sich. »O Laura, das wäre ja wunderbar für dich. Wir schauen uns die Sendung jede Woche an. Sie ist einfach spitze.«

Laura nickte. »Ich hatte die Idee für eine Story, die dem Chefproduzenten ziemlich gut gefällt.«

Maxine wartete, dass Laura weitersprach.

»Den Palisades-Vergnügungspark und den Tod von Tommy Cruz.«

Maxines Miene verfinsterte sich.

»Stimmt was nicht?«

Maxine schüttelte den Kopf. »Das war eine fürchterliche, tragische Zeit. Ich erinnere mich an die Suche nach dem kleinen Jungen, die kein Ende zu nehmen schien. Tage, Wochen, Monate, aber sie haben nichts gefunden. Ich erinnere mich, dass Tommys bester Freund Ricky Potenza einen Nervenzusammenbruch hatte, das arme Kind. Danach war er nicht mehr derselbe. Die Familie ist irgendwann weggezogen, aber ich bekomme immer noch jedes Jahr eine Weihnachtskarte von seiner Mutter.«

Maxine blickte einen Augenblick lang weg, als wollte sie sich sammeln. »Schließlich wurde es ruhiger«, fuhr sie fort. »Aber für die Familie Cruz ging der Albtraum weiter, die ganzen Jahre hindurch bis jetzt. Auch heute weiß ich noch nicht, was ich sagen soll, wenn ich Felipe in der Kirche treffe oder Marta im Supermarkt begegne. Ich hoffe nur, dass es ihnen gelingt, jetzt so etwas wie einen Schlussstrich unter die Geschichte zu ziehen.«

»Ja und nein«, sagte Laura. »Die Polizei nimmt die Ermittlungen wieder auf.«

»Aber nach all den Jahren sollte man doch annehmen, dass die Spur nirgendwo mehr hinführt.«

17

Der erste Weihnachtstag

Laura wollte nach dem Abendessen bei den Bronners nicht im Haus ihres Vaters übernachten. Sie fuhr zurück nach Manhattan, um in ihrem Apartment zu schlafen.

Am Morgen des ersten Weihnachtstages steckte sie gerade die bunt verpackten Geschenke für ihren Vater in eine rote Einkaufstüte von Bloomingdale's, die sie mit nach New Jersey nehmen wollte, als das Telefon klingelte.

»Frohe Weihnachten«, flüsterte die Stimme.

»Francheska?«

»Mhm.«

»Warum flüsterst du?«

»Ich bin nicht allein.«

»Mein Gott«, stöhnte Laura. »Ist Len etwa bei dir?«

»Er liegt neben mir und schläft tief und fest.«

»Ich glaube, mir wird schlecht! Es ist Weihnachten, und er liegt mit dir im Bett? Während seine Frau und Kinder zu Hause in Westchester sind? Drecksack! Wann wirst du dich endlich von diesem Tier trennen?«

»Jetzt hör schon auf, Laura«, bettelte Francheska. »Nörgele nicht an mir herum! Nicht heute! Es ist Weihnachten.«

»Na gut«, seufzte Laura und beschloss, im Augenblick nicht weiter über die Situation nachzudenken, in der sich ihre Freundin und frühere Mitbewohnerin befand. »Aber sag mir eines: Wie macht er das? Ich meine, welchen Grund hat er seiner Frau genannt, dass er an diesem Morgen nicht da sein kann, um die Geschenke, die der Weihnachtsmann gebracht hat, auszupacken?«

»Er ist Arzt, hast du das vergessen?«

»Ach richtig, ich vergaß«, antwortete Laura mit sarkastischem Unterton. »Wieder mal ein ›Notfall‹ im Krankenhaus. Dein Schönheitschirurg, die große Kanone. Wie jämmerlich! Und es ist mir egal, was du glaubst, Fran, aber Mrs. Costello muss einfach was ahnen. Wenn nicht, ist sie die dümmste Frau von ganz Scarsdale.«

»Fährst du Emmett besuchen?«, flüsterte Francheska und wechselte das Thema.

»Ja. Und ich wollte, du kämst mit. Emmett würde sich freuen, dich wiederzusehen. Er mag dich, wie du weißt, und er kocht dein Leibgericht, leckere Rippchen. Nun komm schon. Es ist Weihnachten, Francheska. Ich will nicht, dass du ganz allein in der Stadt rumhängst, wenn Doktor Wundervoll zur Tür raus ist.«

»Danke, Schätzchen. Der Gedanke, ein paar Stündchen im Keller von deinem Vater mit dem Park zu spielen, ist verlockend. Wenn ich's mir doch anders überlegen sollte, weiß ich, wo ich dich finde. Hey, ich muss auflegen«, flüsterte sie eilig. »Er wacht gerade auf.«

18

Der Geruch von gebratenem Rindfleisch schlug Laura entgegen, als sie die Eingangstür zur Doppelhaushälfte ihres Vaters in der Grant Avenue aufschloss. Niemand war im kleinen Ess-Wohn-Raum oder der winzigen Küche, um sie zu begrüßen. Sie kämpfte mit der großen, schweren Schachtel, die sie im Arm hielt, und der Einkaufstüte voller Geschenke. Schließlich legte sie alles auf dem Fußboden ab.

»Paps?«, rief sie. »Ich bin da!«

»Hier unten, Munk.«

Natürlich, wo sollte er auch sonst sein, dachte sie. Wenn er zu Hause war, hielt er sich am liebsten im Keller auf.

Laura stopfte ihre Handschuhe in eine Manteltasche und hängte den Mantel in den Wandschrank neben der Eingangstür. Sie trug Schachtel und Tüte hinüber zu dem kleinen Weihnachtsbaum, den Emmett auf dem Fernsehschrank aufgestellt hatte. Ihr Vater hatte eine bunte Lichterkette durch die Zweige der Minitanne gefädelt und den Baumschmuck aufgehängt, der ihm am meisten bedeutete: Lauras Bastelwerke, die sie während ihrer Schulzeit angefertigt hatte. Ein Schmetterling mit einer Wäscheklammer als Körper und Seidenpapierflügeln, eine Raupe, die aus einer Pappeierschachtel bestand und grüne Pfeifenreinigerantennen hatte, ein winziger Kranz aus geflochtenen Makkaroni, die sie golden angesprüht hatte.

Laura musste über Emmetts Sentimentalität lächeln. In all den Jahren war er sicher nicht der perfekte Vater gewesen, aber auf seine Art hatte er vermutlich versucht, ihr Vater und Mutter zugleich zu sein.

Sie ordnete ihre Geschenke auf dem Fußboden vor dem Fernseher an und war froh, dass sie sich nicht an ihre Übereinkunft gehalten hatte, nur wenig für Weihnachten auszugeben. Sie hatte ein halbes Dutzend Schachteln mitgebracht, verpackt in rotgrün kariertes Geschenkpapier mit glänzenden Silberschleifen und mit Sachen darin, die Emmett sich nie selbst kaufen würde. Dazu gehörte auch eine kleine Schachtel, und die nahm sie mit, als sie durch die Küche zur Kellertür ging.

»Paps?«

Während sie die alte Holztreppe hinunterstieg, hörte sie die Melodie, die sie seit ihrer Kindheit wieder und wieder vernommen hatte. Es war die Palisades-Park-Erkennungsmelodie, die vom Keller zu ihr hinaufdrang.

Es gab Männer, die bauten sich Eisenbahnanlagen auf, andere spielten Schlachtfeldszenen in Miniatur durch und schoben ihre Soldatenbataillone durch die verschiedenen Phasen des Kampfes. Lauras Vater dagegen hatte in mühsamer Kleinarbeit einen winzigen Palisades-Vergnügungspark gebaut, den Ort, an dem er während der Sommermonate gearbeitet hatte, die – so sagte er – zu den schönsten seines Lebens gehörten.

Es war alles da, alles erstaunlich maßstabsgetreu: das Karussell mit den winzigen, handgeschnitzten Pferden, das Meerwasserbecken, das Emmett mit einer Pipette gefüllt hatte, die Schiffschaukelgondeln in Miniatur, die von einem dünnen Drahtband hingen, der kleine wütende schwarze Gorilla, der drohend den Eingang zur Dschungelfahrt bewachte, der unglaublich winzige Golfplatz. Jede Attraktion und jede Vergnügung in dem legendären Park konnte man in Emmetts Kellerwelt bewundern.

Nach dem Tod ihrer Mutter hatten Laura und ihr Vater stundenlang zusammen am Vergnügungspark gearbeitet. Laura liebte es, den Geschichten ihres Vaters über die Karusselle, Wettbewerbe und die Musik zu lauschen, wegen derer Leute aus allen Schichten und Berufen durch die Tore des Parks geströmt waren. Ihr Vater hatte Jackie Kennedy mit Caroline und John-John Eis essen sehen, und er hatte gesehen, wie Walter Cronkite und seine Tochter auf den Oldtimer-Wagen fuhren. Ein Filmstar namens Debbie Reynolds hatte ihre Verlobung mit dem Sänger Eddie Fisher im Park bekannt gegeben, aber die Ehe hatte nicht gehalten, wie Emmett jedes Mal kopfschüttelnd bemerkte. Elizabeth Taylor hatte Debbie ihren Eddie weggenommen. Es war furchtbar traurig.

Ihr Vater war an dem Tag anwesend, an dem der Kronprinz von Saudi-Arabien mit seinem ganzen Geleit gekommen war, um die zweiköpfige Kuh in der Abnormitäten-Show zu sehen. Und einmal waren der König und die Königin von Nepal gekommen und hatten gar nicht wieder gehen wollen. Der Vergnügungspark musste bis spät abends geöffnet bleiben, weil das königliche Paar keine Fahrt und kein Spiel auslassen wollte.

Spitzenentertainer kamen, um im Sommer vor Rekordzahlen von Besuchern ihre Shows abzuhalten. Lauras Vater hatte Tony Bennett gehört, Diana Ross, Frankie Avalon, Chubby Checker und die Jackson Five, die sich auf der Freilichtbühne die Seele aus dem Leib sangen.

Für die junge Laura, die aufwuchs, nachdem der Park abgerissen worden war, um den hoch aufragenden Blocks Platz zu machen, war es faszinierend zu hören, dass Palisades Park früher einmal Leute aus aller Welt angezogen hatte.

»Laura, mein Schatz! Schön, dass du gekommen bist. Frohe Weihnachten, Munk. Hast du Francheska mitgebracht?«

Vater und Tochter umarmten sich. Laura schnupperte instinktiv und war erleichtert, dass sie Old Spice anstelle von Budweiser roch, das zu so vielen Gewaltausbrüchen geführt hatte. Sie blinzelte, als sie sich an die brennenden Schläge ins Gesicht erinnerte, die sie über die Jahre hinweg hatte einstecken müssen. Er hatte es nicht so gemeint. Er konnte einfach nicht anders. Es war der Alkohol, der ihn dazu trieb. Der Alkohol und seine ohnmächtige Wut über seine Lage. Laura verstand die Zusammenhänge jetzt besser, doch die emotionalen Wunden waren tief.

»Frohe Weihnachten, Vater. Nein, Francheska ist nicht mitgekommen.« Sie reichte ihm ihr Päckchen. »Mach es gleich auf.«

Emmett zögerte. »Wart doch noch einen kleinen Augenblick. Ich habe deine Geschenke oben. Ich hole sie nur rasch.« Er wollte die Kellertreppe hinaufgehen, doch Laura hielt ihn zurück.

»Wir können die anderen Geschenke später aufmachen. Ich möchte, dass du dieses eine hier unten öffnest.«

»Na schön, Monkey. Wenn du willst.«

Emmett setzte sich in den gewohnten Stuhl, der neben dem winzigen Zyklon stand. Vorsichtig zog er an dem Tesastreifen, mit dem die Schleife befestigt war.

»Reiß es einfach auf«, drängte Laura. Wenn ihr Vater wüsste, wie viel sie für die Achterbahnfigur bezahlt hatte, würde er zu würgen anfangen.

Emmetts Gesicht öffnete sich zu einem breiten Lächeln, als er die glänzende Figur hochhielt. »Das ist ja fantastisch, mein Schatz. Danke. Ich werde sie sofort an den Baum hängen.«

Laura folgte ihrem Vater die Treppe hinauf.

»Hey, Munk, hab ich dir schon erzählt, dass sie mich gebeten haben, meinen Park zu dieser Spendenfeier mitzubringen, die sie nächsten Monat auf die Beine stellen, um Geld für ein echtes Palisades-Park-Museum zu sammeln?«, rief er über die Schulter nach hinten.

»Ja, hast du. Das ist großartig.« Er hatte es ihr mindestens ein halbes Dutzend Male erzählt.

Als sie oben waren, packten sie die anderen Geschenke aus. Emmett war wegen seines neuen Videogerätes noch viel mehr aus dem Häuschen als wegen des Christopher-Radko-Hängeschmucks.

»Aber Schätzchen, du hättest wegen mir doch nicht so viel Geld ausgeben sollen!«

Laura lächelte erfreut. »Dein altes Videogerät ist ständig kaputt, Paps, oder aber es frisst die Bänder auf. Ich wollte dir einfach ein neues schenken.«

»Aber du hast mal wieder viel zu viel Geld ausgegeben, Laura«, wiederholte ihr Vater. Doch Laura spürte, dass er von seinem Geschenk begeistert war. Emmett nahm ständig Shows auf und schaute sie sich später in aller Ruhe an.

»Ist das Abendessen schon fertig?«, fragte Laura und wechselte das Thema. »Es riecht köstlich.« Sie stand vom zerschlissenen Sofa auf und ging in die Küche, dicht gefolgt von Emmett. Gemeinsam gaben sie ihrem Weihnachtsessen den letzten Touch.

»Na, Munk, arbeitest du immer noch an deinen Friedhofsgeschichten?«, fragte Emmett und schnitt in ein äußerst schmackhaftes Rippchen.

Laura nickte und kostete vom Kartoffelauflauf. »Aber man nennt sie Nachrufe, Paps, nicht Friedhofsgeschichten.«

»Mit wird dabei ganz anders. Wenn du mich fragst, ist es einfach makaber, Geschichten über jemandes Tod zu schreiben, bevor er überhaupt gestorben ist.« Kopfschüttelnd strich Emmett Butter auf einen flockigen Eierkuchen.

»Dann wirst du sicher froh sein zu hören, dass ich gerne woanders einsteigen würde. Ich habe eine Story für ›Hourglass‹ vorgeschlagen, und der Chefproduzent ist daran interessiert. Ich hoffe, dass ich daraus einen guten Beitrag machen kann und mir auf diese Weise einen Job unter seinen Mitarbeitern verdiene.«

»Das ist schön für dich, mein Schatz. Ich bin stolz auf dich. Wer hätte das jemals für möglich gehalten, dass meine Tochter eine große Fernsehproduzentin werden würde?«

Laura lachte. »Halt mal die Luft an, Paps. Noch habe ich den Job nicht.«

»Wirst du aber, Munk, wirst du aber.« Emmett blickte zufrieden drein. »Du hast immer geschafft, was du dir vorgenommen hast. Worum geht's bei der Story?«

Laura wusste, dass er von dem, worüber sie schreiben würde, absolut fasziniert war, und erzählte es ihm daher bereitwillig. »Sie handelt vom Palisades-Park und vom Verschwinden von Tommy Cruz.«

Der zufriedene Ausdruck fiel Emmett förmlich vom Gesicht.

»Was ist los, Paps?«

»Munk, warum willst du die ganze Geschichte wieder ausgraben? Überleg doch mal, wie sich die arme Familie Cruz fühlen wird, wenn sie die Story im Fernsehen mitverfolgt.«

»Ich glaube, dass es eher eine Genugtuung für sie sein wird, wenn Tommys Tod endlich die Aufmerksamkeit bekommt, die er verdient hat. Vielleicht können wir herausfinden, was damals wirklich geschehen ist. Ich bin mir sicher, dass die Cruz' das liebend gerne wissen würden.«

»Das bezweifle ich, Munk. Das bezweifle ich stark. Lass ihnen ihren Frieden.« Emmett stand auf und fischte sich eine Dose Bier aus dem Kühlschrank.

Laura stöhnte innerlich auf. Sie beschloss, das Thema zu wechseln, weil sie Emmett nicht noch weiter aufregen wollte, besonders nicht jetzt, während des Weihnachtsessens.

»Hey, Paps, rat mal, wo ich an Silvester hingehe.«

19

Am Weihnachtsabend an Casper's Ghostland zu arbeiten war wirklich krank, aber das waren schließlich alle fixen Ideen.

Der Bildschirm leuchtete im Dunkel des Zimmers. Vor dem strahlend weißen Hintergrund waren in fetten Großbuchstaben die Namen der US-Medienelite aufgelistet.

Auf der Liste standen die Redakteure und Herausgeber von *Time*, *Newsweek*, der *New York Times*, des *Wall Street Journal*, die Bosse der Fernsehsender, die Chefproduzenten der führenden Nachrichtensendungen sowie die bekannten Persönlichkeiten, die diese Sendungen moderierten. Insgesamt einhundert Namen.

Zum Glück hatte es John Kennedy Junior – selbst als Chef seines Magazins *George* – nie auf die Liste geschafft. So hatte sich über längere Zeit hinweg immer mehr im Jackpot angesammelt. Niemand hatte erwartet, dass jemand, der noch so jung war, sterben würde. Keiner der neuen Bluthunde war darauf vorbereitet gewesen.

Casper's Ghostland war eine geheime Wettspielgemeinde. Es wurde absolute Anonymität gewahrt. Für tausend Dollar im Monat konnten die auf großem Fuß lebenden Mitglieder eine Wette abschließen. Eine Wette darauf, wer als Nächster sterben würde.

Caspar's Ghostland war außerdem eine Lotterie. Die Namen wurden den Spielern zugewiesen. Niemand konnte sich aussuchen, auf wen er sein Geld setzte. Mit Ausnahme natürlich des Organisators des Spiels.

Einen Namen für einen Kunden – und das für dreißig Tage, bitte. Man zahlte seine tausend Dollar, bekam einen Namen und wartete. Wenn der Monat ohne Gewinner verstrich, wurde jedem ein neuer Name aus der Liste zugewiesen. Casper behielt seinen Namen natürlich, so sah es der Plan vor. Die Spielgemeinde nahm immer weiter zu und jeden Monat kamen einhunderttausend Dollar zusammen. Inzwischen lagen mehr als zwei Millionen Dollar auf dem Konto.

Es war schwer gewesen, zwanzig Monate lang herumzusitzen und zu warten. Aber jetzt rückte die Belohnung dafür in greifbare Nähe.

Nur noch eine Woche.

Casper wandte sich mit einem Gebet an den guten Geist: Bitte, bitte, lieber Gott, ruf jetzt keinen der anderen Namen zu dir ins Himmelsreich.

20

Sonntag, 26. Dezember

Das East Harlem Tutorial Project hatte seine Räume in einem alten, vierstöckigen, neonblau angestrichenen Sandsteinhaus an einem scheußlichen Block der Innenstadt, in der Second Avenue zwischen 105. und 106. Straße. In der Weihnachtswoche wurden zwar keine Stunden gehalten, aber Laura hastete trotzdem hin, um ihre Schülerin zu treffen. In ihren Ohren dröhnte das Gejaule von Autostereoanlagen und Polizeisirenen.

East Harlem war die ursprünglich puertoricanische Enklave der Stadt. Traditionsgemäß war die Gegend der Anlaufhafen für Einwanderer. Deutsche, Iren und Italiener hatten sich hier niedergelassen. In den fünfziger Jahren allerdings strömten immer mehr Puertoricaner nach New York und East Harlem wurde das Zuhause für alle, die die sonnige Insel verlassen hatten.

East Harlem, Spanish Harlem und El Barrio waren gleichwertige Bezeichnungen für das Gebiet, das etwa von der 96. Straße im Süden und der 140. Straße im Norden, Fifth Avenue bis East River, eingeschlossen wurde. El Barrio war allgemein anerkannter Geburtsort des Salsa, und in den geschäftigen Straßen lag sein pulsierender Rhythmus in der Luft.

Die Gegend war arm. Heruntergekommene Läden säumten den müllübersäten Gehsteig. Auf der verlassenen Parzelle neben dem Gebäude, in dem der Unterricht stattfand, lagen haufenweise Dosen, zerbrochene Flaschen, Zigarettenkippen, benutzte Kondome und immer wieder fielen Laura auch Injektionsnadeln auf. Eine wunderbare Atmosphäre zum Lernen!

Das Unterrichtsprogramm war kein Hilfs- oder Förderunterricht. Die Kinder, die sich hier einschrieben, waren von durchschnittlicher Intelligenz. Was ihnen allerdings fehlte, war die Gelegenheit, ein Leben außerhalb ihrer einschränkenden Wohnblocks und ihrer erbärmlichen finanziellen Lage kennen zu lernen. Laura hatte sich angeboten, einmal die Woche zwei Stunden einem Kind zu helfen, seinen Horizont zu erweitern.

Ihre Schülerin war die zehnjährige Jade Figueroa. Sie hatten sich seit dem Schulanfang im September immer Samstagmorgens getroffen, und Laura war mit der Entwicklung der Beziehung zwischen ihr und Jade äußerst zufrieden. Das kleine Mädchen mit den schwarzen Ponyfransen und dem Pferdeschwanz lebte mit Mutter und Großmutter in einem kleinen Apartment in der Nähe des Unterrichtsgebäudes. Jades Vater gehörte nicht zur Familie. Über ihn verlor Jade nie ein Wort.

Als Laura auf das Gebäude zuging, sah sie Jade und ihre Mutter Myra vor dem Eingang stehen. Sie hatten diesen Treffpunkt vereinbart, da Laura wusste, dass sie so weniger Zeit verlieren würden. Das Haus, in dem die Figueroas wohnten, besaß nur zwei Aufzüge für Hunderte von Wohnungen. Laura hatte Jade einmal bis nach Hause begleitet, und sie hatten fast eine halbe Stunde auf den übel riechenden Aufzug warten müssen.

Jade stand auf dem Gehsteig und schien sehr aufgeregt. Ihre dunkelbraunen Augen glänzten und ihre weißen, schiefen Zähne blitzten in ihrem sauber geschrubbten, runden Gesicht. Myra hatte das glänzende Haar ihrer Tochter fein säuberlich geflochten und mit kleinen Plastikschmetterlingen geschmückt. Jade hielt sich fest an der Hand ihrer Mutter und hüpfte aufgeregt auf und ab. Laura wusste, dass das hier Jades erster Ausflug zum FAO Schwarz war, das sich gerade mal vierzig Blöcke weiter südlich, aber eine ganze Welt entfernt befand.

Als Laura ihr erzählt hatte, dass in dem Spielzeugladen jedes Kind mit jedem beliebigen Spielzeug spielen konnte, hatte Jade ihr mit großen Augen zugehört. »Wirklich?«

»Mhm. Du kannst alles ausprobieren, um zu sehen, ob du es kaufen willst oder nicht.«

Jade machte ein langes Gesicht.

»Was ist los?«, fragte Laura.

»Man braucht Geld, um die Spielsachen zu kaufen. Ich habe keins.«

»Weißt du was?«, hatte Laura ihr vor ein paar Wochen vorgeschlagen. »Du fragst deine Mutter, ob sie einverstanden ist, und ich nehme dich an Weihnachten mit zum FAO Schwarz. Du kannst mit den Spielsachen spielen und wenn du etwas findest, das dir wirklich gefällt, kaufe ich dir's.«

Und heute, am zweiten Weihnachtstag, sollte der Ausflug endlich stattfinden.

Myra beäugte Laura etwas besorgt, als sie ihr ihre Tochter übergab. »Jade freut sich schon seit Wochen auf diesen Tag. Heute Nacht hat sie nicht geschlafen, weil sie so aufgeregt war, dass Weihnachten noch einen Tag länger dauert.«

»Also ich bin auch ganz schön aufgeregt«, sagte Laura mit einem Lächeln. »Danke, dass ich sie mitnehmen darf.«

»Wann kommen Sie zurück?«, Myras starker spanischer Akzent machte es für Laura manchmal schwer, sie zu verstehen.

»Ist vier Uhr in Ordnung?«

Myra nickte. »Ich bin um vier Uhr hier.«

Jade entzog ihrer Mutter die Hand. Myra schob den Reißverschluss von Jades blauer Skijacke hoch bis ans Kinn und band ihr den roten Wollschal noch einmal fest.

»Sei ein liebes Mädchen, Jade.«

»Ja, Mama. Ich bin artig. Versprochen!«

Die U-Bahn-Fahrt ins Einkaufszentrum erschien Laura nicht besonders lang, doch Jade fragte sie ein gutes Dutzend Mal, wann sie endlich da wären.

Laura beobachtete Jades ehrfürchtigen Gesichtsausdruck, als sie am Eingang des Ladens in der Fifth Avenue von einem lebensgroßen Spielzeugsoldaten begrüßt wurden. Das Kind war wie hypnotisiert von dem endlosen Drehen, Pendeln, Springen und Aufblitzen des Glockenturms. Die rollenden blauen Augen und die plappernden roten Lippen der sich bewegenden, singenden Uhr fesselten sie. Sie standen über zehn Minuten da und sahen den Reihen schnaufender Züge und schwebender Luftschiffe zu, die sich um die Uhr herum bewegten.

Gemeinsam wanderten sie die Gänge hinunter, an den fantastischen Spielen vorbei, die der tollste Spielzeugladen der Welt zu bieten hatte. Ferngesteuerte Rennautos flitzten an ihren Füßen vorbei. Barbiepuppen lächelten aus ihren glitzernden Designerklamotten hervor, Action Men in Tarnfarben hielten Wache. Figuren aus dem »Krieg der Sterne« ragten bedrohlich auf. Es gab ganze Türme von Brettspielen, und auf leuchtenden Bildschirmen blitzten Videospiele auf. Elektronische und Wissenschaftsspiele füllten eine ganze summende Abteilung. In einem anderen Teil stapelten sich vom Fußboden bis zur Decke Plüschtiere in allen möglichen Formen und Farben.

Laura führte Jade zum Lutscherwald in der Zuckerwarenabteilung. Ein Totempfahl aus Gummibären und ein zwei Meter hoher Schokoladensoldat begrüßten sie. Jade blickte sehnsüchtig auf die größte Süßigkeitenabteilung der Welt.

»Magst du was?«, fragte Laura.

Jade zögerte.

»Das hier zählt nicht als Geschenk«, beruhigte Laura sie.

Während Jade vorsichtig ihre Süßigkeiten aß, eins nach dem anderen, fragte Laura sie, ob sie sich bereits etwas ausgesucht habe.

»Ich habe einen Hund gesehen, der mir gefallen hat. Mama sagt, dass wir keinen echten Hund in unserem Apartment halten können. Vielleicht kann ich den Hund haben?«, fragte sie unsicher.

»Kannst du. Auf geht's.«

Aus den Reihen kuscheliger cremefarbener Plüschhunde, die alle nach dem bekannten Maskottchen *the Pup* hießen, suchte sich Jade einen Hund aus, dessen Ohren nicht ganz so keck abstanden wie bei den anderen.

»Er sieht aus, als ob er ein gutes Zuhause braucht«, sagte sie zufrieden. »Den möchte ich.«

Danach spazierten sie zusammen die Central Park South hinunter. Der Winterwind blies ihnen in ihre glücklichen Gesichter. Doch Jades Strahlen verschwand, als sie zu ihrer älteren Begleiterin aufsah.

»Was ist das?«, fragte sie ernst und zeigte auf Lauras Stirn, aus der der kalte Wind die Ponysträhnchen geweht hatte.

Laura traf die Frage unvermutet. Automatisch hob sie die Hand und berührte die Haut über ihrer Augenbraue.

»Was, das da? Das ist nur eine Narbe, die ich mir geholt habe, als ich hingefallen bin und eine Tischecke erwischt habe. Ich war kaum älter als du, als es passiert ist.«

Jade nickte, zufrieden, da sie nicht wusste, dass es nur ein Teil der Wahrheit war.

Laura ließ wohlweislich den Teil weg, wie ihr Vater in seiner Frustration und in trunkenem Zorn seine kleine Tochter geschlagen hatte, so dass sie in hohem Bogen gegen die Tischkante gesegelt war.

21

Dienstag, 28. Dezember

Francheska blätterte die glänzenden Seiten ihres Kochbuches *Lifestyles of the Rich and Famous* durch und entschied sich für Ivana Trumps Rezept für Rindfleischgulasch. Das hatte sie schon mal gemacht und Leonard hatte es köstlich gefunden.

Sie zog sich ihren Smaragdring vom linken Zeigefinger und den Perlen-Diamant-Ring vom rechten Ringfinger und legte die beiden großzügigen Geschenke von Leonard auf die Ablage über der Spüle, damit sie das Abendessen unbehindert zubereiten konnte.

Nachdem sie geschickt das Rindfleisch gewürfelt und mit Mehl und Paprika bestäubt hatte, briet sie die Würfel in Butter und Öl an und gab dann gehackte Zwiebeln und zerstoßene Knoblauchzehen dazu. Sie fügte die erforderliche Menge Wasser und Majoran hinzu und schob den Topf zum Garen in den Ofen. Auf der Arbeitsplatte stand bereits eine Flasche Rotwein, entkorkt, damit der Wein atmen konnte.

Sorgfältig deckte sie den Tisch für zwei. Eine cremefarbene Leinentischdecke mit passenden Servietten. Die Tafelteller und die Kristallweingläser, die sie bei Bloomingdale's gekauft hatte. Die beiden Silbergedecke von Tiffany, bezahlt mit der American-Express-Karte, die Leonard ihr gegeben hatte. Leonard war nicht besonders glücklich über die fünfhundert Dollar pro Stück gewesen, aber das war zu einer Zeit, als ihre Beziehung noch ganz frisch und ihm alles, was sie kaufte, recht war, solange sie nur zufrieden schien. Bevor sie für ihn selbstverständlich geworden war.

Francheska liebte schöne Sachen. Sie blickte sich in ihrem Wohnzimmer um und war zufrieden mit dem, was sie sah. Sie hatte lange über Ausgaben von *Architectural Digest* und *Town and Country* gebrütet und sich ein Bild davon gemacht, wie reiche Leute ihre Wohnungen einrichteten.

Sie hatte die Maler angewiesen, die Wände eidottergelb zu streichen, mit einem dramatisch wirkenden Lackanstrich darüber. Sie hatte teure korallenrote Vorhänge bestellt, die zu dem damastbezogenen Sofa passten. Der Überzug der Sessel, die um den Kamin gruppiert waren, war aus einem Stoff von Scalamandre mit Paisleymuster, in dem sich die Farben des Sofas und des Läufers wiederholten. Elegant gerahmte englische Drucke zierten die Wände. Ein großer vergoldeter Spiegel in der Machart von chinesischem Chippendale hing über dem Kamin und spiegelte das Licht von einem Dutzend Kerzen wider, die in silbernen Kerzenhaltern auf dem Kaminsims angeordnet waren.

O ja, sie hatte ein schnuckeliges Plätzchen für ihre Schäferstündchen geschaffen. Und eine Zeit lang war das auch genug gewesen.

Aber wo würde das alles hinführen? Obwohl sie das Laura gegenüber in den unzähligen Diskussionen über ihre Affäre mit Leonard abzustreiten pflegte, war Francheska alles andere als glücklich darüber, die »Nebenfrau« zu sein. Sie war anders erzogen worden. Wenn ihre Eltern wüssten, dass sie sich von einem verheirateten Mann aushalten ließ, würden sie einen Herzinfarkt bekommen. Sie hatten wahrlich schon genug am Hals.

Sie liebte ihre Eltern und ihre anständige Art. Trotzdem hatte sie es bei ihnen nicht ausgehalten. Sie hatte keine Lust, deren Leben, das von harter Arbeit und keinerlei Erfolg gekennzeichnet war, zu wiederholen. Schon früh hatte Francheska erkannt, dass ihr Aussehen ihr den Ausstieg aus einer Welt ermöglichen würde, in der man von Zahltag zu Zahltag lebte.

Sie hatte noch bei ihrer Tante gelebt, nachdem ihre Eltern nach Puerto Rico zurückgegangen waren, und an einer deprimierend sporadischen Karriere als Model gearbeitet, als sie Laura im World Gym in der Nähe des Lincoln Center zum ersten Mal gesehen hatte. Als sie sich während schweißtreibender Aerobicstunden näher kennen lernten, erfuhr Francheska, dass Laura gerade in ein kleines Apartment in einer guten Gegend Manhattans gezogen war, aber sehr sparsam mit ihrem Geld umgehen musste, um die lächerlich hohe, für New York typische Miete zahlen zu können. Francheska hatte die Gelegenheit, von zu Hause wegzukommen, beim Schopf ergriffen und Laura gefragt, ob sie sich vorstellen könnte, sie als Mitbewohnerin aufzunehmen.

Sie hatten eine Menge Spaß in dem Apartment, aber Francheskas Modelaufträge waren zu unzuverlässig. Es gab Monate, in denen Laura ihren Mietanteil vorstrecken musste. Als Leonard Costello auf der Bühne erschien, war Francheska bereit dafür, sich von jemandem aushalten zu lassen.

Sie blickte auf ihre Armbanduhr und stellte fest, dass Leonard in etwa einer halben Stunde da sein würde. Sie ging ins Badezimmer, um zu duschen und sich umzuziehen.

Sie ließ ihre Kleider auf den Badezimmerfußboden gleiten, steckte ihr langes dunkles Haar hoch und stieg in die Badewanne. Die Glasschiebetür in der Duschwand beschlug, als Francheska den heißen Wasserstrahl der Dusche über ihren schlanken Körper laufen ließ.

Sie musste mit Leonard sprechen. Vielleicht lag ihm ja genug an ihr, um seine Frau wegen ihr zu verlassen – obwohl sie im Stillen bereits ahnte, wie seine Antwort lauten würde. Aber sie verspürte das dringende Bedürfnis, die Verhältnisse endlich zu klären. Wenn ihr keine wirkliche Zukunft mit Leonard beschieden war, dann war es an der Zeit – so schmerzlich das auch sein mochte –, die Geschichte hinter sich zu lassen.

Sie überlegte gerade, was sie zu ihm sagen würde, als die Duschtür aufgeschoben wurde. Leonard stand nackt vor ihr. Und, Gott steh ihr bei, sie fühlte bei seinem Anblick Erregung in sich hochsteigen.

Später, als Francheska seinen gut trainierten Körper mit einem dicken Handtuch abtrocknete, erzählte sie ihm, dass sein Lieblingsessen auf ihn wartete.

Leonard blickte betreten drein.

»Nein, nicht schon wieder!«, Francheska trat einen Schritt zurück.

»Tut mir Leid, Francie, aber ich kann nicht bleiben. Anne hat für heute Abend was mit den Kindern organisiert. Ich dachte, dass ich mich loseisen könnte, aber es geht nicht.«

Sie biss sich auf die Unterlippe und erwiderte nichts. Dann riss sie einen Bademantel vom Haken an der Badezimmertür, zog ihn über und stürmte ins Schlafzimmer. Leonard folgte ihr und fing an, sich hastig anzuziehen.

»Hast du überhaupt eine Ahnung, wie ich mich dabei fühle, Leonard? Oder ist dir das scheißegal?«, explodierte Francheska. Sie hätte sich am liebsten in Tränen aufgelöst, aber das würde sie nicht tun. Nicht jetzt. Dazu hätte sie die ganze einsame Nacht Zeit.

»Jetzt hör schon auf, Francheska. Ich hatte einen langen Tag und kann den Scheiß jetzt wirklich nicht gebrauchen.« Er streifte seine Rolex über das Handgelenk.

»Na großartig. Einfach großartig.« Sie stolzierte aus dem Schlafzimmer und zog sich den Gürtel ihres Bademantels enger um die Taille. Sie holte gerade das Gulasch aus dem Ofen, als sich Leonard, inzwischen vollständig angekleidet, hinter sie stellte und ihren Nacken zu liebkosen begann.

»Es tut mir Leid, Francie. Ich mach's wieder gut. Ehrenwort!«

»Mhm.« Sie sah ihn nicht an.

Leonard wollte das Thema wechseln. »Hey, du kommst im Leben nicht drauf, wer bei uns im Mt. Olympia künstlich am Leben erhalten wird.«

22

»Warum springst du nicht in ein Taxi und kommst rüber zu mir?«, drängte Laura ihre verzweifelte Freundin. »Übernachte hier. Das wäre wie in alten Zeiten.«

Sie telefonierten bereits seit fast einer Stunde und kauten wieder und wieder die leidige Geschichte durch. Francheskas Demütigung an diesem Abend war nur die jüngste Episode in einem fortwährenden Trauerspiel. Sie musste den Kerl endlich loswerden. Sie wusste es, aber sie konnte sich nicht dazu durchringen.

Laura konnte das Schluchzen und die verzweifelten Zornausbrüche ihrer Freundin, die einander abwechselten, nur schwer ertragen. Und so ungern sie sich das eingestand, sie verlor langsam die Geduld mit Francheska. Ganz gleich, wie sehr sie Francheska zu ermutigen versuchte und ihr versicherte, dass sie gut und gerne auf diese Beziehung verzichten konnte, egal, was sie dabei alles verlieren würde – Francheska machte keinerlei Anstalten, einen Schlussstrich unter ihre Affäre mit Leonard zu ziehen. Laura hoffte zwar, dass Leonards Verhalten an diesem Abend das letzte Nägelchen am Sarg der Beziehung sein würde, doch sie spürte, dass Francheska immer noch hoffte, alles würde sich irgendwie zum Guten wenden. Ein großer Fehler.

Laura versuchte, sich in ihre Freundin hineinzuversetzen. Wie würde Francheska ihren Lebensunterhalt bestreiten, wenn Dr. Costello ihr die Lebensmittelmarken entzog? Sie hatte ihre Modelkarriere in den Jahren, seit sie mit Leonard zusammen war, an den Nagel gehängt. Aber sie hatte sich einen Computer zugelegt und während ihrer einsamen Nachmittage ein paar Kurse am Fordham-Institut absolviert. Vielleicht könnte sie irgendeinen Job annehmen und ihre Ausbildung in Abendkursen fortsetzen? Francheska war intelligent. Wenn es andere Leute schafften, konnte sie es auch schaffen. Aber sie musste es wollen. Ganz egal, wie sehr Laura ihr zuredete – und die Unterhaltungen waren für Francheska immer sehr hilfreich –, sie konnte Francheska nicht dazu zwingen. Francheska musste es selbst wollen.

Am anderen Ende der Leitung schniefte Francheska. »Danke, Laura. Aber ich bin einfach zu fertig, um noch zu dir rüberzukommen. Ich geh mir jetzt mein Gesicht waschen und leg mich dann hin.«

»Bist du sicher?«

»Mhm.«

»Na gut. Ich ruf dich morgen an.« Laura wollte auflegen.

»Hey, nur damit der Abend nicht bloß Zeitverschwendung war, ich hab was Interessantes von Leonard erfahren«, erinnerte sich Francheska.

»Was denn?«, fragte Laura.

»Dieser Tennisspieler. Der, der letztes Jahr Wimbledon und die US-Open gewonnen hat?« Francheska verstummte und versuchte krampfhaft, ihrem müden Hirn den Namen des Spielers zu entlocken.

Laura nannte ihr den Namen.

»Ja, genau der. Leonard hat mir erzählt, dass der im Krankenhaus Mt. Olympia künstlich am Leben erhalten wird. Überdosis. Seine Eltern fliegen heute Abend ein, um den Stecker rauszuziehen.«

23

Mittwoch, 29. Dezember

Als Laura am nächsten Morgen vor ihrem Schreibtisch saß, rief sie als erstes das Archiv an und bestellte ein paar Videoaufnahmen von den US-Open des letzten Jahres. Noch zwei Tage, bis ihr Jahresrückblick gesendet wurde, und sie wusste ganz genau, an welcher Stelle in ihrer Videomontage sie die Bilder des strammen, vor Gesundheit strotzenden Tennisspielers einschieben könnte. Sie war so zuversichtlich, dass Francheskas Informationen richtig waren, dass sie das Videostück in ihren Rückblick einarbeitete, bevor Associated Press den Tod des Sportlers bekannt gab.

Als sie aus dem Schneideraum kam, wartete Mike Schultz bereits auf sie. »Laura, ich brauche einen Nachruf von dir.«

»Ich hab die Aufnahmen hier«, gab Laura zurück.

Mike blickte überrascht drein, als er in Lauras Hand die Videokassetten mit dem Namen des Tennisstars sah.

»Woher hast du das gewusst?«, fragte er verblüfft und schüttelte den Kopf.

»Ich habe meine Quellen.« Achselzuckend ging Laura an ihren Schreibtisch, um das Skript aufzusetzen.

24

Als Gwyneth nach der Unterhaltung mit ihrem Agenten den Hörer auflegte, pochte ihr Herz wie wild. Dankbar sank sie in den flauschigen Stuhl vor ihrem Frisiertisch und lächelte zufrieden ihrem Spiegelbild zu.

Es war vollbracht! Der Vertrag war unter Dach und Fach und CBS hatte ihr sogar mehr zugesagt, als sie gefordert hatte, nur um sie in das CBS-Team zu locken.

Und jetzt kam der schönste Teil der Geschichte: Sie musste es Joel sagen!

Sie wollte das selbst tun, und zwar sofort, bevor er Gelegenheit hatte, es über die hochaktive und überbrodelnde Gerüchteküche der Nachrichtenbranche zu erfahren. Sie wollte verhindern, dass er Zeit hatte, sich eine Antwort auf ihre Mitteilung zurechtzulegen. Richtig Spaß würde nur seine unverfälschte Reaktion machen, wenn sie ihn mit ihrer Neuigkeit vollkommen überrumpelte. Am liebsten würde sie es ihm ins Gesicht sagen und sehen, wie er dreinschaute, aber sie traute sich nicht einmal zu warten, bis sie ein Taxi gerufen hätte und ins Sendezentrum gefahren wäre. Irgendeiner von CBS könnte ihn anrufen, um ihm eine lange Nase zu drehen, bevor sie dort wäre.

Sie warf einen Blick auf die kristallene Uhr auf dem Kaminsims. Sechs Uhr. Er würde noch da sein, um die »Evening Headlines« anzusehen. Gwyneth' manikürte Finger zupften nervös am Samtbezug des Stuhles, während sie darauf wartete, dass Joel an sein privates Telefon ging.

»Ja?« Joels Stimme klang abgehackt und sie konnte hören, wie er Zigarettenqualm ausatmete.

»Ich bin's, Joel.«

»Gwyneth, Schatz!«, kam es schnurrend aus der Leitung. Joel hatte ihre Stimme sofort erkannt. »Wie geht's? Alles bereit für die große Party?«

»Natürlich. Wird sicher alles ganz wunderbar, Joel, aber ich bin mir nicht so sicher, ob du noch kommen willst, nachdem du gehört hast, was ich dir zu sagen habe.«

»Und das wäre?«, fragte er vorsichtig.

»Ich höre bei ›Hourglass‹ auf, Joel. Ich verlasse KEY und wechsle zu CBS. Der Vertrag ist unter Dach und Fach.«

Sie hörte ruhig zu und lächelte in ihren Spiegel mit den schräg geschliffenen Kanten, als Joel genau so zu wüten und zu fluchen begann, wie sie es sich vorgestellt hatte. Es war ein angenehmes Gefühl, ihn wütend zu machen, ihn zu verletzen, ihm all den Schmerz heimzuzahlen, den er ihr zugefügt hatte.

Eine Ehe zwischen ihnen wäre wahrscheinlich ein einziges Desaster gewesen. Gwyneth wusste das. Aber so lauthals sie immer verkündet hatte, dass sie nicht der Typ zum Heiraten sei, so sehr hatte es sie auch verletzt, dass Joel ihr nie, nicht einmal in den langen Jahren ihrer heimliche Beziehung, angeboten hatte, Kitzi zu verlassen und aus seinem Star eine ehrbare Frau zu machen. Wenn er es ihr angeboten hätte, wäre sich Gwyneth noch nicht mal sicher gewesen, was sie geantwortet hätte. Aber das war auch egal. Er hätte es ihr wenigstens anbieten sollen. Und über die Jahre hinweg hatte Joels Unterlassungssünde immer mehr an ihr genagt.

Jetzt, als sie ihm zuhörte, wie er in den Telefonhörer brüllte, und sich sein zornrotes Gesicht vorstellte, verspürte Gwyneth die große Genugtuung, ihn abzuweisen.

»Verflucht noch mal, Gwyneth, du schuldest mir mehr als nur das!«, schrie Joel.

»Ich schulde dir überhaupt nichts, Joel«, sagte Gwyneth bestimmt. »Du schuldest *mir* was. Ich bin der Grund für deinen Erfolg und für den Erfolg von ›Hourglass‹. Das wissen wir schließlich beide.«

»Nein! Da irrst du dich gewaltig!«, zischte Joel. »Ich habe dich zu dem Star gemacht, der du jetzt bist, vergiss das nicht! Wenn ich nicht gewesen wäre, wärst du ein Nichts. Dich und deine Sorte findet man an jeder Straßenecke, Schätzchen. Mach dir bloß nichts vor, Gwyneth, für dich finden wir leicht Ersatz. Und zwar, das möchte ich noch hinzufügen, in einer jüngeren, frischeren und hübscheren Ausgabe!«

Gwyneth biss auf Joels Köder an. Sie kreischte in den Telefonhörer und warf ihm jedes Schimpfwort an den Kopf, das ihr einfiel. »Fahr doch zur Hölle!«, zischte sie und knallte den Hörer auf die Gabel.

»Da sehen wir uns dann«, sagte der Chefproduzent. »Da sehen wir uns.«

25

Silvester

Am Silvestermorgen brannte Laura darauf, ins Sendezentrum zu kommen. Die harte Arbeit war getan. Jetzt würde sie das Vergnügen haben, ihren Jahresrückblick über das KEY Television Network auf Sendung zu sehen.

Sie stopfte sich ein gestärktes weißes Baumwollhemd in ihre Lieblingsjeans und zog sich einen bequemen grünen Pullover über den Kopf. Heute bestand keine Notwendigkeit, sich elegant anzuziehen, denn von ihren Kollegen würde kaum jemand arbeiten. Praktisch alle hohen Tiere hatten sich freigenommen und waren nur über ihre Piepser zu erreichen, falls eine große Story reinkommen sollte. Heute ließen sich im Sendezentrum nur die Arbeiterbienen blicken.

Laura hoffte, dass sie zum letzten Mal für Jahresrückblicke zuständig sein würde. Wenn alles nach Plan lief, würde sie nächstes Jahr um diese Zeit als Produzentin für »Hourglass« arbeiten.

Sie klappte ihr Schrankbett hoch und wünschte sich zum tausendsten Mal, mehr Platz in der Wohnung zu haben. Es erschien ihr jetzt einfach unglaublich, dass sie und Francheska in diesem Apartment einmal zu zweit gewohnt hatten. Bevor Francheska Dr. Leonard Costello kennen gelernt hatte.

Wenn sie den neuen Job bekäme, würde sie sich als Erstes nach einem größeren Apartment umsehen. Wenn sie Glück hatte, würde bei ihr im Gebäude eines frei. Sie liebte die Oliver Cromwell, die von der 72. Straße West abzweigte. Es war nur einen halben Wohnblock vom Central Park und einen hübschen Spaziergang vom Sendezentrum entfernt. Die Gegend war einfach toll. Es gab jede Menge gute Restaurants, interessante Läden, mehrere Kinos und natürlich das Lincoln Center. Sie hatte sich fürs neue Jahr vorgenommen, das kulturelle Angebot, das sich praktisch vor ihrer Haustür befand, stärker zu nutzen.

Laura zog den Rollladen an ihrem »Aussichtsfenster« hoch und blickte auf ihre »Aussicht«: das Apartment auf der anderen Seite der Gasse. Bei den Pilsners rührte sich nichts. Sie lachte innerlich.

Sie hatte keine Ahnung, wie die Leute in dem Apartment tatsächlich hießen, beobachtete aber jeden Abend, wie die Familie um den Esstisch zusammenkam und der Vater sein

Bier immer aus einem Pilsner-Glas trank. Deswegen hatte Laura ihnen den Namen »die Pilsners« gegeben.

Sie glaubte nicht, dass die Pilsners bemerkten, dass sie von ihr beobachtet wurden. Am Anfang hatte sie gezählt, wie viele Biere der Vater trank. Normalerweise hörte er nach dem zweiten auf, und das freute Laura für den kleinen Jungen, der mit seinen Eltern am Tisch saß.

Flüchtig fragte sie sich, ob sie die Pilsners vermissen würde, wenn sie woanders hinzog. Nein. Der nächste Ausblick würde interessanter sein. Vielleicht die weite Skyline von Manhattan zum Süden hin oder wenigstens die breite Boulevard-Szene der 72. Straße in nördlicher Richtung.

Während Laura darauf wartete, dass der Wasserkessel auf dem alten Herd in der winzigen Küche zu pfeifen begann, nahm sie vorsichtig die Tüte ab, die am Haken von der Badezimmertür baumelte. Sie zog das Plastik zurück und inspizierte das mitternachtsblaue samtene Cocktailkleid, das sie am Abend auf Gwyneth' Party tragen würde. Es saß wie angegossen, und sie war froh, dass sie nicht mit dem Joggen aufgehört hatte, als das Wetter so kalt wurde.

Sie hatte fast einen Wochenverdienst investiert. Aber das war es auch wert. Sie wusste, dass sie sich mit diesem Kleid auf der Party nicht verstecken musste, wo sich die Geladenen kaum jemals über Preisschildchen den Kopf zerbrachen.

Natürlich hatte sie zu einem Kleid wie diesem auch die passenden Schuhe kaufen müssen, also hatte sie fast noch einmal den gleichen Betrag für die seidenen, hochhackigen Pumps von Manolo Blahnik aus Crêpe de Chine ausgegeben, die sie und Francheska in einer Boutique in der Madison Avenue entdeckt hatten. Sie sagte sich, dass es schließlich Investitionen waren, obwohl sie ihre Zweifel hatte, ob sie häufig Gelegenheit haben würde, sie wieder zu tragen. Aber man sollte die Hoffnung nie aufgeben.

Der Wasserkessel pfiff und Laura zog die Plastiktüte wieder über das Samtkleid. Sie ging zum Herd, goss das dampfende Wasser über einen Teebeutel und ging die Möglichkeiten durch, die der vor ihr liegende Abend bieten konnte. Joel Malcolm würde da sein, was ihr Gelegenheit zu einer weiteren Unterhaltung mit ihm geben würde. Dabei würde sie ihn noch einmal daran erinnern, dass sie gerne für ihn arbeiten würde.

Natürlich würde sie kein zweites Mal erwähnen, dass sie auf den Job aus war. Das wussten sie schließlich beide. Aber es wäre sicherlich gut für Joel zu sehen, dass Gwyneth genug von Laura hielt, um sie zu ihrer Party einzuladen. Und man wusste ja nie. Vielleicht würde sie heute Abend jemanden kennen lernen. Jemand Aufregendes. Francheska hänselte sie ständig wegen ihres nicht vorhandenen Liebeslebens. Aber so was änderte sich manchmal im Handumdrehen.

26

»Großartige Arbeit.«

»Ich hatte keine Ahnung, dass sie tot war.«

»Und ich dachte, er wäre schon vor einer Ewigkeit gestorben!«

»Gute Arbeit, Laura.«

Lauras Jahresrückblick wurde gerade gesendet und Laura sonnte sich in den anerkennenden Äußerungen ihrer Kollegen im Sendezentrum. Lob wurde bei KEY News nicht eben freizügig verteilt, wenn man aber mal Mist baute, konnte man sich sicher sein, dass einem das so richtig reingerieben wurde.

»Du wirst jedes Jahr besser«, lobte Mike Schultz. »Das

war erstklassige Arbeit, Laura. Du hast fünfzig Leute darin sehr schön untergebracht.«

»Danke, Mike. Vielen Dank. So ein Lob von dir betrachte ich wirklich als Kompliment.«

»Schau mal bei mir rein, wenn du einen Moment Zeit hast.«

»In Ordnung. Ich will nur noch schnell nachsehen, ob die Informationen für das Skript im Computer sind. Ich will auf Nummer Sicher gehen, dass auch alle Sendestationen wissen, dass sie für die Musikrechte zahlen müssen, wenn sie das da senden.«

Zehn Minuten später näherte sie sich Mike Schultz' halb offener Bürotür. Sie hörte noch das Ende seines Telefongesprächs.

»Hör zu, mein Schatz, ich hab auch keine Lust, dahin zu gehen, aber wir müssen. Ende der Diskussion. Ich treffe dich da um neun.«

Laura hörte, wie der Hörer entschieden aufgelegt wurde. Sie wartete einen Augenblick und klopfte dann zaghaft an die Tür.

»Komm rein, Laura. Setz dich«, seufzte Mike. »Das heißt, wenn du einen Platz zum Sitzen findest. Und mach bitte die Tür zu.«

Laura blickte sich lächelnd in dem kleinen Büro um. Mikes Schreibtisch war mit Stapeln von Papieren und Videobändern überladen. Auf einem Stuhl lag ein Bündel Zeitungen. Laura nahm die Zeitungen und legte sie auf den Fußboden.

»Ich brauch jetzt unbedingt eine Zigarette«, grummelte Mike, während er auf seinem Schreibtisch herumwühlte. »Hast du was dagegen, wenn ich eine rauche?«

»Überhaupt nicht«, lachte Laura. »Aber was ist mit dem Rauchverbot?«

»Scheiß drauf.« Mike zündete sich eine Marlboro Light an.

Laura sah ihn erwartungsvoll an.

»Gestern hat mich Joel Malcolm angerufen.«

»Und?«

»Er hat einen Haufen Fragen über dich und deine Arbeit gestellt.« Mike zog wieder an seiner Zigarette. »Ich habe ihm natürlich die Wahrheit gesagt. Deine Arbeit kann sich sehen lassen. Und deine Einstellung zur Arbeit und zu deinen Kollegen ist tadellos. Und das ist an einem Ort wie diesem eine Kombination, die man nicht gerade häufig antrifft.«

»Danke, Mike, das ist nett von dir!« Laura rutschte unruhig auf ihrem Stuhl hin und her. »Ich wollte es dir schon sagen, aber hier war so viel los, dass sich einfach nicht der richtige Moment ergeben hat. Aber wie du wahrscheinlich schon längst erraten hast, versuche ich, einen Job bei ›Hourglass‹ zu bekommen.«

Mike nickte. »Das ist auch vernünftig. Ein guter Schachzug für deine Karriere, Laura. Aber ich werde dich wahnsinnig vermissen.«

»Na ja, noch habe ich den Job nicht.«

»Meiner Meinung nach sieht es aber recht gut für dich aus«, versicherte ihr Mike. »Malcolm war ziemlich begeistert von dir, besonders als ich ihm erzählte, dass du eine geradezu unheimliche Fähigkeit hast vorauszusagen, welche Nachrufe du wann fertig haben musst. Das hat ihn total aus dem Häuschen gebracht.«

Laura lächelte. »Wir wissen doch beide, Mike, dass dazu nur ein wenig gesunder Menschenverstand, ein paar Recherchen und ein bisschen Glück nötig sind.«

»Ein paar wohl platzierte Verbindungen können auch nicht schaden.«

»Das stimmt«, gab Laura zu.

Mike ließ seine Zigarettenkippe in eine leere Coladose fallen. »Wenn die Sache konkreter wird, unterhalten wir uns noch einmal. Ich war selbst mal bei ›Hourglass‹. Ich kann dir ein paar Insidertipps geben, wie die Dinge da laufen.«

Laura glaubte eine leichte Bitterkeit aus seiner Stimme herauszuhören.

27

Um auf der Gästeliste für Gwyneth Gilpatrics berühmter Silvesterpartys zu erscheinen, musste einen die bekannte Nachrichtenkorrespondentin interessant finden. Es half, reich zu sein und Macht zu haben, aber diese beiden Attribute allein öffneten einem nicht die Tür. Gwyneth musste einen auf irgendeine Art und Weise faszinierend finden. Und das hieß, dass sich manchmal eine abenteuerliche Mischung im Penthouse an der Central Park West zusammenfand.

Ober in schwarzen Hosen, weißen Hemden und roten Kummerbunden mit farblich passenden Fliegen bahnten sich unaufdringlich ihren Weg durch die Gäste, die sich ihrerseits durch Gwyneth' teures Wohnzimmer schoben. Auf glänzenden Silbertabletts wurden Hors d'œuvres herumgetragen, geräucherte Lachshäppchen, winzige Krabbenbrötchen und gegrillte, mit Kräuteröl bestrichene Hähnchenbissen. Der Champagner floss reichlich und die Bar in der Bibliothek konnte sich nicht über mangelnden Zulauf beklagen.

Gwyneth trug einen bodenlangen, weiten schwarzen Samtrock und ein rubinrotes Wickeltop, das um ihre schlanke Taille gebunden war, und begrüßte ihre Gäste an der Tür. Delia stand neben ihr und nahm die Mäntel in Empfang. Als Laura ankam, schloss Gwyneth sie fest in die Arme.

»Ich bin so froh, dass du kommen konntest, Laura, mein Schatz. Und wer ist diese Schönheit, die du da mitbringst?«, fragte Gwyneth und streckte ihre Hand aus.

»Das ist meine beste Freundin, Francheska. Francheska Lamb.«

»Herzlich willkommen, Francheska Lamb. Alle Freunde von Laura sind hier willkommen. Jetzt geht rein, Mädels, und mischt euch unters Volk. Es gibt hier haufenweise interessante Persönlichkeiten.«

Den ganzen Abend lang spielte Gwyneth die liebenswürdige Gastgeberin, stellte Leute einander vor und hoffte, dass es zwischen ihren Gästen »klicken« würde und sie sich miteinander amüsierten. Wenn nicht, war das zwar bedauerlich, aber nicht eben tragisch. Gwyneth stellte den passenden Rahmen für eine großartige Party zur Verfügung. Ihrer Meinung nach war es nun die Aufgabe ihrer Gäste, sich zu bemühen, dass sie auch auf ihre Kosten kamen.

Als Gwyneth sich vergewissert hatte, dass die meisten Gäste bereits angekommen waren, schritt sie durch die Eingangshalle ins Wohnzimmer, um sich mit Dr. Leonard Costello und seiner Frau Anne zu unterhalten.

»Leonard. Wie schön, dich zu sehen! Und Anne, was für ein schönes Kleid du anhast! Du siehst blendend aus!« Gwyneth küsste die Luft neben den Wangen der beiden Costellos.

»Du siehst so bezaubernd aus wie eh und je, Gwyneth«, antwortete Dr. Costello, und sein Blick wanderte über ihr Gesicht. Sie spürte, wie er in ihrem Gesicht nach möglichen Anzeichen eines Versagens seinerseits forschte. Er hätte einen ziemlich anstrengenden Abend vor sich, wenn er damit nicht aufhörte, denn er hatte an den Gesichtern von über der Hälfte der hier im Raum Anwesenden herumoperiert.

Als die Costellos weitergingen, um die Aussicht auf die

Skyline von Manhattan zu genießen, hatte Gwyneth ein paar Augenblicke Zeit, um sich etwas abseits zu stellen und die Leute zu beobachten. Laura und Francheska waren in eine Unterhaltung mit Mike Schultz und seiner Frau vertieft. Gwyneth hatte gehofft, Laura in Begleitung eines gut aussehenden jungen Mannes auf ihrer Party erscheinen zu sehen. Aber egal – die dunkelhaarige Schönheit neben Laura verlieh der Party noch ein wenig mehr Glanz.

Gwyneth nahm sich vor, bald zu der kleinen Gruppe rüberzugehen und sie auseinander zu scheuchen. Laura hatte genügend andere Gelegenheiten, sich mit Mike zu unterhalten. Es gab ein paar andere Leute, mit denen Gwyneth sie an diesem Abend zusammenbringen wollte.

Joel sah nicht besonders glücklich aus. Dass er nach ihrem erbitterten Kampf am Vortag überhaupt gekommen war, fand Gwyneth schon fast dreist.

Sie würde es ihm sogar zutrauen, dass er glaubte, er könne sie bezirzen und doch zum Bleiben bei »Hourglass« überreden. Und sie würde wetten, dass er eine seiner berühmten Auseinandersetzungen mit Kitzi gehabt hatte, bevor er bei ihr erschienen war. Joel hatte ihr oft erzählt, dass Kitzi jedes Mal in die Luft ging, wenn er und Kitzi irgendwo als Paar auftreten mussten und sie selbst anwesend war. Das war wahrscheinlich auch der Grund, warum Kitzi heute Abend nicht mit ihm gekommen war – und nicht die »Kopfschmerzen«, mit denen Joel sie entschuldigt hatte.

Gwyneth lachte in sich hinein.

28

Kitzi Malcolm kochte vor Wut.

Was für eine beschissene Art, Silvester zu feiern. Mit vorgetäuschten Kopfschmerzen und allein zu Hause.

Sie versuchte sich einzureden, dass das Sprichwort stimmte, dass man lieber reich und gesund als arm und krank war. Und reich war sie schließlich.

In ihrem Garderobenschrank hingen drei Nerzmäntel, ein Zobel und zwei Biberpelze. Obwohl sie die kaum jemals trug, weil sie Angst hatte, dass irgendein Tierschützer ihr rote Farbe darauf sprühen könnte, wenn sie aus Saks Fifth Avenue kam. Was für einen Sinn hatte es überhaupt, diese Mäntel zu besitzen?

Was nützte einem überhaupt all dieser Krempel? Die Designerklamotten, die italienischen Schuhe, die Cartier-Uhren und der Harry-Winston-Schmuck. Auf lange Sicht war es wirklich total egal, ob man sie hatte oder nicht. Jedenfalls wenn man sein Leben nicht mehr auf die Reihe bekam.

Sie hatte sich schon lange verraten und verkauft, als sie Joels Friedensangebote immer wieder annahm. Als sie ihm wieder und wieder gestattete, sie mit teuren Geschenken zu besänftigen, die nichts – und das war ihnen beiden klar – an dem bodenlosen Abgrund ändern konnten, der sich zwischen ihnen aufgetan hatte. Statt an den Problemen zu arbeiten, die sie miteinander hatten.

Die Situation schien Joel nur allzu gut in den Kram zu passen. Seine Frau saß wie eine Trophäe sicher zu Hause in seiner luxuriösen Wohnung mit Blick auf den Central Park, während er tat, wonach ihm gerade der Sinn stand. Kitzi übernahm die Leitung ihres gesellschaftlichen Lebens. Sie organisierte Abendgesellschaften und führte den Vorsitz bei Wohltätigkeitsveranstaltungen, die Joel ins Fernsehen brachte und für die er damit Werbung machte. Er mochte es, seinen Namen immer wieder in den richtigen, stark miteinander konkurrierenden Kreisen der New Yorker Szene vertreten zu sehen. Das war »Hourglass« nur förderlich, erklärte er.

Alles drehte sich um seine Sendung: die Leute, mit denen sie sich umgaben, der Urlaub, den sie machten, die Wohltätigkeitsvereine, die sie unterstützen. Sie verbrachten herzlich wenig Zeit miteinander. Joel war immer zu sehr mit »Hourglass« beschäftigt.

Geburtstagen, Hochzeitstagen, irgendwelchen Krankheiten, die Kitzi über die Jahre hinweg gehabt hatte, wurde nur dann Aufmerksamkeit zuteil, wenn »Hourglass« Joel nicht brauchte. Sie wusste, dass das Programm ihm viel abverlangte. Jede Woche musste eine Stunde erstklassigen Sendematerials produziert werden. Und nicht einfach irgendwas. Das Material musste interessant genug sein, um die Sendung bei den Einschaltquoten ganz oben zu halten. Und die Konkurrenz nahm ständig zu, denn inzwischen produzierten auch die anderen Sender immer mehr Nachrichtenmagazine.

Wenn sie sich darüber beklagte, wurde Joel wütend. Ob sie etwa so eine kleine Hausfrau irgendwo in der Pampa sein wolle? Er sagte ihr immer wieder, dass sie gewusst habe, worauf sie sich einließ, als sie ihn heiratete.

Sie hatte aber nicht damit gerechnet, dass er fremdgehen würde. Jedenfalls nicht in diesem Maß. Nein, sie war nicht naiv. Sie wusste, dass Männer es mit der Treue nicht so genau nahmen, schon gar nicht in den Kreisen, in denen sie und Joel verkehrten. Ihre Freundinnen behaupteten, das habe etwas mit Macht zu tun. Macht war ein starkes Aphrodisiakum.

Frauen, egal ob jung oder alt, wurden von Joels Macht und Prestige angezogen. Joel war sich dessen deutlich bewusst und genoss es. Sie war selbst Zeuge gewesen. Bei offiziellen Anlässen von KEY News hatten Reporterinnen und Produzentinnen, die bei »Hourglass« arbeiten wollten, schamlos mit ihm geflirtet, als ob sie Luft wäre.

Seit einer Anklage wegen sexueller Belästigung am Arbeitsplatz ließ Joel allerdings die Finger von Frauen, die für ihn arbeiteten. Es gab genügend Frauen außerhalb von KEY News, die jederzeit für einen kleinen Seitensprung zu haben waren.

Aber wie all seine Regeln hatte auch diese eine Ausnahme. Gwyneth Gilpatric.

Joel war ihr so verfallen, dass Kitzi oft dachte, er werde sie wegen seiner Moderatorin verlassen. Das hatte er aber nicht getan. Jedenfalls noch nicht. Sie hatte ihn deswegen mehrfach zur Rede gestellt. Ihr Streit heute Abend war besonders heftig gewesen.

»Wenn du glaubst, dass ich Silvester damit verbringe, dir zuzuschauen, wie du um diese Frau herumscharwenzelst, musst du vollkommen übergeschnappt sein.«

»Kitzi, Kitzi. Ich muss mich um Gwyneth kümmern. Im Interesse meiner Sendung.« Joel lächelte süffisant.

»Im Interesse deiner Sendung! Für wie blöd hältst du mich eigentlich? Weißt du was, Joel? Ich habe die Schnauze voll! Von deiner Sendung, von Gwyneth und von dir!«

»Und was, meine Liebe, gedenkst du dagegen zu unternehmen?« Joel klang sarkastisch, herausfordernd. Kitzi wusste, dass sie in der Falle saß. Denn was sollte sie schon dagegen unternehmen? War sie etwa endlich so weit, sich von ihm scheiden zu lassen? Nein, das war sie nicht. Nicht, bevor sie ihre Schäfchen ins Trockene gebracht hatte.

»Eines kann ich dir jedenfalls sagen: Zu ihrer verdammten Party gehe ich nicht!«

»Wie du willst.« Joel zuckte mit den Schultern. Seelenruhig war er ins Badezimmer marschiert, um sich zu duschen und anzuziehen, und hatte sie mit ihrer Wut und Verzweiflung allein gelassen.

Es war an der Zeit, sich endlich einen Termin beim Anwalt geben zu lassen.

Kitzi schlang sich den Gürtel ihres pfirsichfarbenen Morgenrocks enger um die Taille, ging zu der eingebauten Mahagoni-Bar und schenkte sich noch einen Wodka mit Eis ein. Prost Neujahr.

Sie hasste sich selbst für das, was sie zu tun im Begriff war. Sie durchquerte das kostbar eingerichtete Wohnzimmer, ging über den antiken Perserteppich an den luxuriös gepolsterten Sofas und den Regency-Stühlen vorbei und unter dem Baccarat-Kronleuchter entlang zur Terrasse. Als sie die Verandatür öffnete, schlug ihr ein beißend kalter Windstoß entgegen und blies ihr den Morgenrock gegen die Beine. Auf den Terrakottafliesen der Terrasse lagen vereinzelt Häufchen alten, gefrorenen Schnees. Mit ihren seidenen Hausschuhen stapfte sie unachtsam hindurch. Ihre beringten, manikürten Hände griffen nach dem eiskalten Fernrohr. Sie musste es nicht erst einstellen: Das Fernrohr war bereits auf Gwyneth' Apartment auf der anderen Seite des Parks gerichtet.

29

»Hast du sein Gesicht gesehen, als er dich bemerkt hat? Ich habe so oft den Satz ›Die Farbe wich aus seinem Gesicht‹ gehört ... aber das ist das erste Mal, dass ich es wirklich gesehen habe. Er war grau im Gesicht.«

Laura und Francheska standen dicht beieinander in der Toilette und ignorierten die höflichen Klopfzeichen der anderen Gäste, die draußen vor der Tür standen und warteten. Francheska trug in aller Ruhe Lippenstift auf ihre vollen Lippen auf, während Laura aufgeregt fortfuhr:

»Du wusstest, dass er auch kommen würde, stimmt's, Fran?« Sie blickte das Spiegelbild ihrer Freundin an.

Francheska nickte. Die dichte dunkle Mähne glänzte im hellen Licht des Badezimmers. Sie trug ein eng anliegendes, bronzefarbenes, schulterfreies Kleid, dessen Oberteil mit naturbraunem Nerzfell gesäumt war. Ein Kleid, das Aufmerksamkeit erregte.

»Len hat erwähnt, dass er kommen würde. Du weißt doch am besten, wie er ist, Laura. Er kann's einfach nicht lassen, hier und da ein paar Namen fallen zu lassen, um mich damit zu beeindrucken, wen er alles kennt und was er alles tut.«

»Warum hast du mir das nicht gesagt?«

»Weil du Schiss bekommen und dir Sorgen gemacht hättest, dass es zu einer Szene kommen könnte. Du wärst zu nervös gewesen, um mich als Gast mitzunehmen. Als du mich gefragt hast, ob ich mit auf die Party kommen will, habe ich hin und her überlegt, ob ich dir sagen soll, dass Len und seine Frau auf der Gästeliste stehen. Aber ich wollte so gern kommen und deswegen das Risiko vermeiden, dass du deine Einladung zurücknimmst.«

»O Fran! Tu mir so was bitte nie wieder an, okay? Für derartige Überraschungen bin ich nicht besonders zu haben.«

»Mach dir keine Sorgen. Es wird bestimmt lustig.«

Ein erneutes Klopfen an der Tür bedeutete ihnen, dass sie jetzt wirklich zur Party zurückkehren mussten. Laura zupfte ihren dünnen Pony noch einmal zurecht und überprüfte, ob er ihre Narbe verdeckte.

»Was hast du jetzt vor?«, flüsterte Laura, während sie wieder aufs Wohnzimmer zugingen.

Francheska kicherte. »Vielleicht sollte ich zu den Costellos gehen und sie in eine Unterhaltung verwickeln. Ich habe seine bessere Hälfte noch nie persönlich kennen gelernt, obwohl ich natürlich schon viel von ihr gehört habe.«

Laura lachte wider Willen. »Das würdest du dich nie trauen!«

»Na, ich weiß nicht.«

»Wenn du das tust, werde ich den guten Doktor mal auf die Seite ziehen und ihm für all die Insiderinformationen danken, die er unwissentlich darüber geliefert hat, wer als Nächstes ins Gras beißen wird. Er weiß es zwar nicht, aber er hat meiner Karriere wirklich auf die Sprünge geholfen.«

30

Ricky Potenza spürte die Kälte nicht, während er den Wohnblock an der Central Park West vor Gwyneth Gilpatrics Apartmenthaus auf und ab lief. Er war sich nicht sicher, ob er am Portier vorbeikommen würde, aber er hatte einen Plan.

Auf diesen Abend hatte er lange Zeit gewartet – eigentlich dreißig Jahre lang. Die Details hatte er das Jahr über geplant, seit er im letzten Januar im Krankenhaus einen Artikel über Gwyneth' alljährliche Silvesterparty gelesen hatte. Er erinnerte sich deutlich an den Augenblick. Er hatte mit den anderen Kettenrauchern im Rockland-Psychiatriezentrum gesessen und die Seiten des Magazins *People* durchgeblättert. Da hatte er von der schmalzigen Party gelesen, die der Star von KEY News, Gwyneth Gilpatric, jedes Jahr für die Reichen und Berühmten schmiss. Das Bild der lächelnden Frau, die ihn aus den glänzenden Seiten anstarrte, verfolgte ihn. Gwyneth Gilpatric, die Frau, die seinem Leben für immer eine andere Richtung gegeben hatte.

Natürlich sah er sie schon seit Jahren im Fernsehen. In den Irrenanstalten hatte er genügend Zeit zum Fernsehen gehabt. Und wenn er zwischen zwei Krankenhausaufenthalten zu

Hause war, war das Fernsehen seine Hauptbeschäftigung. Er war darauf eingefahren, »Hourglass« allwöchentlich zu verfolgen.

Es stieß Ricky sauer auf, wenn er seine Mutter von Gwyneth schwärmen hörte. Sie fand Gwyneth Gilpatric einfach fantastisch, ein Mädchen aus Jersey, das es bis ganz nach oben geschafft hatte. »Gwyneth ist im Nachbarort Fort Lee aufgewachsen, du weißt schon«, erzählte ihm seine Mutter immer wieder. Wenn sie wüsste!

Ricky hörte schweigend zu, wenn seine Mutter sich zu Ausbrüchen der Bewunderung hinreißen ließ, und kochte innerlich. Gwyneth, eine Nationalheldin, gefeiert und verehrt, während der arme Tommy im Schlamm verrottete.

Nun aber hatten sie Tommy gefunden. Er hatte es im Fernsehen gesehen, obwohl seine Mutter das Gerät schnell ausgeschaltet hatte. Sie wolle nicht, dass er das alles noch einmal durchleben musste, sagte sie. Wusste sie etwa nicht, dass er die ganze Geschichte wieder und wieder durchlebt hatte, Tag für Tag, die letzten dreißig Jahre lang? Er hatte es in seinem Kopf durchlebt, sich aber nie überwinden können, darüber zu sprechen.

Alle hatten versucht, ihn zum Reden zu bringen. Seine besorgten Eltern, die misstrauischen Polizisten und über die Jahre hinweg immer wieder die behandelnden Ärzte. Sie glaubten, dass er ein Trauma erlitten habe, weil sein bester Freund verschwunden war. Hätten sie gewusst, dass Ricky am Tod seines besten Freundes Tommy beteiligt war, hätten sie ihn nicht so gut behandelt.

Als die Familie Cruz am Morgen, nachdem Tommy im Palisades-Vergnügungspark ums Leben gekommen war, merkte, dass ihr Sohn nicht da war, hatte Ricky in seinem Bett gelegen und so getan, als ob er schliefe. Er hatte sich unwissend gestellt, als seine Mutter ihm mitteilte, dass Tommy verschwunden war, und geschworen, er habe seinen Freund nicht mehr gesehen, seit sie sich am Tag zuvor um die Abendbrotzeit verabschiedet hatten. Als seine Eltern und die Polizisten ihn aber in den darauf folgenden Tagen wieder und wieder befragten, verschloss sich Ricky langsam immer mehr. Schweigen war seine Art, sich zu schützen.

Wir alle haben eine Belastungsgrenze. Das jedenfalls hatte der Arzt Rickys Eltern erklärt. Ricky hat seine Belastungsgrenze erreicht. Drängen Sie ihn nicht!

Also hatten sie ihn nicht gedrängt, sondern den Rat des Arztes befolgt und sanft versucht, in dem nun nachdenklichen, introvertierten Ricky wieder Interesse an verschiedenen Dingen zu wecken. Sie ermunterten ihn, nach draußen zu gehen und mit den anderen Kindern zu spielen, einem Sportverein oder sonst irgendeinem Verein in der Schule beizutreten. Sie versuchten ihn dazu zu bringen, an Proben zu Theaterstücken, die in der Schule aufgeführt wurden, teilzunehmen in der Hoffnung, das ihn irgendetwas wieder aus seinem Schneckenhäuschen holen würde. Es hatte alles nichts geholfen.

Während der Pubertät und der damit zusammenhängenden hormonellen Umstellung wurde es noch schlimmer. Ricky wurde zunehmend aggressiv und gewalttätig. Eines Tages kletterte er nach der Schule auf das Dach des dreistöckigen Backsteingebäudes der Familie Potenza und schleuderte ihre Katze hinunter. In dieser Nacht schnitt er sich mit den Rasierklingen seines Vaters die Pulsadern auf.

Es folgte der erste seiner unzähligen Aufenthalte in verschiedenen Psychiatrien.

Zuerst hatten die Potenzas es mit den privaten Kliniken versucht, in dem Glauben, Geld könne ihren Sohn wieder heilen. Man verabreichte Ricky schwere Beruhigungsmittel, und eine Zeit lang schien es ihm besser zu gehen, aber die

Psychiater waren einhellig der Meinung, dass Medikamente allein ihn niemals heilen würden. Der junge Mann weigerte sich, an den Gesprächstherapiesitzungen teilzunehmen. Solange Ricky das tat, würde es ihm nicht besser gehen.

Die Jahre vergingen und mit den Krankenhausrechnungen wuchsen die Schulden. Die Potenzas verkauften ihr Haus in Cliffside Park und zogen in einen kleinen Bungalow auf der anderen Seite der Staatsgrenze, nach Rockland County, New York. Dort starb Mr. Potenza. Drei Tage nach der Beerdigung wurde Ricky von der Polizei aufgegriffen, als er versuchte, in den Tappan-See zu springen.

Die Polizei brachte ihn schnurstracks ins nahe gelegene Rockland-Psychiatriezentrum, eine staatliche Einrichtung. Rickys Mutter, inzwischen fast mittellos und am Rande der Erschöpfung, hatte keine andere Wahl, als ihn dort zu lassen. Mit der Zeit fand sie sich damit ab. Es machte keinen Unterschied, wo ihr Sohn war. Er würde nicht mehr gesund werden.

Langsam bildete sich ein Muster heraus. Ricky blieb jeweils mehrere Monate am Stück im Rockland-Zentrum. Dann sagten die Ärzte, dass es ihm gut genug ginge, um die Klinik zu verlassen. Die nächste Krise brachte ihn dann wieder zurück. Und so begann es von vorn.

Jetzt war er mal wieder auf einem seiner Heimurlaube.

Seine Mutter bemühte sich, ein normales Leben zu führen und Ricky den Eindruck zu vermitteln, dass auch er normal sei. Sie wollte nicht, dass er wie irgend so ein abgerissener, schräger Wahnsinniger herumlief. Sie brachte ihn zum Zahnarzt, machte lange Spaziergänge mit ihm wegen der Bewegung und achtete darauf, dass seine Haare immer gut geschnitten waren. Für Weihnachten bildete sie von ihrem bescheidenen Sekretärinnengehalt Ersparnisse und kaufte ihm davon einen Kamelhaarmantel. Sie wollte, dass ihr Sohn wie ein attraktiver, gut gekleideter 42-jähriger Mann aussah.

Jetzt in der Central Park West schaute niemand Ricky Potenza schief an. Er sah aus, als ob er hierhin gehörte.

Ricky beobachtete eine kleine Gruppe, die näher kam, und betete, dass sie den Eingang von Gwyneth' Gebäude betreten würde. Als sie das tat, schloss er sich den Leuten unauffällig an. Einer der Männer sagte dem livrierten Portier seinen Namen und dass sie zur Gilpatric-Party wollten. Der Portier nickte.

»Gehen Sie einfach hoch, Sir.«

Gemeinsam fuhren sie im Aufzug nach oben.

Gwyneth hatte weitergemacht und war erfolgreich. Es war einfach nicht fair.

31

Mitten im Lärm der Party erklärte Joel Malcolm seinem amüsierten »Hourglass«-Produzenten Matthew Voigt das Konzept von Casper's Ghostland.

»Und das Ganze soll eine geheime Todesspielgemeinde sein?«, fragte Matthew.

Joel grinste herausfordernd. »Ja. Es läuft anonym übers Internet. Jeder von uns erhält monatlich per E-Mail eine Benachrichtigung, in der ihm mitgeteilt wird, welcher Name ihm für den Monat zugewiesen wurde. Und wenn in den darauf folgenden dreißig Tagen keiner auf der Liste stirbt, machen wir unseren nächsten Einsatz und Casper weist uns einen neuen Namen zu. Dreimal hatte ich in den letzten zwei Jahren Bryant Gumble von CBS. Und der Mistkerl macht immer noch keine Anstalten schlappzumachen!«

»Und wie viel kostet der Spaß im Monat?«

»Tausend Kröten. Aber du musst bedenken, wie viel man

gewinnen kann! Im Jackpot liegt inzwischen ein ganz schönes Sümmchen.«

»Das ist nicht ganz meine Kragenweite«, lachte Matthew. »Außerdem würden sie mich überhaupt nicht mitspielen lassen – ich bin ein zu kleines Lichtlein am Himmel der großen Medienstars.«

Joel zuckte mit den Achseln und blickte über Matthews Schulter. Seine Augen suchten die Menschenmenge ab.

»Da ist sie. Die Blondine in dem dunkelblauen Kleid.« Er stieß Matthew mit dem Ellbogen an. »Das ist Laura Walsh, von der ich dir erzählt habe.«

Matthew Voigt erblickte Laura, die auf der anderen Seite von Gwyneth' weitläufigem Wohnzimmer stand. »Hey, das wird ja ein echtes Vergnügen!«

»Moment, Moment!«, warnte Joel. »Das ist rein beruflich, vergiss das nicht!«

»Wer hat behauptet, dass Arbeit keinen Spaß machen kann?« Matthew drehte sich um und ging auf Laura zu.

Er folgte ihr zur Bar und hörte, wie sie einen Cosmopolitan bestellte. Als Laura einen Schluck von ihrem hellrosa Cocktail nahm, stellte er sich ihr vor.

»Ich bin Matthew Voigt. Ich habe gehört, dass Sie bei uns arbeiten werden.«

Laura blickte prüfend zu dem dunkelhaarigen Mann auf. Ihr Interesse war geweckt. Sie hatte ihn bereits im Sendezentrum gesehen. Er war ihr in der Cafeteria aufgefallen. Er war groß, schlank und sah passabel aus. Seine dunklen Augen blitzten intelligent unter den schwarzen Augenbrauen hervor. Als sie Matthews gebogene Nase und seinen eckigen Unterkiefer betrachtete, erinnerte er sie einen Augenblick lang an einen Habicht – ein Raubvogel mit gebogenem Schnabel, der gerne jagt.

Sie war neugierig, aber vorsichtig. Sie konzentrierte sich

auf das, was er sagte, und ihre Aufmerksamkeit wurde von den Worten »bei *uns* arbeiten« gefesselt.

»Sie wissen schon«, sagte er, »bei ›Hourglass‹.«

»Irgendwie habe ich den Eindruck, dass Sie etwas wissen, das ich nicht weiß.« Laura lachte.

Matthew sah überrascht aus. »Oh! Ich dachte, das wäre schon offiziell.«

»Vielleicht meinen das gewisse Leute, ich aber nicht. Noch habe ich vom Boss nichts gehört.«

»Komisch. Joel hat mir gerade alles über Sie erzählt.«

»Dann bin ich eindeutig im Nachteil, ich weiß nämlich nichts von Ihnen.« Laura nahm noch einen Schluck aus ihrem langstieligen Glas.

Matthew blickte enttäuscht drein. »Ich hatte gehofft, mein Ruf wäre mir vorausgeeilt.«

»Tut mir Leid!«

Er lachte und zuckte mit den Schultern. »Aber das ist wahrscheinlich auch besser so. Wenigstens können Sie so nichts Schlechtes von mir gehört haben. Ich bin jetzt seit ein paar Jahren Produzent von ›Hourglass‹, seit Joel mich von ABC eingekauft hat. Einer der vielen Produzenten von ›Hourglass‹, aber wir wiegen uns alle gerne in dem Glauben, entscheidend zum Erfolg der Sendung beizutragen.«

»Das tun Sie sicher auch. Tut mir Leid, dass ich nicht wusste, wer Sie sind.«

»Kein Problem. Ich bin nur in meinem eigenen Kopf eine Legende.« Er wandte sich an den Barkeeper. »Einen Glen Livet mit Eis, bitte.«

Laura war begierig, mehr zu erfahren. »Stört es Sie, wenn ich Sie frage, was genau Joel Ihnen erzählt hat?«

»Wie viel ist Ihnen das wert?«

Sie überhörte das und wartete.

»Okay. Ich sehe schon, Unausstehlichkeiten ziehen bei

Ihnen nicht.« *Was für schöne Augen sie hatte!* Ein unglaublich faszinierender Blauton. Wie ein wolkenloser Himmel an einem Sommertag im Mittelwesten. Die Farbe des Julihimmels über dem Michigan-See, des Himmels, in den er als Teenager gesehen hatte, während er am Ufer lag und sich vorstellte, was er mal aus seinem Leben machen würde. Der Sohn eines Elektrikers aus Waukegan in Illinois, der davon träumte, in New York City zu leben und für einen der Fernsehsender zu arbeiten. Ein Traum, der wahr geworden war, der allerdings nicht immer – und immer seltener – hielt, was er sich einmal davon versprochen hatte.

Lauras Worte schreckten ihn aus seinen Gedanken auf. »Kluges Köpfchen! Aber etwas anderes hätte ich auch nicht von einem Produzenten von ›Hourglass‹ erwartet, wo ich doch selbst hoffe, mal mit von der Partie zu sein.«

Matthews weiße Zähne blitzten auf, als er anerkennend lächelte. »Jetzt mal im Ernst. Joel hat in den höchsten Tönen von Ihnen geschwärmt und dieses Projekt erwähnt, das Sie uns reingebracht haben. Die Palisades-Vergnügungspark-Story. Klingt, als hätte die großes Potenzial.«

»Davon bin ich überzeugt. Ich bin in Cliffside Park aufgewachsen, in der Stadt, wo früher der alte Vergnügungspark war. Mein Vater hat den Zyklon bedient, bis der Park geschlossen wurde.«

»Und es gibt einen ungelösten Mordfall in Zusammenhang mit dem Park?«

»Sieht so aus. Sie haben soeben die Leiche eines Jungen gefunden, der seit dreißig Jahren vermisst wurde und nur wenige Meter von der Parkumzäunung entfernt begraben lag. Sie haben ihn identifiziert.«

»Stark!«

Laura musste kurz daran denken, wie krank es war, von traurigen Ereignissen derart begeistert zu sein und die Einzelheiten der Trauer anderer aufregend zu finden. Aber das war eben ihr Geschäft. Ein Albtraum gab eine coole Story ab.

»Was machen Sie eigentlich bei KEY?« Matthew wechselte das Thema.

»Ich arbeite im Presseinformationsbüro.«

»Und was genau?«

»Die traurigen Meldungen. Nachrufe scheinen meine Spezialität zu sein.«

»Sehr spaßig. Kein Wunder, dass Sie da aufhören wollen.«

»So schlimm ist es nun auch wieder nicht«, protestierte Laura. »Irgendwie mache ich die auch gern.«

Matthew dachte einen Augenblick über ihre Worte nach und nickte dann zustimmend. »Im Grunde haben Sie Recht, Laura. Ich kenne ein paar Leute, deren Nachrufe ich liebend gerne sehen würde.«

32

»Du bist mir den ganzen Abend aus dem Weg gegangen, Doktorchen.« Francheska stand hinter Leonard Costello und flüsterte ihm ins Ohr.

Costello drehte sich herum und lächelte sie scheinbar wohlwollend an, seine Antwort zischte er jedoch. »Was zum Teufel hast du hier zu suchen?« Er warf einen verstohlenen Blick in den Raum, um zu sehen, wo seine Frau war.

»Keine Angst, Mr. Liebhaber. Mrs. Costello steht vor der Toilette Schlange. Du bist in Sicherheit.« Francheska lächelte.

»Hör auf damit, Francheska. Das ist nicht lustig.«

»Ich finde schon. Ich finde die ganze Situation höchst amüsant. Und aufregend. Wie wär's mit einem Quickie?«

Francheska merkte, dass Leonard ihren Vorschlag für den Bruchteil einer Sekunde sogar ernsthaft erwog. Doch dann meldeten sich seine Überlebensinstinkte wieder zu Wort. Seine Frau und viele seiner Patienten waren auf dieser Party.

»Hör endlich auf, Francie. Wie bist du überhaupt hier reingekommen?«

»Auch ich habe hochgestellte Freunde, Len. Laura hat mich mitgenommen.« Francheska schnappte sich ein Champagnerglas, als ein Kellner mit einem Silbertablett an ihr vorbeiging. »Ich fand die Idee lustig, dich zu überraschen.«

»Okay, ich bin überrascht. Zufrieden? Lass uns jetzt gute Nacht sagen. Ich rufe dich morgen an.«

»Ich mag es nicht besonders, weggeschickt zu werden, Leonard.«

»Das ist aber Teil unseres Abkommens, Francheska, und das weißt du ganz genau. Du hast die vornehme Bude in der Upper East Side, die Kreditkarten und alles, was dein Herz begehrt. Dem Kleid, das du trägst, kann ich ansehen, dass es mich eine Stange Geld gekostet hat. Und das ist auch in Ordnung. Aber der Preis dafür ist Diskretion. Wenn meine Frau davon Wind bekommt, ist es aus. Das hast du von Anfang an gewusst.«

»Du könntest wenigstens so tun, als ob du sie für mich verlassen wolltest.«

»Ich habe nie gesagt, dass ich das tun würde. Bitte, ich will jetzt nicht damit anfangen.« Leonards Blicke suchten seine Frau.

Francheska schlug die Augen nieder, damit er nicht merkte, wie verletzt sie war. Sie drehte sich um und ging davon.

33

Die Silvesterparty kostete Gwyneth eine stattliche Summe, die Hauptattraktion des Abends jedoch, nämlich das spektakuläre mitternächtliche Feuerwerk über dem Central Park, kostete sie nichts.

Als das Jahr so langsam seinem Ende entgegenging, machten sich die Gäste – von denen einige noch schnell ihren Mantel geholt hatten –, nach und nach auf den Weg Richtung Terrasse. Mit den Gläsern in der Hand warteten sie da, wo sie ein Plätzchen gefunden hatten, auf den Beginn des Feuerwerks.

Als Gwyneth glaubte, dass sich alle Gäste draußen auf der Terrasse versammelt hatten, ging sie den Gang zu ihrem Schlafzimmer entlang, um ihren Schal zu holen, in den sie sich einhüllen wollte. Als sie den Samtschal aus ihrem Schrank holte, hörte sie die ersten Explosionen des Feuerwerks. Sie zuckte zusammen, als ihr jemand auf die Schulter klopfte.

»Verdammt, du hast mich vielleicht erschreckt!«

»Tut mir Leid. Aber ich muss mit dir reden.«

»Worum geht's?«

»Es ist wirklich sehr wichtig, aber nicht hier. Es könnte uns jemand hören. Kommst du mit aufs Dach, eine rauchen, wie in alten Zeiten?«

»Aber meine Gäste ...« Gwyneth ließ den Satz unvollendet.

»Die werden dich nicht vermissen. Alles guckt nur nach dem Feuerwerk. Komm schon! Wir sind nur ein paar Minuten weg. Es wird sich lohnen für dich.«

34

»Fünf, vier, drei, zwei, eins. Prost Neujahr!«

Emmett sah sich allein in seinem Wohnzimmer die Silvesterfeier vom Times Square an, wie er das schon seit Jahrzehnten tat. Die Feiernden jubelten und tanzten herum, Hupen ertönten und Konfetti fiel, als wieder einmal ein neues Jahr begann.

Nacht der Amateure! Er verstand all diese Idioten nicht, die in die Stadt gingen, um sich von Menschenmassen in der eisigen Kälte herumschieben zu lassen und darauf zu warten, dass es Mitternacht wurde. Es war einfach erbärmlich. Hatten die nichts Besseres zu tun? Er hegte den Verdacht, dass die Silvesternacht die einzige Nacht im Jahr war, in der diese Leute ausgingen. Warum sonst sollten sie dahin gehen? Er nahm noch einen Schluck Budweiser.

Er war lieber allein. Das zumindest versuchte er sich einzureden.

Aber er war froh, dass Laura auf diese Angeberparty im Villenviertel eingeladen worden war. Er wünschte sich für sie, dass sie sich amüsierte, dass sie ein angenehmes Leben hatte. Er wusste, dass es für sie nicht leicht gewesen war.

Emmett war sich bewusst, dass er Laura mehr Aufmerksamkeit hätte widmen sollen. Er hätte mit dem Trinken aufhören müssen, sich einen Stoß geben, aus dem Sumpf wieder rauszukommen. Aber er konnte einfach nicht. Stattdessen war er von einem miserablen Job zum nächsten gewechselt und hatte kaum das Nötigste zum Leben zusammengekratzt. Jedes Mal, wenn er einen Job verlor, fing er wieder mit dem Saufen an. Wenn die Schecks nicht regelmäßig bei ihm eingetrudelt wären, hätte er nicht gewusst, was er tun sollte.

Laura aber war allem zum Trotz erfolgreich gewesen. Sie war wirklich die Tochter ihrer Mutter. Klug, gewissenhaft und entschlossen. Laura hatte es zu etwas gebracht. Produzentin bei KEY News. Silvester bei Gwyneth Gilpatric.

Emmett stand vom Sessel auf und schaltete den Fernseher aus. Er ging in die Küche und machte beim Kühlschrank Halt, um noch ein Bier herauszuholen. Dann öffnete er die Kellertür. Auf der obersten Stufe stolperte er. Er griff nach dem Geländer, richtete sich wieder auf und ging weiter die Holztreppe hinunter.

Der Vergnügungspark erstrahlte in Festtagsbeleuchtung. Er setzte sich auf seinen Stuhl neben dem Zyklon und schob sanft den winzigen Achterbahnwagen die Spur hoch bis zum höchsten Punkt. Dort hielt er ihn eine Weile fest, bevor er ihn losließ und beobachtete, wie er nach unten preschte.

Inzwischen war so viel Zeit vergangen. Aber diese eine Nacht damals hatte sein Leben für immer verändert.

Es hatte alles so unschuldig angefangen.

Es war nur ein Unfall gewesen.

Er hatte einfach nicht den Mut gehabt, für das einzustehen, was passiert war. Wenn er das getan hätte, wäre alles vollkommen anders gelaufen.

Aber hätten sie ihn dafür nicht ins Gefängnis geworfen? Hätte Sarah ihn geheiratet? Hätte es eine Laura gegeben? Es hieß, Gottes Wege seien unergründlich. Vielleicht hatte Gott es so geplant, dass er nichts sagte, damit sein Leben so weiterlief, wie es weitergelaufen war. Gott wollte sicherlich eine Welt, in der es eine Laura gab.

Ob Gott ihm verzieh?

Er wusste von früher aus dem Religionsunterricht, dass Gott ihm nur verzeihen würde, wenn er sich zu seinen Taten bekannte.

Dafür war es jetzt zu spät.

Er leerte sein Dosenbier und schaltete die Lichter des Vergnügungsparks aus. Als er die Treppe hochstieg, fragte er sich, ob Gwyneth wusste, dass Laura an einer Story über den Park und Tommy Cruz arbeitete. Wenn ja, würde es ihr sicherlich nicht gefallen. Trotz allem gluckste er vor sich hin.

35

So hatte sie sich schon einmal gefühlt.

Bei dem Autounfall auf der Route 95, auf dem Weg zum College. Gwyneth hatte das Lenkrad fest gepackt, vor vielen, vielen Jahren, ihr Körper war steif geworden, als das Auto auf der regennassen Straße ins Rutschen kam. Sie wusste, dass sie zu schnell gefahren war. Das tat sie immer.

Sie hatte erwartet, dass ein anderes Auto von hinten auf ihres prallen würde, während sie über den Wasserfilm rutschte, der zuerst den einen Fahrstreifen, und dann, auf ihrem Weg zu den schweren, stählernen Leitplanken, auch den anderen bedeckte. Auf der anderen Fahrbahn näherte sich ein riesiger Sattelschlepper. Ihr war klar, dass sie mit dem grauen Achtzehnrad-Riesen zusammenstoßen würde, wenn die Leitplanken nachgäben oder ihr Auto sich überschlüge und auf der anderen Seite der Autobahn aufkäme. Dem Brummifahrer musste das auch klar gewesen sein, denn sie hörte ihn wütend hupen.

Das rhythmische Geräusch der Scheibenwischer klang ihr weiter in den Ohren, während sie sich fragte, wie viele Autos wohl letztendlich in den Unfall verwickelt werden würden, wenn eines nach dem anderen nicht mehr bremsen konnte, auf dem rutschigen Asphalt ins Schlittern kam und in das Auto des Vordermannes knallte. Das Leben wie vieler anderer Menschen würde hier eine andere Wendung nehmen oder sogar enden?

Sie hatte den alten Beatles-Song aus dem Radio tönen hören und an all die Dinge gedacht, von denen sie nicht wollte, dass ihre Eltern – oder wer auch immer sonst ihre Sachen durchsehen würde – sie fanden.

Sie fragte sich, ob sie jetzt sterben würde.

In fünf Sekunden dachte sie all diese Dinge, bemerkte all diese Einzelheiten. Fünf Sekunden vom Anfang bis zum Ende: das Auto, das ins Schlittern kam, der Aufprall an der Leitplanke, das Auto, wie es sich rückwärts drehte, wieder in die Leitplanken prallte und sich wie ein riesiges Akkordeon zusammenfaltete. Totalschaden.

Es waren keine anderen Autos aufgefahren. Und damals war sie ohne die kleinste Schramme davongekommen. Ein wahres Wunder hatte der Polizist es genannt. Ein Schutzengel.

Fünf Sekunden. Doch nach dem Unfall erinnerte sie sich deutlich, dass ihr alles wie in Zeitlupe vorgekommen war, wie eine Videokassette, die man langsam Bild für Bild abspulte.

So fühlte es sich auch jetzt an. Zeitlupe.

Diesmal würde es aber kein Wunder geben. Diesmal fragte sie sich nicht, ob sie sterben würde. Diesmal wusste sie es.

Die eisige Winterluft riss an ihrem langen Abendkleid aus schwarzem Samt. Sie fragte sich, ob der Rockteil ihr wohl über die Hüfte gerutscht sein würde, wenn man sie fand. Strumpfhose, aber keine Unterwäsche, damit sich nichts unter der Kleidung abzeichnen konnte. Interessantes Detail. Irgendjemand würde das sicher bringen.

Sie hörte die Explosionen der Knallkörper und sah die bunten Lichter, strahlendes Weiß, Grün und Rot gegen den dunklen Himmel. Diamanten, Smaragde und Rubine. Der Wind blies ihr ihren Schmuck ins Gesicht, Akoya-Perlen. Sie empfand die Berührung seltsam tröstend.

Das Unvermeidliche kam auf sie zu. Immer näher. Aber es stimmte nicht, was man immer sagte: Man sah nicht sein ganzes Leben vor den Augen abspulen. Sie dachte nur an eine einzige Sache. Ein großes Bedauern. Eine Person.

In dem Augenblick, als sie auf dem eiskalten Gehsteig aufschlug, dachte sie ihren letzten Gedanken: So muss sich Tommy Cruz gefühlt haben.

Das neue Jahr

36

Samstag, 1. Januar

Sie warteten nicht auf den Aufzug. Laura und Mike Schultz rannten die Treppen hinunter. Ihre Schritte prasselten wie Schusssalven. Beide rannten so schnell sie konnten, Laura mit anmutigen Bewegungen, er schwerfällig stampfend. Während sie durch die elegante Eingangshalle hinaus auf die eisige Straße stürmten, rief Mike über die Schulter dem Portier zu: »Rufen Sie den Notarzt!«

Der Gehsteig war unheimlich verlassen, bis auf die leblose Samtform, die zusammengesunken auf dem kalten Asphalt lag. Laura schoss der Gedanke durch den Kopf, dass in dieser exklusiven, beschützten Gegend – einer der reichsten der Welt – Leute warm und sicher in ihren Häusern beisammen saßen und damit beschäftigt waren, das neue Jahr zu begießen. Sie schlürften ihren Dom Perignon oder Veuve Clicot und hatten keine Ahnung, dass eine der ihren vor ihrer Eingangstür lag, berühmt und gefeiert, blutig und zerschmettert.

»Mein Gott!«, flüsterte Mike, als sie neben Gwyneth niederknieten. Sie lag mit dem Gesicht nach oben, die Augen weit geöffnet und leer in den klaren Nachthimmel starrend. Um ihren zertrümmerten Kopf bildete sich eine große dunkle Blutlache. Aus einem Winkel ihres sorgfältig geschminkten Mundes sickerte ein dünnes Rinnsal Blut. Mike legte ihr die Hand an den Hals, um nach ihrem Puls zu tasten, aber er wusste bereits, dass er keinen mehr finden würde.

Laura zupfte am Saum von Gwyneth' Samtrock und versuchte ihn hinunterzuziehen, um der Frau ein Mindestmaß an Würde zu bewahren, während sie allen Blicken ausgesetzt dalag. Sie bemerkte, dass Perlen wie leuchtende Hagelkörner um Gwyneth verstreut lagen, und vernahm in der Ferne immer lauter werdendes Sirenengeheul.

Mike zog sein Handy aus der Hosentasche.

»Wen rufst du jetzt an?«

»Das Büro.«

»O Gott, Mike! Nein! Du bestellst doch nicht etwa ein Aufnahmeteam her?«

Er antwortete nicht, aber der einseitigen Unterhaltung, die Mike am Telefon führte, konnte sie alles entnehmen, was sie wissen wollte. Die Kameraleute waren unterwegs.

Sie zögerte nur einen Augenblick, dann sagte sie es ihm. »Gwyneth' Nachruf ist sendebereit, Mike. Er liegt in meiner Schreibtischschublade.«

37

Reihen von Champagnergläsern und Platten mit übrig gebliebenen Petit fours standen kreuz und quer auf den marmornen Arbeitsflächen in Gwyneth' blitzender Küche verteilt. Delia stand mit gesenkten Armen in einer Ecke und hatte die Arme um sich gelegt, um ihr Zittern in den Griff zu kriegen.

Blau uniformierte Polizeibeamte und Kriminalbeamte in Mänteln gingen systematisch das Apartment durch, befragten sowohl Partygäste als auch das Personal. Delia wusste, dass sie bald an der Reihe war.

Sie sehnte sich nach einer Zigarette, traute sich aber nicht, eine anzustecken. Sie blickte auf und sah einen Mann mittleren Alters in einem dunkelgrauen Mantel auf sie zukommen.

»Detective Alberto Ortiz, 22. Bezirk.« Er wies sich aus. »Und Sie sind?«

»Delia. Delia Beehan.«

»Und Sie arbeiten nur heute Abend hier?«, fragte er ausdruckslos und begutachtete ihre gestärkte weiße Schürze.

»Nein, Sir. Ich bin Mrs. Gilpatrics Hausmädchen. Ich arbeite Vollzeit für Madame.«

Ortiz wirkte plötzlich interessiert und er blickte Delia aufmerksam an. Die Unterlippe des Hausmädchens zitterte.

»Haben Sie irgendeine Vorstellung davon, was heute Nacht hier passiert ist?«

»Nein, Sir.«

»Hatte sich Mrs. Gilpatric über irgendetwas aufgeregt?«

»Ich weiß nicht, Sir.«

»War sie deprimiert?« Der Detective ließ nicht locker.

»Nicht, dass ich wüsste, Sir.«

»Fällt Ihnen irgendein Grund ein, warum sie sich selbst hätte umbringen sollen?«

Bei diesem Satz brach Delia in hysterisches Schluchzen aus.

38

Eine erschütterte Nancy Schultz fuhr allein nach Hause.

Vorsichtig folgte sie der Reihe roter Rücklichter bis auf den West Side Highway. Es war fast zwei Uhr morgens, aber auf der Straße herrschte reger Verkehr. Die Silvesterfeiernden wollten zurück nach Hause, in ihre Vorstädte.

Gott sei Dank war die Nacht klar. Kein Schnee oder Eisregen. Sie war gerade bei ihrem dritten Martini gewesen, als der Abend so abrupt zu Ende ging. Nancy hatte sich selbst betäuben wollen. Ihr war nicht klar gewesen, dass sie würde nach Hause fahren müssen.

Dabei hätte es ihr klar sein sollen. KEY News und Gwyneth Gilpatric hatten immer Mittel und Wege gefunden, in ihr Privatleben einzugreifen.

Nancy steuerte ihren sechs Jahre alten Taurus-Kombi über den oberen Bogen der George-Washington-Brücke und blickte aus dem Fenster der Fahrerseite über den Hudson River, auf die illuminierte Skyline von Manhattan. Das Empire State Building hob sich leuchtend von den anderen Gebäuden ab.

Ein ärgerlich hupender Fahrer zwang sie, auf ihren Fahrstreifen zurückzuschwenken und sich auf das Fahren zu konzentrieren. Das Letzte, was sie jetzt gebrauchen konnte, war ein Autounfall. Das konnten sie sich einfach nicht leisten. Wie die Dinge standen, wurde ihr schon bei dem Gedanken ganz mulmig, dass sie für das Babysitten heute Nacht fünfzig Dollar für Julie würden lockermachen müssen.

Sie schaltete das Radio ein und ließ die Sender durchlaufen. Dann fand sie, wonach sie suchte.

»Die siebenundvierzigjährige Moderatorin von KEY News wurde noch vor Ort für tot erklärt. Die Polizei hat die Ermittlungen aufgenommen. Ich wiederhole: Die Korrespondentin von KEY News, Gwyneth Gilpatric, ist heute Nacht nach einem Sturz vom Dach ihres Apartments an der Central Park West gestorben.«

Nancy öffnete das Handschuhfach und kramte darin herum, bis ihre Finger das Zigarettenpäckchen ertasteten, das Mike stets dort aufbewahrte. Sie wartete, bis der Zigarettenanzünder aus dem Armaturenbrett heraussprang, zündete sich die Zigarette an und nahm einen tiefen Zug.

Was schief gehen kann, geht auch schief.

39

Amerika erfuhr vom Leben und vom Tod von Gwyneth Gilpatric, als der Nachruf, den Laura Walsh produziert hatte, über das KEY Television Network lief. Der Beitrag begann mit einer Aufnahme aus der allerersten »Hourglass«-Sendung.

»Guten Abend. Ich bin Gwyneth Gilpatric. Und dies ist ›Hourglass‹.«

Dann setzte Eliza Blakes Erzählung ein, während die Zuschauer Momente aus Gwyneth' Leben als Moderatorin sahen, wie sie während der letzten fünfzehn Jahre über Ereignisse in der ganzen Welt berichtet hatte.

»Gwyneth Gilpatric hat amerikanischen Haushalten regelmäßig jeden Dienstagabend als Gastgeberin des Nachrichtenmagazins ›Hourglass‹ von KEY News einen Besuch abgestattet. Durch ihre Augen haben wir die Geschichten unserer Zeit verfolgt.«

Dann wurden Filmausschnitte von Gwyneth gezeigt: wie sie Könige und Präsidenten interviewte, wie sie neben Filmstars einherging, wie sie auf der Mauer in Berlin stand, während Deutsche auf die Betonmauer unter ihren Füßen einhieben, um das letzte Symbol des Kommunismus niederzureißen.

»Aber sie beschäftigte sich nicht nur mit dem Offensichtlichen. Gwyneth Gilpatrics Leidenschaft galt vor allem auch den Storys, die sonst niemand aufspürte und die kein anderer Sender brachte. Geschichten, die noch keiner erzählt hatte. Sie hat mehrere Preise für ihren Enthüllungsjournalismus gewonnen.«

Jetzt war Gwyneth in einem weißen Baumwollkittel zu sehen, wie sie zwischen Kuhkadavern hindurchlief, die in einer verseuchten Fleischverpackungsfabrik hingen. Sie kauerte neben einem kleinen Mädchen im Rollstuhl, einem Kind, das niemals gehen oder sprechen würde, weil in dem Krankenhaus, in dem sie geboren wurde, einem Arzt ein Kunstfehler unterlaufen war. Gwyneth tätschelte die Hand einer älteren Frau, die von einem gerissenen Betrüger um ihre Lebensersparnisse gebracht worden war.

»Amerika hat Gwyneth Gilpatric vertraut und sich während Zeiten nationaler Trauer an sie gewandt.«

Es folgte ein Ausschnitt von Gwyneth während eines Gedenkgottesdienstes für die Opfer des Massakers an der Columbine High School. Gwyneth sprach ins Mikrofon: »Als ich in die Oberstufe ging, war mein einziges Ziel, es aufs College zu schaffen und einen Kavalier für den Schülerball zu haben. Heutzutage haben Schüler ganz andere Sorgen: Werden sie den Schultag überleben?«

Es wurde ein Schwarzweißbild von Gwyneth aus ihrem Jahrbuch der Oberschule eingeblendet. Sie sah aus wie so viele andere Mädchen ihrer Zeit: langes, dunkles und schulterlanges Haar, in der Mitte gescheitelt, der traditionelle schwarze Stoff der Robe über den Schultern drapiert. Von ihrem jungen Hals hing an einer Kette ein Kreuz.

»Sie wuchs in Fort Lee in New Jersey als Einzelkind einer mittelständischen Familie auf. Während ihres Studiums am Boston College wurde ihr klar, was sie beruflich machen wollte: Karriere im Fernsehjournalismus. Und zu unserem Glück hat sich Gwyneth Gilpatric von diesem Ziel auch nicht mehr abbringen lassen. Eliza Blake, KEY News, New York.«

40

Es war bereits taghell, als Joel von KEY News nach Hause kam. Nachdem sie Gwyneth' Leiche weggebracht hatten, hatte er der Polizei Fragen beantworten müssen. Dann war er ins Sendezentrum gegangen, um zu entscheiden, wie er und KEY News die nächste »Hourglass«-Sendung über die Bühne bringen würde. Es ging weiter – mit oder ohne Gwyneth. Aber Joel wusste nicht, was er tun sollte.

Er war überrascht, Kitzi auf dem Sofa im Wohnzimmer vorzufinden. Sie trug immer noch den pfirsichfarbenen Morgenrock, in dem er sie am Abend zuvor gesehen hatte.

Erst gestern Abend.

»Prost Neujahr, Liebster!«, flüsterte Kitzi.

Sie war betrunken.

»Ich nehme an, du weißt bereits davon«, sagte er und übersah ihre Trunkenheit, obwohl es ihn im Normalfall angewidert hätte. Sie war ihm einfach vollkommen gleichgültig geworden. Im Augenblick war ihm alles gleichgültig. »Du musst ja überglücklich sein.«

»Und du, mein lieber Joel, musst sehr, sehr traurig sein! Deine arme Gwyneth tot! Was wirst du nur ohne sie anfangen?«

»Hör auf mit dem Mist, Kitzi!«

Aber Kitzi wollte diesen Augenblick auskosten. Sie genoss es, dass es ihm schlecht ging. Wie oft hatte er ihr weh getan!

»Was wirst du jetzt machen, Joel? Keine Gwyneth mehr, die ›Hourglass‹ die Schwindel erregenden Einschaltquoten bescheren kann. Keine Gwyneth, mit der du noch bis spät in die Nacht hart arbeiten musst. Keine Gwyneth, der du auf so erbärmliche Art und Weise mit deinem getreuen Fernrohr hinterherspionieren kannst.«

»Du ekelst mich an.« Joel drehte sich um und wollte das Zimmer verlassen.

»Hey, Joel, willst du nicht wissen, wie ich von den traurigen Neuigkeiten erfahren habe?«, rief Kitzi ihm höhnisch hinterher.

»Du wirst es mir sicher gleich erzählen. Im Fernsehen, im Radio?«, fragte er entnervt.

Kitzi schüttelte ihre rotbraune Mähne und lachte provozierend. »Besser, Joel. Viel, viel besser. Das wird dir gefallen! Ich habe es *live* miterlebt!«

Joel blieb stehen und drehte sich zu ihr um. »Was willst du damit sagen?«, bellte er sie an.

Aber Kitzi wollte ihn noch ein wenig auf die Folter spannen. »Du weißt, dass ich dein verdammtes Fernrohr von Anfang an gehasst habe. Ich habe gehasst, was du damit gemacht hast. Ich hab's gehasst, dass du Gwyneth auch eins geschenkt hast, damit ihr zwei eure jämmerlichen kleinen Spielchen über den Park hinweg miteinander spielen konntet. Ich hab's gehasst, dass du lieber Gwyneth betrachtet hast als mich. Du hast sie immer so verdammt faszinierend gefunden. Und was ist mit mir, Joel? Was ist mit mir?«

Joel überging ihre Frage, wollte aber eine Antwort auf seine eigene haben. »Was willst du damit sagen? Was hast du gesehen?«

Kitzi versuchte, Joels Blick zu deuten, aber sie war sich nicht sicher, was sie dort sah. War es Angst? Panik?

»Ich habe beobachtet, wie dein Liebling Gwyneth zu Tode gestürzt ist, Joel. Durch dein eigenes, kostbares Fernrohr.«

41

»Ich verstehe noch immer nicht, warum in aller Welt du Gwyneth' Nachruf fix und fertig in der Schublade liegen hattest. Ich weiß, dass du mit ihr befreundet warst, Laura. Hat sie dir erzählt, dass sie krank war?«

Mike Schultz und Laura standen im Presseinformationsbüro. Sie trugen immer noch ihre Abendgarderobe. Den Beitrag, den Laura zusammengestellt hatte, hatten die KEY-Zweiggesellschaften bereits dreimal übers Sendernetz laufen lassen. Fernsehzuschauer aus den gesamten Vereinigten Staaten hatten den kleinen Video-Zusammenschnitt über das Leben der Moderatorin verfolgen können.

»Nein. Gwyneth hat mir nichts von einer Krankheit erzählt. Den Nachruf habe ich ehrlich gesagt vor langer Zeit zusammengestellt. Als eine Art Übung.«

Mike sah sie skeptisch an.

»Ehrlich, Mike«, beharrte Laura. »Ich habe vor ein paar Jahren daran gearbeitet, als ich gerade mit den Nachrufen angefangen hatte, und ich habe das Video seitdem ein paar Mal aktualisiert. Gwyneth war ständig in der ganzen Welt unterwegs mit ihren Storys über Kriege, Aufstände und Naturkatastrophen. Ich erinnere mich, dass ich mal gedacht habe, dass sie mit ihrem Leben spielt. Ich wusste, dass wir haufenweise brauchbares Material über Gwyneth in den Archiven liegen hatten, und da habe ich mir gedacht, dass es sicherlich interessant wäre, an einem Porträt von ihr zu arbeiten. Ich habe sogar mit dem Gedanken gespielt, es ihr zu zeigen, um zu hören, was sie davon hielt, aber dann habe ich es doch nicht getan. Ich hatte es mir wohl anders überlegt. Ich wollte nicht, dass sie sich auf den Schlips getreten fühlte.«

Mike nickte. »Ja, ich kann mir kaum vorstellen, dass einer von uns glücklich darüber wäre, wenn er wüsste, dass der eigene Nachruf sendebereit in irgendeiner Schublade liegt.« Mike dachte einen Augenblick lang nach. »Aber Eliza Blake hat ihn vorgelesen. Hat sie nicht Fragen gestellt? Ich meine, fand sie es nicht irgendwie komisch?«

Laura versuchte sich daran zu erinnern. »Eliza war zu der Zeit Moderatorin bei KEY to America. Ich habe den Nachruf in einen Stapel von Sachen gesteckt, die sie an einem Vormittag nach der Sendung aufgenommen hat. Ich erinnere mich nicht, dass sie irgendwelche Fragen gestellt hätte. Vielleicht hat sie geglaubt, dass wir das für die RTNDA aufnahmen.«

Die Radio and Television News Directors Association traf alljährlich in verschiedenen amerikanischen Städten zusammen. Die einzelnen Nachrichtenabteilungen des Senders verköstigten die Nachrichtendirektoren der Zweiggesellschaften überaus großzügig. Sie gaben beträchtliche Summen aus und scheuten keine Mühe, um sie glücklich zu machen. Damit wollten sie sich deren Loyalität sichern. Es wurden aufwendige Videopräsentationen produziert, Werbung für die Nachrichtenleistungen und die Stars des Senders. Diese wurden dann während der Tagung vorgeführt. Und da »Hourglass« ein wichtiger Bestandteil von KEY News und seinem Erfolg war, wäre es nur logisch, ein Stück über Gwyneth zusammenzustellen.

Mike schien überzeugt. »Na ja, zum Glück für uns alle hast du uns mal wieder den Arsch gerettet, Laura. Danke!«

42

Es fuhren nur sehr wenige Busse am Morgen des ersten Januar und Ricky brauchte ewig, bis er wieder in Pearl River war. Er war froh, dass seine Mutter nicht da war, als er nach

Hause kam. Wahrscheinlich war sie in der Kirche. Sie lief ständig in die Kirche.

Wenn seine Mutter schließlich nach Hause kommen würde, würde sie ihn fragen, wo er die ganze Nacht gewesen sei. Er würde ihr antworten, wie er es immer tat – mit Schweigen.

Ricky hängte seinen neuen Kamelhaarmantel in den voll gestopften Wandschrank und schaltete den Fernseher an. Er drückte auf die Fernbedienung, bis er fand, wonach er suchte: Gwyneth Gilpatrics Gesicht.

Die Nachrichtenmoderatorin erzählte gerade die Geschichte von Gwyneth' sensationellem Ableben. Von ihrem Sturz in den Tod, während die Feuerwerkskörper über dem Central Park explodierten. Man zog Selbstmord in Betracht. Die Polizei befragte alle, die auf der Gästeliste standen.

Lächelnd ging Ricky in sein winziges Schlafzimmer. Er schälte sich seine Sachen vom Leib und zog sich dann Blue Jeans und einen Islandpullover über. Jetzt würde alles wieder gut werden. Es war ja nicht wirklich wichtig, wie es passiert war. Gwyneth war tot, der Gerechtigkeit war Genüge getan.

Ricky hatte ganz hinten gestanden, hinter den anderen Gästen, als sich die Aufzugstüren öffneten. Während Gwyneth ihre Gäste begrüßte, konnte er sich an ihnen vorbeischleichen und sich ihren Blicken entziehen. Er war dem Hausmädchen, das die Arme voller Mäntel hatte, gefolgt und hatte ihm dann auch seinen Mantel gegeben. Anschließend hatte er sich in einem der Schlafzimmer versteckt.

Nach ihm würde die Polizei jedenfalls nicht suchen, um ihm irgendwelche Fragen zu stellen. Er hatte sich verdrückt, bevor die Polizei auf der Bildfläche erschienen war, und sein Name stand auch nicht auf Gwyneth' stolzer Gästeliste.

Das neue Jahr fing wirklich gut an.

43

Es war fast Nachmittag, als Laura wieder in ihrem Apartment war. Dankbar schlüpfte sie aus ihren neuen teuren Schuhen, die sie an den Zehen drückten. Sie war die letzten dreißig Stunden auf den Beinen gewesen, aber sie wusste genau, dass sie nicht würde schlafen können. Ihre Gedanken liefen Amok.

Das rote Lämpchen des Anrufbeantworters blinkte aufdringlich. Automatisch spulte sie das Band an den Anfang.

»Laura, ich bin's. Francheska. Ist alles in Ordnung? Das war eine Party! Ruf mich an!«

»Laura, hier ist Paps. Ich hab gehört, was passiert ist. Geht es dir gut? Bitte ruf mich doch zurück!«

»Laura, hier spricht Maxine. Mrs. Bronner. Mir ist eingefallen, dass du erwähnt hast, du würdest auf Gwyneth Gilpatrics Silvesterparty gehen. Es tut mir so Leid! Bitte ruf mich zurück, wenn du kannst. Ich mache mir Sorgen um dich.«

»Laura, hier ist Joel Malcolm. Tut mir Leid, dich zu Hause anzurufen, aber bei dem, was hier los ist, muss ich zusehen, dass ich meine Schäflein ins Trockene bringe. Du kriegst den Job. Ich habe gerade mit Mike Schultz gesprochen und ihm erklärt, dass ich dich ab sofort bei mir haben will. Er hat widerwillig zugestimmt, dich nächste Woche gehen zu lassen. Ich will diese Palisades-Vergnügungspark-Story rechtzeitig für die Einschaltzählungen im Februar fertig haben. Alle werden gespannt beobachten, wie ›Hourglass‹ ohne Gwyneth klarkommt. Ich bin wild entschlossen, ihnen zu zeigen, dass ›Hourglass‹ größer ist als irgendeine Persönlichkeit.«

Das waren die Neuigkeiten, auf die sie gewartet hatte.

44

Sonntag, 2. Januar

Endlich machte sich die Warterei bezahlt!

All das Planen, all die Geduld, all das lange Warten waren es wert gewesen. Leicht war es nicht gewesen. Die schlaflosen Nächte voller Ängste und Sorgen. Sorgen, dass jemand anderes vor Gwyneth sterben könnte. Das flehentliche Bitten, dass die anderen neunundneunzig Medienriesen, die Casper's Ghostland bevölkerten, gesund und munter bleiben würden.

Casper, der freundliche Geist. Aber kein Freund von Gwyneth Gilpatric.

Und jetzt bedeutete der Gewinn des überquellenden Jackpot vollständige finanzielle Unabhängigkeit.

Ein neues Jahr, ein neues Leben.

45

Am Neujahrswochenende hatte Leonard Costello keine Sprechstunde. So stand er in seiner riesigen Küche in Scarsdale und maß sorgfältig einen viertel Teelöffel voll Tatarcreme ab, die er dann zu dem Zucker und Wasser in einen Topf auf dem Herd rührte. Eine halbe Stunde war vergangen, seit er seine Medizin eingenommen hatte, und seine Hände waren jetzt ruhig.

Er fügte eine Prise Salz hinzu und rührte die Mischung um, bis sich der Zucker auflöste und das Ganze zu köcheln begann. Er trennte ein paar Eier, gab das Eiweiß in eine separate Rührschüssel und tat ein wenig Vanillezucker dazu.

Nach und nach goss er die heiße Zuckermischung aus dem Kochtopf in die Schüssel und verquirlte alles mit einem elektrischen Mixer. In sieben Minuten würden sich die steifen Spitzen bilden und er konnte anfangen.

Er wusste, dass viele der besten Schönheitschirurgen Hobbys hatten, die sie sehr ernst nahmen. Es gab welche, die malten, sich mit Öl- oder Wasserfarben ausdrückten. Andere modellierten mit Ton oder meißelten ihre Fantasien in Stein. Leonard liebte es, Torten zu verzieren.

Während er angestrengt in die Schüssel blickte, in der sich langsam der weiche weiße Zuckerguss bildete, fühlte er, wie die Spannung nach und nach aus seinem Körper wich. Er hatte sich solche Sorgen wegen Gwyneth gemacht. Sie hätte ihn ruinieren können.

Er hatte jahrelang so hart daran gearbeitet, die Schönheit von Gwyneth Gilpatric zu erhalten. Es erschien ihm fast wie eine Ironie des Schicksals, dass ausgerechnet er sie für tot erklärt hatte, als sie auf dem unversöhnlichen Gehsteig gelegen hatte.

Leonard schaltete den elektrischen Mixer aus, holte einen glänzenden kleinen Spachtel und fing an, den noch feuchten Zuckerguss über einen gelben, langgezogenen Kuchen zu streichen.

Der erste des Jahres. Ein weiteres fruchtbares Jahr lag vor ihm. Er war dankbar.

46

Montag, 3. Januar

Joel Malcolm war nicht da, als sich Laura am nächsten Morgen in den Büroräumen von »Hourglass« vorstellte, aber Joels hübsche Sekretärin Claire Dowd erwartete sie bereits.

»Joel ist im Lincoln Center«, erzählte Claire ihr. »Er wollte sich um einige Einzelheiten für Gwyneth' Gedenkfeier höchstpersönlich kümmern.«

»Das nenne ich schnell«, sagte Laura etwas überrascht.

»So ist Joel nun mal«, erwiderte seine Sekretärin nüchtern. »Wenn ihm etwas wichtig ist, kümmert er sich sofort selbst darum.«

Laura nickte. »Soll ich dann später noch mal kommen?«

»Nein. Joel hat gesagt, dass Sie sich mit Matthew Voigt unterhalten sollen. Den Korridor entlang, letztes Büro auf der linken Seite. Und um drei Uhr findet ein Mitarbeitermeeting im Konferenzraum statt.«

Laura ging langsam den Korridor von »Hourglass« entlang, einen Korridor, der um so Vieles leiser war als die anderen im Sendezentrum. Das hier war eine Welt für sich, eine Welt, die Joel Malcolm erschaffen hatte und die sich deswegen behaupten konnte, weil sie riesige Summen für KEY News einbrachte.

Laura holte tief Luft, als sie vor Matthew Voigts Büro angekommen war.

Matthew telefonierte gerade und kritzelte Anmerkungen auf einen gelben Notizblock. Sein dunkler Kopf hob sich, als er spürte, dass Laura im Türrahmen stand. Er lächelte, bedeutete ihr hereinzukommen und zeigte auf ein graues Sofa, das seinem Schreibtisch gegenüber an der Wand stand.

Laura ging hinüber und setzte sich ganz vorn auf die Kante des Sofas.

Während sie darauf wartete, dass Matthew sein Gespräch beendete, blickte sie sich in seinem kleinen Büro um. Hinter dem überladenen Schreibtisch hing ein signiertes Konzertposter von Bruce Springsteen an der Wand. Auf einem überfüllten Bücherregal standen zwei Emmy-Statuen. In eine Ecke hatte jemand achtlos eine Sporttasche und ein Paar abgetragene Nikes geworfen.

»Klein, aber mein«, sagte Matthew grinsend, als er den Telefonhörer auflegte. »Willkommen bei ›Hourglass‹.«

Laura lachte. »Sie können sich nicht vorstellen, wie sehr ich mir ein eigenes Büro wünsche! Ich habe bis jetzt immer in einem Großraumbüro gearbeitet, wo man sich glücklich schätzen kann, wenn man eine eigene Schublade hat. Ich finde Ihr Büro großartig.«

»Das freut mich zu hören, Laura, denn dann werden Sie nicht allzu enttäuscht sein, wenn Sie das Kabuff sehen, das fortan Ihr Büro sein wird. Platz ist bei uns ein echtes Privileg. Kommen Sie mit, ich zeig's Ihnen. Es ist gleich um die Ecke.«

Laura ging hinter Matthew her zu ihrem neuen Büro. Er öffnete ihr die Tür und schaltete das Licht an. Der Raum wirkte nicht viel kleiner als sein eigenes, obgleich zurzeit nur ein Schreibtisch und ein Stuhl darin standen. Sie konnte es kaum erwarten, dem Büro ihre persönliche Note zu geben.

»Toll! Richtig toll!«, verkündete sie erfreut.

»Sie kann man leicht zufrieden stellen. Das gefällt mir. Bei uns läuft ein Haufen Primadonnen herum. Die bringen mich zur Weißglut«, sagte er kopfschüttelnd. »Kommen Sie, wir gehen noch mal zurück in mein Büro, damit wir uns unterhalten können. Oder vielleicht gehen wir lieber in die Cafeteria? Ich sehne mich nach einer Tasse Kaffee – ich brauche das starke Zeug und Claires Kaffee hier oben schmeckt eher wie dünner Tee.«

Nachdem sie sich gemütlich in einer Nische der Cafeteria Station Break niedergelassen und zwei Tassen mit dem dampfenden schwarzen Gebräu vor sich stehen hatten, teilte Matthew ihr die große Neuigkeit mit: Er würde zusammen mit ihr an der Palisades-Park-Story arbeiten.

Lauras erste Reaktion war Enttäuschung und die konnte man ihr deutlich vom Gesicht ablesen.

»Aber es ist *meine* Story«, protestierte sie.

»Natürlich ist es das. Sie hatten schließlich die Idee. Aber das hier ist ein großes Kaliber, für das Sie arbeiten. Ich dachte, dass Sie froh über jede Hilfe sein würden, die Sie bekommen können. Mal abgesehen davon, dass an den einzelnen Beiträgen für ›Hourglass‹ im Normalfall Monate gearbeitet wird. Dieser hier muss in nur sechs Wochen sendebereit sein. Hat Joel Ihnen etwa nicht gesagt, dass er ihn für die Einschaltzählungen im Februar im Programm haben will?«

Sie nickte und starrte in ihren Styroporbecher.

»Jetzt kommen Sie schon«, drängte er. »Ich werde Sie nicht unterbuttern. Niemand bringt Sie um die Anerkennung. Versuchen Sie einfach, mich als Ihren Mentor zu betrachten. Mann, das klingt ja steinalt! Dabei bin ich noch zu jung, um der Mentor von irgendjemand zu sein«, lachte er und nahm noch einen Schluck Kaffee.

Was für Alternativen hatte sie schon? Wenn Joel wollte, dass Matthew die Palisades-Story beaufsichtigte, dann konnte sie nichts daran ändern. Vielleicht würde es sich ja als eine gute Sache herausstellen. So blieb wenigstens nicht der ganze Druck an ihr allein hängen. Es hätte schlimmer kommen können. Joel hätte ihr einen anderen Produzenten zur Seite stellen können, der ihr nicht so gut gefiel, wie Matthew ihr zu gefallen begann.

»Okay«, sagte sie mit fester Stimme. »Wo wollen Sie anfangen?«

»Das ist meine Frage an Sie, Laura. Es ist Ihre Story.«

Also fasste sie für ihn die Geschichte zusammen, soweit sie ihr bekannt war. Er hörte aufmerksam zu. Als sie fertig war, stellte er ihr einige Fragen.

»Ich denke gerade darüber nach, wen wir alles interviewen. Natürlich sollten wir mit den Ermittlern sprechen, die damals an dem Fall gearbeitet haben, sofern es die noch gibt. Und wir müssen versuchen, den Freund des Jungen, der in der Nacht verschwunden ist, ausfindig zu machen. Und die Eltern des toten Jungen, falls die zu einem Gespräch bereit sind.« Matthew trank seinen Kaffee aus. »Mir ist gerade eingefallen, dass Sie auf der Party erwähnt haben, dass Ihr Vater die Achterbahn im Vergnügungspark bedient hat. Es wäre nicht schlecht, bei ihm anzufangen. Ich wette, er kann uns einen farbigen Bericht über den Vergnügungspark liefern, abgesehen von dem, was er noch aus der Zeit von Tommys Verschwinden in jenem letzten Sommer weiß.«

Laura zögerte. Der Gedanke, dass Matthew Voigt ihren Vater treffen würde, war nicht gerade angenehm.

»Ist was?«, fragte er.

»Nein. Gar nichts.«

47

Die Mitarbeiter von »Hourglass« versammelten sich im großen Konferenzraum und warteten auf ihren Chef. Laura setzte sich hinten an die Wand. Sie fragte sich, ob sie so nervös aussah, wie sie war.

Während sie, die Beine übereinander geschlagen, krampfhaft versuchte, nicht mit dem Fuß zu wippen, blickte sie sich im Raum um. Sie erkannte etwa die Hälfte der Anwesenden. Die waren schon während ihres Praktikums hier gewesen. Aber viele Gesichter waren ihr auch noch unbekannt. Die meisten waren in eine Unterhaltung mit ihrem Nachbarn vertieft, und Laura schnappte hier und da Gesprächsfetzen auf.

»Joel muss am Boden zerstört sein. Was wird er nur ohne sie anfangen?«

»Ich habe ihn beim Mittagessen gesehen. Ich fand nicht, dass er besonders schlecht aussah.«

»Wie ich Joel kenne, hat er einen Plan.«

»Mir schwant, dass da was ziemlich Unangenehmes auf uns zukommt.«

Als der Chefproduzent den Raum betrat, verstummten die Gespräche. Alle Blicke waren auf Malcolm gerichtet. Er trug eine graue Sportjacke aus Kaschmir, einen schwarzen Rollkragenpullover und eine schwarze Hose und strebte mit langen Schritten nach vorn ans Rednerpult, in der Hand eine Dose Cola light.

»Wir alle wissen, warum wir hier versammelt sind«, setzte er an. »Wir haben Gwyneth verloren. Mit seinen eigenen persönlichen Gefühlen zu ihrem Tod muss sicher jeder von uns fertig werden. Sie war eine Legende in unserer Branche, ein Profi der Spitzenklasse, mit dem wir die Ehre hatten zu arbeiten. Sie war auch eine echte Freundin, etwas, das heutzutage rar geworden ist.« Er unterbrach sich, um einen Schluck zu trinken.

»Aber, meine Freunde«, fuhr er fort, »das bedeutet natürlich nicht das Ende von ›Hourglass‹. Ganz im Gegenteil. Einige von euch werden es vielleicht haarsträubend finden, aber Gwyneth' Tod wird uns höhere Einschaltquoten für ›Hourglass‹ einbringen. Zumindest anfangs. Aus Neugier werden sich viele Zuschauer, die früher die Sendung nie eingeschaltet haben, auch mal zuschalten. Und diese Gelegenheit werden wir beim Schopf ergreifen.«

Jemand hustete und brach damit das unbehagliche Schweigen im Raum. Laura fragte sich, ob die anderen Mitarbeiter, die hier saßen, von Joels Rede genauso schockiert waren wie sie selbst. Sie warf einen Blick in Matthew Voigts Richtung. Er blickte Joel starr an, sah aber nicht so aus, als ob ihn Joels Worte störten.

»Ich erwarte von allen Anwesenden hier im Raum, dass ihr euer Bestes gebt, um die neuen Zuschauer so zu fesseln, dass sie uns dauerhaft erhalten bleiben. Ich will, dass wir energisch auf die Einschaltzählungen im Februar zuarbeiten. Wenn nächsten Monat die Zahlen erhoben werden, ist es nicht nur mein Ziel, ›60 Minutes‹ zu schlagen, ich will auch, dass ›Hourglass‹ die höchsten Werbequoten im Fernsehen bekommt. Zu diesem Zweck, und natürlich auch Gwyneth zu Ehren, wird ›Hourglass‹ seine eigenen Untersuchungen zu Gwyneth Gilpatrics Tod anstellen. Wir wollen der Polizei immer um einen Schritt voraus sein. Wir *werden* der Polizei um einen Schritt voraus sein. Die Zuschauer wollen bei uns die neusten Wendungen des Falles erfahren und wir werden sie nicht enttäuschen. Jede Woche werden wir ihnen etwas Neues auftischen. Etwas, wovon niemand weiß. Etwas, das die Zuschauer aus keiner anderen Quelle erfahren können – noch nicht mal von unserer eigenen Nachrichtenabteilung.«

Joel nickte seiner Sekretärin zu. »Claire?«

Die Sekretärin verteilte Blätter an die Anwesenden. Laura überflog die Beiträge, die in dem Monat für »Hourglass« vorgesehen waren. Joel gab nähere Erklärungen zu dem ab, was die Mitarbeiter dort lesen konnten.

»Unsere nächste Sendung ist bereits in zwei Tagen. Die

Zuschauer werden uns einschalten, weil es die erste Sendung ohne Gwyneth ist. Eliza Blake, die natürlich weiterhin die ›KEY Evening Headlines‹ moderieren wird, übernimmt fürs Erste Gwyneth' Platz als Moderatorin von ›Hourglass‹. Am Ende der Sendung werden wir versprechen, dass wir neue Exklusivinformationen über den Fall in der nächsten Sendung enthüllen werden.«

»Sollten wir uns nicht vorher absolut sicher sein, dass wir unser Versprechen auch halten können?«, fragte jemand mutig.

Joel warf dem Fragesteller einen ärgerlichen Blick zu. »Wir sind bereits im Besitz unseres Exklusivberichts, aber jetzt ist nicht der richtige Zeitpunkt, mich darüber auszulassen. In den folgenden Wochen erwarte ich allerdings von euch allen hier, dass ihr mit neuem Material für unsere laufenden Ermittlungen aufwartet.«

Lauras Magen zog sich zusammen. Welcher Teufel hatte sie nur geritten, als sie hierher hatte wechseln wollen? Sie wünschte sich unsichtbar zu werden, als sie Joels Blick auf sich spürte.

»Bevor wir auseinandergehen, möchte ich noch all denjenigen, die sie noch nicht kennen, Laura Walsh vorstellen.«

Alle drehten sich zu Laura um und starrten sie an. Sie merkte, wie sie rot wurde.

»Laura kommt vom Presseinformationsbüro rüber zu uns, wo sie, wie ich hinzufügen möchte, erstaunlicherweise Gwyneth' Nachruf sendebereit in der Schublade liegen hatte. Ich erwarte mir von Lauras Voraussicht und Fleiß großen Nutzen für ›Hourglass‹. Willkommen an Bord, Laura.«

Willkommen, von wegen!

48

Trotz des beißenden Januarwindes stand Detective Alberto Ortiz von der Mordkommission mit weit offenem Mantel, die Hände auf den Hüften, draußen vor Gwyneth Gilpatrics Apartmenthaus an der Central Park West. Es war ein heller, sonniger Winternachmittag und er blickte hinauf zum Dach des massiven Gebäudes. Er schauderte, als er sich vorzustellen versuchte, wie die letzten paar Momente der berühmten Moderatorin gewesen sein mussten, während sie durch die dunkle Nacht auf ihren gewaltsamen Tod zuraste.

Ortiz war sich zunehmend sicher, dass sich Gwyneth Gilpatric nicht das Leben genommen hatte. Die Obduktion hatte zwar ergeben, dass sie getrunken hatte, aber die Untersuchung ihres Körpers ließ vermuten, dass es einen Kampf gegeben hatte. Sie hatte Druckstellen auf den Oberarmen und Haut unter den Fingernägeln. Die Ergebnisse der DNS-Untersuchung lagen noch nicht vor, doch der Detective war sich sicher, dass die Haut nicht von Gilpatric selbst stammte. Jahrzehntelange Erfahrung sagte ihm, dass es sich um Mord handelte.

Ortiz hatte sich freiwillig am Silvesterabend zum Dienst einteilen lassen und war so für einen jüngeren Detective eingesprungen, der im Normalfall die Nachtschichten übernahm, aber den Feiertag unbedingt freinehmen wollte. Der ältere Detective hatte die Schicht gerne übernommen. Er war geschieden und hatte mit niemandem etwas für den Abend geplant. Er erinnerte sich, wie es gewesen war, als er noch ein junger Polizist war, wie scheußlich, als sein Sohn Michael noch klein war und er immer an den Feiertagen arbeiten musste. Das war nicht ohne Spuren an ihrem Familienleben vorübergegangen. Und jetzt, kurz nach seinen fünfzigsten Geburtstag, war sein Sohn erwachsen und selbständig, er aber hatte die besten Schichten, weil er ein Altgedienter war, und konnte sich, wann immer er wollte, problemlos einen Tag freinehmen. *Beklopptes System.*

Ortiz' freiwillige gute Tat hatte ihm den größten Fall seiner Laufbahn eingebracht. Als der Notruf in der Zentrale eingegangen war, hatte es Ortiz kurz Leid für den jungen Kerl getan, der irgendwo da draußen am Feiern war und am Morgen entdecken würde, dass er die Chance seines Lebens verpasst hatte. Ein Fall wie dieser hier und die Karriere war gesichert.

Ortiz würde in ein paar Jahren in Pension gehen und er hoffte, dass er durch diesen Mordfall in Erinnerung bleiben würde. Sein Ruf war gut, aber er hatte noch nie einen Fall gehabt, der so stark im allgemeinen Rampenlicht stand. Er war fest entschlossen herauszufinden, was Gwyneth Gilpatric zugestoßen war, und das nicht nur, um sein hungriges Midlife-Ego zu befriedigen, sondern auch weil er hoffte, dass Michael stolz auf ihn sein würde. Seit der Scheidung war ihr Verhältnis gespannt. Er wusste, dass Michael seinem Vater und der Polizeiarbeit die Schuld am Scheitern der elterlichen Ehe gab.

Detective Ortiz strich sich die wenigen, vom Wind zerzausten grauen Haarbüschel, die ihm noch geblieben waren, aus der Stirn. Er ging die letzten paar Schritte bis zum Eingang des Apartmenthauses und betrat die Eingangshalle. Dann wies er sich dem Portier gegenüber aus, der daraufhin Ortiz' Ankunft oben meldete.

»Gehen Sie einfach nach oben, Sir.«

Wie gewisse Leute leben! Ortiz betrachtete ehrfürchtig die ausladende Diele, als sich die Aufzugstüren öffneten. *Diese Diele ist größer als mein erstes Apartment.*

Der große Weihnachtsbaum stand immer noch in der Diele. Gilpatrics Hausmädchen Delia Beehan hatte den leuchtenden

Baumschmuck schon zur Hälfte abgehängt. Unter dem Baum lagen Schachteln und Einwickelpapier auf dem Boden verstreut.

Delia wischte sich die Hände an ihrer Schürze ab und gab ihm die Hand. »Detective.«

»Miss Beehan. Danke, dass Sie sich die Zeit nehmen.« Als er ihre kalte Hand schüttelte, hatte er den Eindruck, dass sie zitterte.

»Wir können ins Wohnzimmer gehen, wenn Sie möchten, Sir.«

Der Detective folgte ihr und setzte sich auf die Kante des großen weißen, mit Daunen gepolsterten Sofas und stellte sich für einen Moment vor, sich am Sonntagnachmittag darauf mit einem Bier in der Hand auszustrecken und das Spiel der Giants zu verfolgen. *Himmlisch*.

»Ich weiß, dass Sie am Abend der Party sehr durcheinander waren, aber ich hoffe, dass Sie mir jetzt in ein paar Punkten weiterhelfen können, Miss Beehan.«

Das Hausmädchen nickte ernst. »Ich werde es versuchen, Sir.«

»Hatte Miss Gilpatric irgendwelche Feinde, von denen Sie Kenntnis hatten?«

»Nein, Sir. Ich weiß von keinen Feinden.«

»Hatte sie sich über irgendetwas aufgeregt?«

»Sie hat mir nie wirklich was erzählt, Sir. Ich war ihr Hausmädchen, nicht ihre Freundin.«

»Verstehe.« Ortiz nickte. »Aber vielleicht haben Sie gehört, wie sie sich mit jemand anderem unterhalten hat. Ein Telefongespräch vielleicht«, tastete sich der Detective vor.

Delia sah auf ihre Hände hinunter, die zusammengefaltet in ihrem Schoß lagen.

»Bitte, Miss Beehan. Alles, was Sie mir erzählen, könnte eine große Hilfe sein.«

»Nun ja«, begann das Hausmädchen widerwillig und blickte in Ortiz' überraschend sanfte braune Augen, »ich weiß, dass es zwischen ihr und Mr. Malcolm zu bösen Worten gekommen ist.«

»Sie sprechen von Joel Malcolm, dem Chefproduzenten von ›Hourglass‹?«, hakte Ortiz nach.

»Mhm.«

»Und wann war das?«

»Am Tag vor der Party. Vielmehr am Abend.«

Ortiz kritzelte etwas in sein Notizbuch. »Mr. Malcolm war also an jenem Abend hier?«

»Nein. Er hat angerufen. Ich bin ans Telefon gegangen. Madame war in ihrem Schlafzimmer und ich konnte sehen, dass sie nicht allzu glücklich über den Anruf war.«

»Weil ...«, half Ortiz nach.

»Ich hab's einfach gespürt. Sie hat einen tiefen Seufzer von sich gegeben und irgendwas gemurmelt, von wegen dass sie es gleich hinter sich bringen werde.«

»Und was haben Sie dann gehört?«

Delia fühlte sich sichtlich unwohl in ihrer Haut, als sie versuchte, ihr Verhalten zu erklären. »Ich glaube, Madame hat angenommen, dass ich zurück in die Küche gegangen bin, weil ich sie noch nie habe solche Wörter in den Mund nehmen hören wie an dem Abend.«

»Aber Sie sind nicht zurück in die Küche gegangen, Delia.« Ortiz versuchte ihr noch mehr zu entlocken.

»Nein, Sir. Ich schäme mich, es zuzugeben, aber ich habe draußen im Flur gelauscht.«

Ortiz' Gesichtsausdruck verriet keinerlei Werturteil. Er wartete, dass sie fortfuhr.

»Ich habe gehört, wie sie Mr. Malcolm sagte, dass sie bei ›Hourglass‹ aufhören würde.« Delia beobachtete das Gesicht des Detective, um zu sehen, welche Reaktion das bei ihm auslöste. Sie konnte keine erkennen.

»Und?«

»Na ja, ich habe natürlich nicht gehört, was Mr. Malcolm sagte, aber Madame war sehr, sehr wütend. Sie hat gesagt, dass sie ihm überhaupt nichts schulde. Dass er ihr etwas schulde. Dass sie der Grund für seinen Erfolg sei. Dann muss er etwas gesagt haben, das sie wirklich aufgebracht hat, weil sie dann angefangen hat, ihm alle möglichen Schimpfwörter an den Kopf zu werfen und ihm schreckliche Dinge zu sagen, die er mit sich selbst machen sollte.«

»Verstehe«, sagte Ortiz und nickte. »Ihre Worte sind mir eine große Hilfe. Jetzt möchte ich Sie noch ein paar andere Sachen fragen. Wie Sie wissen, haben wir am Abend der Party ein paar von Miss Gilpatrics Dingen mitgenommen, unter anderem ihren Terminkalender. Mir ist aufgefallen, dass sie für diese Woche einen operativen Eingriff eingetragen hatte.«

»Ja, Sir.«

»Wissen Sie, um was für einen Eingriff es sich handelte?«

»Das hat sie mir nicht gesagt, Sir.«

Wieder spürte Ortiz' ihr Zögern. »Mag sein, dass sie es Ihnen nicht gesagt hat, aber vielleicht wissen Sie es trotzdem?«

Das Hausmädchen errötete leicht. »Ich glaube, es handelte sich um eine Schönheitsoperation.«

»Ein Facelifting?«

»Ja.«

»Hat jemand aus der Praxis des behandelnden Arztes hier angerufen, um ihren Termin zu bestätigen?«

»Nein, Sir, aber warum sollten sie? Ich meine, inzwischen wissen doch alle von Madames Unfall. Dr. Costello war ja auch auf der Party.«

»Dr. Costello war ihr Schönheitschirurg?«

Das Hausmädchen nickte.

»Aber der Eintrag in ihrem Kalender lautet: Dr. Koizim.«

Delia sah verwundert drein und zuckte dann mit den Schultern.

»Okay, Miss Beehan. Eine letzte Sache. Miss Gilpatrics Scheckbuch. Es gibt nur darin sehr wenige Einträge.«

»Das liegt daran, dass sich ihr Buchhalter um die meisten ihrer finanziellen Angelegenheiten kümmert. Sie hat das andere Scheckbuch nur für eventuelle Ausgaben, die sich ganz unerwartet ergeben.«

Oder für Schecks, von denen sie nicht will, dass irgendjemand davon erfährt, dachte Ortiz. »Das klingt einleuchtend«, pflichtete er ihr bei. »Aber mir ist ein Name aufgefallen, der immer wieder auftaucht. Es sieht so aus, als hätte Miss Gilpatric jeden Monat einem Mann namens Emmett Walsh einen Scheck ausgestellt. Wissen Sie, wer das ist?«

Delia überlegte einen Augenblick. »Nein, ich habe Madame nie von einem Emmett Walsh reden hören. Aber sie war einer jungen Dame von KEY News sehr zugetan, die Laura Walsh heißt. Mrs. Walsh war kurz vor Weihnachten hier.«

Ortiz blätterte in seinem Notizbuch zurück, bis er die Liste der Leute fand, die er suchte.

»Ah ja. Miss Walsh war auch bei der Party anwesend, nicht wahr?«

»Ja, Sir.«

Detective Ortiz klappte sein Notizbuch zu.

49

Laura war es wie eine kleine Ewigkeit vorgekommen, bis Joel Malcolm sich für sie entschieden hatte, doch als er sie endlich angerufen hatte, musste sie von einer Sekunde zur nächsten zu »Hourglass« wechseln. Sie hatte nicht einmal Zeit, ihren alten Schreibtisch im Presseinformationsbüro zu räumen.

Am Ende ihres ersten Tages in ihrer neuen Stellung sehnte sich Laura danach, endlich nach Hause zu gehen, einen Topf Suppe aufzuwärmen und sich dann in ein heißes Schaumbad sinken zu lassen. Stattdessen musste sie in ihr altes Büro gehen und ihre Schreibtischschubladen für ihren Nachfolger ausräumen – wer immer das sein würde. Und sie hatte Francheska versprochen, mit ihr essen zu gehen, weil die Freundin den neuen Job mit ihr begießen wollte.

Ihr Make-up hatte sich schon vor Stunden in Wohlgefallen aufgelöst. Es war Laura deutlich bewusst, dass sie so müde aussah, wie sie sich fühlte, als sie Mike Schultz über den Weg lief, der gerade nach Hause gehen wollte.

»Hey! Du siehst ziemlich fertig aus. Was stellen die da drüben mit dir an?«, neckte Mike. »Ich wusste, dass dir aufgehen würde, wie gut du es bei mir hattest, wenn du erst mal einen Vorgeschmack von Joel Malcolm bekommen hättest.«

Laura schüttelte den Kopf und zog Mike ein wenig vom Hauptdurchgang, in dem zu viele Leute ihr Gespräch mithören konnten, auf die Seite. »Mike, der Typ ist ein einschaltquotenbesessener Wahnsinniger!«

Mike lachte laut auf. »Du hast es erfasst! Aber er ist auch ein Fernsehgenie. Du wirst eine Menge von ihm lernen. Was ist heute passiert?«

Laura informierte ihn kurz über die Hauptpunkte des Mitarbeitermeetings und über Joels Pläne, wie er höhere Einschaltquoten erreichen könnte.

»Was du mir da erzählst, überrascht mich nicht, Laura. Malcolm ist besessen von seinem Baby. Es hat ihn schon immer mächtig gewurmt, dass ›Hourglass‹ noch hinter ›60 Minutes‹ herhinkt. Jetzt hat er Blut gerochen. Aus seiner Sicht ist das die Chance schlechthin für seine Sendung und die wird er sich nicht entgehen lassen.«

Laura zog eine Grimasse. »Das ganze Meeting hat bei mir einen schalen Geschmack hinterlassen. Mike, worauf habe ich mich da nur eingelassen?«

Mike legte ihr seine Pranke auf die Schulter. »Nur Geduld, Kleines. Du wirst dich an ihn gewöhnen. Das war schließlich dein Traum, oder nicht?«

»Ja«, stimmte ihm Laura zu und verzog das Gesicht. »Man sollte eben vorsichtig sein mit dem, was man sich wünscht.«

50

Auf dem ganzen Küchentisch lagen Zeitungen verstreut. Emmett schälte gerade Kartoffeln, als das Telefon an der Wand klingelte. Er wusch sich rasch die Hände in der Spüle und war beim vierten Klingeln am Apparat.

»Mr. Walsh?«

»Ja?«

»Guten Tag, Sir. Mein Name ist Matthew Voigt. Ich arbeite mit Ihrer Tochter zusammen bei KEY News.«

»Ist Laura etwas passiert?«, fragte Emmett ängstlich.

»Nein, nein, Sir. Es geht ihr blendend. Nein, wir arbeiten nur zusammen an einer Story. Laura hat Ihnen vielleicht schon davon erzählt. Es geht um den Palisades-Vergnügungspark.«

Emmett schloss seine Faust fest um dem Telefonhörer. »Ja. Das hat sie erwähnt.«

»Nun, Mr. Walsh, Laura hat mir erzählt, dass Sie die letzten Saisons im Vergnügungspark den Zyklon bedient haben. Ich wette, Sie haben ein paar tolle Geschichten zu erzählen.«

»Was für Geschichten?«, fragte Emmett misstrauisch. Er wollte verflucht sein, wenn der mit diesem Tommy-Cruz-Zeug anfing. Noch nicht mal für Laura würde er das tun.

»Erinnerungen, Mr. Walsh. Wie der Park war. Was für Leute kamen. Irgendwelche Berühmtheiten, die sie in der Achterbahn angeschnallt haben. Diese Art von Geschichten.«

»Ich bin nicht besonders gut im Geschichtenerzählen.«

Matthew ließ sich nicht so schnell entmutigen. »Wissen Sie, Mr. Walsh, das ist Lauras erste Story für ›Hourglass‹. Es ist wichtig, dass sie gut wird.«

»Warum ruft Laura mich nicht selbst an?«

»Es ist besser, wenn ich das tue, Sir. Natürlich ist es Lauras Story, aber weil Sie ihr Vater sind, dachten wir, dass es gescheiter wäre, wenn ich Sie interviewe. Wir wollen Interessenkonflikte vermeiden.«

Emmett war sich nicht ganz sicher, was genau hier »Interessenkonflikte« sein könnten, verstand aber, dass seine Tochter eine gute Story brauchte. Schließlich konnte er vorsichtig sein mit dem, was er diesem Matthew erzählte. »Na gut«, sagte er widerwillig.

»Fantastisch! Ich werde Sie in ein paar Tagen noch mal anrufen, damit wir einen Termin für das Interview vereinbaren. Wir kommen dann zu Ihnen raus. Vielleicht können wir das Interview dort machen, wo früher die alte Achterbahn stand.«

»Das bezweifle ich, Mister. Da steht nämlich jetzt ein großer, dicker Wohnblock.«

»Dann bei Ihnen zu Hause?«

Emmett blickte sich in seiner Küche um und versuchte, sie mit den Augen eines Fremden zu sehen. Er wollte nicht, dass seine heruntergekommene Wohnung bundesweit im Fernsehen zu sehen wäre.

»Ich habe eine Idee, Mr. Voigt. Hat Laura Ihnen von dem winzigen Palisades-Park erzählt, den ich im Keller aufgebaut habe? Vielleicht möchten Sie den gerne sehen und wir könnten das Interview da unten machen.«

»Klingt perfekt!«

Emmett kehrte zu seinen geschnipselten Kartoffeln zurück, warf sie in heißes Mazola-Maisöl und beobachtete, wie sie brieten. Als sie knusprig und goldbraun waren, fischte er sie aus dem Öl und legte sie zum Abtropfen auf Papiertücher. Anschließend schüttete er großzügig Salz darüber und beträufelte sie mit Malzessig von Heinz. Er steckte sich eine Fritte in den Mund und ließ sie sich auf der Zunge zergehen.

Es schmeckte genauso wie damals im Palisades-Vergnügungspark.

51

Laura stellte die große Pappkiste, in die sie ihre letzten paar Sachen aus dem Sendezentrum gepackt hatte, in ihr neues Büro, schaltete das Licht aus, schloss die Tür ab und ging in Richtung Damentoiletten, um sich ein wenig frisch zu machen, bevor sie Francheska treffen würde. Sie blickte im Vorbeigehen in Matthews Büro. Er saß immer noch an seinem Schreibtisch.

»Jetzt krieg ich richtige Schuldgefühle.« Sie blieb lächelnd in der Tür stehen. »Sollte ich etwa auch noch bleiben?«

Matthew grinste. »Nicht heute Abend, meine Liebe. Aber Sie werden noch mehr Abende hier drinnen verbringen, als Ihnen lieb ist. Machen Sie also lieber, dass Sie fortkommen, bevor es zu spät ist. Eigentlich könnte ich jetzt auch Schluss machen. Was halten Sie von einem Drink?«

»Können wir das auf ein andermal verschieben? Ich habe für heute Abend schon eine Verabredung.« Laura blickte auf ihre Armbanduhr. »Und wie es aussieht, werde ich zu spät kommen.«

»Klar. Heben wir uns den Drink für ein andermal auf. Wohin gehen Sie?«

»Ins Picholine.«

»Mhm. Darf ich fragen, ob mit einem Freund oder einer Freundin?«

»Mit meiner besten Freundin Francheska. Sie hat mich eingeladen, um meinen neuen Job zu feiern.«

»Großzügig von ihr.«

»Ja. Und sie wird fuchsteufelswild, wenn ich nicht pünktlich zu Tisch erscheine. Bis morgen also.« Laura wandte sich ab.

»Hey, Laura«, rief Matthew ihr nach. »Ich habe gerade mit Ihrem Vater gesprochen.«

Laura erstarrte und drehte sich wieder um. »Wirklich? Wozu?«

»Ich dachte, ich frage ihn gleich wegen eines Termins für das Interview.«

»Was hat er gesagt?« Laura gab sich Mühe, sich nicht anmerken zu lassen, dass sie verärgert war. *Matthew hätte mich fragen sollen, ob er ihn anrufen kann. Er hätte es vorher mit mir absprechen sollen. Das ist meine Story. Und mein Vater.*

»Erst schien er etwas abweisend, aber schließlich hat er

eingewilligt. Dieser kleine Vergnügungspark, den er da hat, klingt interessant. Das könnte gutes Bildmaterial abgeben.«

Laura dachte an den dunklen Keller mit der steilen, verkratzten und angeschlagenen Treppe, über die man nach unten gelangte. Sie stellte sich vor, wie Matthew und das Kamerateam ihre Ausrüstung über den ausgetretenen Teppich im Wohnzimmer, durch die enge Küche und die alte Treppe hinunter in den modrig riechenden Keller trugen. Was würden sie denken, wenn sie wüssten, dass sie von dort stammte? Es sollte ihr vollkommen gleichgültig sein, was sie dachten. Doch so enttäuscht sie von sich selbst wegen ihrer Gefühle war – es war ihr nicht gleichgültig.

Noch weniger gleichgültig war ihr, was ihr Vater tun und sagen mochte. Wenn er an dem Tag blau ist, versinke ich vor Scham im Erdboden, dachte sie. Wenn Emmett trank, wurde seine Aussprache sehr undeutlich und er konnte einfach seinen Mund nicht mehr zukriegen. Schlimmer noch war die Möglichkeit, dass er wütend und ausfällig würde.

Bitte, bitte, lieber Gott, lass ihn einen seiner guten Tage haben.

Ihre Idee mit dieser Story, ihr Eintrittsticket zu ›Hourglass‹, war ihr so wahnsinnig toll vorgekommen.

Sie kannte die Stadt, kannte die Geschichte des Vergnügungsparks und war immer von den Geschichten fasziniert gewesen, die sie von dem Jungen gehört hatte, der in jenem letzten Sommer verschwunden war. Warum hatte sie nicht vorausgesehen, wie kompliziert das Ganze für sie persönlich werden würde? Nichts, was mit Emmett zu tun hatte, war jemals leicht gewesen. *Warum lerne ich das bloß nie?*

Laura wünschte Matthew eine gute Nacht, frischte ihr Make-up auf und verließ das Sendezentrum. Auf der kalten, dunklen Straße vor dem Gebäude winkte sie ein Taxi herbei.

Sie kletterte in das gelbe Auto, gab dem Fahrer die Adresse an und ließ sich mit einem tiefen Seufzer in den schwarzen Rücksitz sinken.

Wirklich kein guter Anfang, dieser erste Tag.

52

Die schwarzhaarige Schönheit saß an der Bar im Picholine an der 64. Straße West, wartete auf ihre Freundin und genoss ihren Wodka Martini. Ihr war bewusst, dass fast jeder Mann, der zur Tür hereinspazierte, sie von oben bis unten bewundernd musterte. Sie machte sich nicht die Mühe, den Saum ihres Kleides herunterzuziehen, der ihre schwarzbestrumpften, übereinandergeschlagenen Oberschenkel ein wenig zu hoch hinaufgerutscht war.

Man konnte nie wissen, wann man jemand Interessantes kennen lernen würde, und es zahlte sich immer aus, nur in vornehme Restaurants zu gehen. So hatte sie auch Leonard getroffen. Sie wusste schon, dass der Kerl ein Stück Dreck war, als er versucht hatte, sie an der Bar im Carlyle aufzureißen, während seine Frau arglos nur ein paar Schritte weiter im Restaurant des Hotels saß. Aber sie hatte ihm trotzdem ihre Telefonnummer gegeben, denn seine attraktiven Gesichtszüge, sein eleganter Anzug, sein berauschendes Aftershave und die Rolex-Armbanduhr, die unter seinem gestärkten weißen Hemdsärmel hervorlugte, hatten sie beeindruckt. Was war sie doch für eine Närrin gewesen!

Sie hatte zwei Jahre ihres Lebens mit Leonard vergeudet. Zwei Jahre zu viel.

Francheska leerte ihr Glas und ließ sich ein neues kommen. Sie schob die Olive in ihrem Mund von einer Seite auf die andere, bevor sie draufbiss, kaute und sie schluckte. *Wo steckt Laura nur?*

Beim Gedanken an ihre beste Freundin schlug ihre momentane Frustration in Bewunderung mit einer Prise Neid um. Laura hatte die letzten Jahre damit verbracht, sich abzurackern, und jetzt erntete sie die Früchte ihrer Arbeit. Produzentin beim KEY-News-Nachrichtenmagazin »Hourglass«!

Francheska hatte miterlebt, wie ihre Freundin anfangs lange Stunden für wenig Geld gearbeitet hatte. Seit sie selbst sich mit Leonard eingelassen hatte, hatte sie so viel Zeit, wie sie nur wollte, Laura aber hatte sich voll und ganz ihrer Fernsehkarriere gewidmet. Sie war auf Partys gewesen, auf Einkaufsbummel und im Urlaub. Laura hatte ihre Zeit bei KEY News verbracht.

Das sollte nicht etwa heißen, dass Laura nicht gerne ausging und sich amüsierte. Ganz im Gegenteil: Laura konnte locker mit den größten Partylöwen mithalten. Aber sie ließ sich nie durch irgendwelche Vergnügungen vom Wichtigsten in ihrem Leben ablenken, ihrer Karriere. Francheska wünschte sich jetzt, dass sie mehr wie ihre frühere Mitbewohnerin gewesen wäre. Aber es war einfacher gewesen, Leonard für alle Kosten aufkommen zu lassen, sich zurückzulehnen und es sich gut gehen zu lassen.

Dummerweise hatte sie sich in Leonard Costello verliebt. Ein verhängnisvoller Fehler!

Francheska nahm noch einen Schluck von ihrem Martini und wünschte, sie hätte ein Päckchen Zigaretten mitgebracht. Sie versuchte mal wieder, mit dem Rauchen aufzuhören, wusste aber, dass sie nicht lange durchhalten würde. Jetzt auch noch das Rauchen aufzugeben überstieg ihre Kräfte, wenn sie wirklich ihr Vorhaben in die Tat umsetzen und sich endlich von Leonard trennen wollte.

Die Begegnung mit ihm am Silvesterabend war das berühmte Tröpfchen gewesen, welches das Fass zum Überlaufen brachte. Nie wieder wollte sie sich so gedemütigt und erniedrigt fühlen. Und außerdem: Gab es nicht genügend andere Fische in Manhattans reichen Gewässern zu angeln?

»Francheska, es tut mir wahnsinnig Leid, dass ich mich verspätet habe.« Laura stand neben ihr, mit roten Wangen, entweder vom Hetzen oder von der Kälte draußen.

»No problema, Schätzchen.« Francheska küsste ihre Freundin auf die Wange. »Daran bin ich gewöhnt. Gib deinen Mantel an der Garderobe ab, dann können wir an unseren Tisch. Ich habe den ganzen Tag nichts gegessen und sterbe vor Hunger.«

Der Oberkellner führte sie unter den glitzernden Lüstern entlang zu ihrem leinenbedeckten Tisch im großen Speisesaal. Er nahm ihre Weinbestellung auf und die Frauen sahen die Speisekarte durch.

Laura entschied sich für die Lachs-Tournedos und Francheska für das Lamm.

»Na, wie war der erste Tag?« Francheska begutachtete das verlockende Brotsortiment in dem Korb, den der Kellner auf den Tisch gestellt hatte.

Laura stöhnte auf.

»So gut?«

»Ach, Francie. Ich hoffe nur, dass ich keinen kolossalen Fehler begangen habe.« Dann erklärte Laura Joel Malcolms Pläne für »Hourglass«.

»Das hört sich an, als ob er über Leichen gehen würde«, sagte Francheska und trank den Martini aus, den sie sich an der Bar bestellt hatte. »Ich weiß, dass es bei euch in der Branche knüppelhart zugeht, aber habe ich nicht irgendwo gehört, dass Malcolm und Gwyneth Gilpatric ein Verhältnis hatten? Man sollte meinen, dass der Typ ein bisschen mehr Gefühl zeigen und betroffener von ihrem Tod sein würde, als du es mir gerade geschildert hast.«

Der Kellner erschien mit den Appetizern. Laura schnitt ein Stück von der großen Trüffel ab, die mit Pilzpüree bestrichen war. Köstlich!

»Wahrscheinlich habe ich dir erzählt, dass sie ein Verhältnis hatten. Bei KEY wusste jeder davon. Ich weiß nicht, ob sie es immer noch hatten oder nicht. Aber Joel sah heute Nachmittag ganz und gar nicht wie ein gebrochener Mann aus, der soeben seine Liebste verloren hat. Ich hatte schon Geschichten gehört, wie fanatisch Joel mit seiner Sendung sei, aber ich schwöre dir, Francie, dass seine Augen bei der Beschreibung, wie er Profit aus Gwyneth' Tod ziehen wollte, geleuchtet haben. Apropos leuchtende Augen ...« Laura verstummte, als ihnen die Hauptgerichte serviert wurden.

Lauras Lachs hatte eine Meerrettichkruste und war mit Gurke und Lachskaviar verziert. Zu Francheskas saftiger Lammkeule gab es Kartoffel-Ziegenkäse-Gratin und Artischocken Barigoule.

Während die beiden ihre köstlichen Gerichte verzehrten, erzählte Laura Francheska auch von Matthew Voigt und von ihrem Unbehagen wegen des geplanten Interviews mit Emmett. Nachdem der Kellner ihnen die berühmte Picholine-Käseplatte präsentiert hatte, damit sie sich einen Käse aussuchten, entschuldigte sich Laura bei ihrer Freundin dafür, dass sie den ganzen Abend nur von sich gesprochen hatte.

»Das macht doch nichts, Schätzchen«, sagte Francheska. »Allerdings habe ich eine Neuigkeit, von der du sicher begeistert sein wirst. Ich trenne mich von Mr. Gesichtemacher.«

»Aber das ist ja großartig, Francie. Ich bin absolut begeistert. Und ich werde auch nicht hinzufügen, dass es höchste Zeit war.«

»Gut. Sag einfach nichts.«

»Aber warum ausgerechnet jetzt?«

Francheska zuckte mit den Achseln. »Na ja, vielleicht deshalb, weil du keine Nachrufe mehr machst und ich von Leonard nicht mehr die Insider-Infos brauche, wer im Krankenhaus kurz davor steht, den Löffel abzugeben, die ich dir hin und wieder so großzügig ins Ohr geflüstert habe.«

Laura lachte. »Ja, ich muss zugeben, Dr. Costello war ein hervorragender, wenn auch unfreiwilliger Komplize. Ich habe dank Leonard mehrere Nachrufe rechtzeitig fertig gehabt. Er war für meine Karriere sehr hilfreich. Hey, Francie, wo wir von Karrieren reden, was wirst du jetzt ohne Sponsor tun?«

Francheska trank ihren Kaffee aus und lehnte sich zurück.

»Also hör mal, Laura. Du wirst mir doch heute nicht damit in den Ohren liegen wollen, dass ich mir einen Job suchen muss?«

53

Dienstag, 4. Januar

Es war fast zehn Uhr, als das Abendessen verspeist, die Küche aufgeräumt, die Hausarbeit erledigt, der Kampf, den Fernseher auszuschalten, gewonnen, die Waschaktionen vollbracht, die Zähne geputzt und die Kinder endlich im Bett waren. Nancy Schultz wusste, dass sie sich kurz auf den Heimtrainer schwingen sollte, aber sie schaffte es einfach nicht. Ihre Oberschenkel sahen verheerend aus, aber sie war zu müde, sich darüber Gedanken zu machen.

Ihr Leben war ein einziger Kampf geworden. Als Mike seinen Job verloren hatte, musste sie der Putzfrau kündigen. Seitdem war ihr Haus nie wieder richtig sauber gewesen. Wenn das eigene Heim ein Abbild des inneren Selbst war, dann musste sie sich nur in ihrem Haus umschauen, um zu wissen, dass es um sie schlecht bestellt war.

Nicht, dass Mike – in der Beziehung ein echter Schatz – ihr je Vorhaltungen gemacht hätte. Er hatte ihr gesagt, dass er sie nicht wegen ihrer hausfraulichen Fähigkeiten geheiratet habe. Nancy fragte sich manchmal, ob Mike sich jetzt fragte, warum er sie eigentlich geheiratet hatte. Ihr war klar, dass sie längst nicht mehr so unterhaltsam war wie früher, und dafür hasste sie sich selbst. Jedes Mal, wenn sie sich schwor, optimistischer und positiver eingestellt zu sein, löste sich ihr Entschluss innerhalb kürzester Zeit wieder in Luft auf. Sie ertappte sich ständig dabei, dass sie sich Sorgen machte und sich gestresst fühlte. Mike hatte ihr vorgeschlagen, eine Therapie zu machen, aber sie konnte sich einfach nicht dazu aufraffen, den Telefonhörer in die Hand zu nehmen und einen Termin zu vereinbaren.

Sie tröstete sich mit dem Gedanken, dass es ihr ähnlich wie vielen anderen modernen Frauen in Amerika ging. Oprah würde nicht so viele Sendungen über Frauen und ihre Nöte machen, wenn niemand an dem Thema Interesse hätte.

Mike saß im Esszimmer und hatte einen Haufen Rechnungen und Papiere vor sich auf dem Tisch liegen.

»Wie sieht's aus?«, fragte sie ihren Mann und setzte sich auf den Stuhl neben ihm.

Mike lehnte sich im Stuhl zurück und fuhr sich mit der Hand durchs Haar. »Bis jetzt ganz gut, Schatz. Aber die Weihnachtsrechnungen sind noch nicht da.«

»Mike, was sollen wir nur tun? Dein Gehalt ist nicht schlecht, trotzdem haben wir nie genug Geld. Irgendwie habe ich das Gefühl, wir müssen die ganze Zeit nur Löcher stopfen. Wenn ich nur ein wenig mehr beisteuern könnte. Aber die Lehrjobs sind zu unregelmäßig und das bisschen Geld, das ich bei Macy's zusammenkratze, ist einfach lächerlich.«

Mike beugte sich zu ihr hinüber und küsste sie auf die Wange. »Also hör mal, es ist nun wirklich mehr als genug, dass du halbtags arbeitest. Du kannst dir nicht ständig wegen dem Mist hier Sorgen machen. Wir schaffen es schon. Und schließlich waren wir uns auch einig, dass du zu Hause bei den Kindern bleiben würdest, als sie kamen.«

»Ja, aber das war, bevor das alles passiert ist.«

Mike blickte wieder auf seine Kontoauszüge und bedeutete ihr so, dass er nicht weiter über das Thema reden wollte. Sie hatten wieder und wieder darüber gesprochen, bis Mike schließlich erklärt hatte, dass er nicht mehr über den Verlust seines Arbeitsplatzes bei »Hourglass« reden wollte. Sie mussten nach vorn schauen, sagte er. Die Verbitterung über die Behandlung, die er bei KEY News erfahren hatte, vergiftete ihr Leben.

»Du hast Recht«, sagte Nancy und legte den Arm um ihren Mann. *Außerdem,* dachte sie, *ist Gwyneth Gilpatric jetzt tot.* Es gab niemanden mehr, den man hassen konnte.

54

Die Titelmelodie spielte und der hellrosa Sand rieselte langsam durch die große Sanduhr, welche den Bildschirm beherrschte. Die erste Sendung seit Gwyneth Gilpatrics Tod lief über das KEY Television Network. Die Sanduhr wurde ausgeblendet und Eliza Blake erschien.

»Guten Abend. Ich bin Eliza Blake. Und dies ist ›Hourglass‹.«

Joel Malcolm verfolgte alles von seinem Chefsessel aus, der auf der Plattform hinter Direktor J. P. Crawford in der Regiekabine stand. Crawford und sein Assistenten- und Techniker-Team saßen an ihren Schaltpults mit den unzähligen Geräten, vor sich an der Wand Dutzende von Bildschirmen.

Es wird alles gut gehen, dachte Joel. *Eliza sieht blendend aus. Sie ist schön, intelligent und hat Ausstrahlung. Und außerdem hat sie etwas, das Gwyneth fehlte: Sie ist jung.*

»Die heutige Sendung ist dem Gedenken an Gwyneth Gilpatric gewidmet, der Moderatorin von ›Hourglass‹ seit der ersten Sendung vor zehn Jahren. Gwyneth, eine Legende in ihrer Branche, ist in der Silvesternacht vom Dach ihres New Yorker Apartmenthauses zu Tode gestürzt. Die polizeilichen Ermittlungen sind noch nicht abgeschlossen. Und wir von KEY News haben beschlossen, alle unsere Möglichkeiten auszuschöpfen, um herauszufinden, was Gwyneth Gilpatric zugestoßen ist. Wir werden Sie jede Woche über den Stand unserer Ermittlungen auf dem Laufenden halten. Wir beginnen nächste Woche mit einem Augenzeugen, der Gilpatrics Todessturz beobachtet hat.«

Joel konnte es kaum erwarten, die Einschaltquoten zu erfahren.

55

Wütend schaltete Alberto Ortiz seinen Fernseher aus.

KEY News versprach einen Augenzeugen zu Gwyneth Gilpatrics Tod. Verfluchte Bande!

Glaubten die aufgeblasenen Wichtigtuer etwa, dass sie über dem Gesetz stünden? Sie hielten Informationen in einem Mordfall zurück!

56

Mittwoch, 5. Januar

Bei »Hourglass« herrschte helle Aufregung über die Einschaltquoten, die über Nacht errechnet worden waren – die höchsten aller Zeiten. Joel stolzierte durch die Gänge, schüttelte Hände und klopfte Schultern wie ein stolzer Papa.

Laura fühlte sich bei der ganzen Geschichte nicht wohl und blieb in ihrem Büro, um für ihre Story ein paar Telefonate zu erledigen. Ihr erster Anruf galt Maxine Bronner. Sie erklärte ihr, dass sie Ricky Potenza suche.

»Mir ist eingefallen, dass Sie mir gesagt hatten, Rickys Mutter schreibe Ihnen immer noch zu Weihnachten. Könnten Sie mir vielleicht die Adresse der Potenzas geben?«

Laura konnte während des kurzen Schweigens in der Telefonleitung Maxines Zögern spüren.

»Maxine?«

»Ich weiß nicht, Laura. Die arme Frau hat schon so viel mitgemacht.«

»Und wie wär's damit?«, fragte Laura. »Sie könnten sie anrufen und ihr erklären, woran ich arbeite. Und sie fragen, ob es ihr recht wäre, wenn ich mich mit ihr in Verbindung setze.«

»Ich glaube, das wäre in Ordnung«, sagte Maxine unsicher. »Ich werde die Auskunft anrufen und nachfragen, ob es einen Eintrag für Mrs. Potenza gibt.«

57

Man hatte sie bis zum Monatsende bezahlt und so erschien Delia jeden Morgen treu und ergeben in Gwyneth' Apartment zur Arbeit. Warum, wusste sie allerdings selbst nicht so genau. Die Kopie von Gwyneth' Testament, die ihr der renommierte Anwalt zugeschickt hatte, ließ keinen Zweifel daran, wie wenig Gwyneth an ihr gelegen war.

Die Christopher-Radko-Weihnachtsbaumschmuck-Sammlung. Na klasse.

Delia hasste die dämlichen Teile. Sie waren so fein und zerbrachen so leicht. Noch etwas, das man ständig abstauben und womit man vorsichtig umgehen musste. Wie dumm sie gewesen war, vor Madame in Begeisterung auszubrechen, als sie den Baumschmuck gesehen hatte. Jetzt war er ihr großes Erbe.

Der Baumschmuck und sonst nichts. Delia kochte beim Gedanken daran innerlich vor Wut. In der Haushälterclique hörte man immer wieder von reichen Leuten, die ihre ergebenen Bediensteten in ihren Testamenten großzügig bedachten. Gwyneth Gilpatric aber gehörte nicht dazu. Sieben Jahre zuverlässigen Dienstes hatten ihr praktisch nichts bedeutet.

Laura Walsh dagegen hatte ihr sehr wohl etwas bedeutet. Das Apartment und alles, was darin war, gehörte jetzt Laura, und noch dazu mehr Geld, als Delia sich überhaupt vorstellen konnte.

Hatte sich Laura Gwyneth' Ansprüche und ihr Herumkommandieren gefallen lassen? Delia bezweifelte es. Jedenfalls nicht die paar Male, die sie die beiden zusammen gesehen hatte. Nein, zuckersüß und freundlich war Gwyneth gewesen, wenn es um Laura Walsh gegangen war.

Aber, wenn Delia so recht darüber nachdachte, hatte sie etwa wirklich erwartet, dass Gwyneth sich für sie erwärmen würde? Zwischen ihnen hatte es nie eine enge Beziehung gegeben. Gwyneth hatte immer sehr deutlich gemacht, dass sie die Hausherrin war und keine Freundschaft mit ihrem Hausmädchen wünschte. Delia hatte sich in Gegenwart ihrer Chefin nie besonders wohl gefühlt.

Und Gwyneth war schlau. Hatte sie gespürt, dass Delia neidisch war?

Aber wer wäre das nicht?, fragte sich Delia, während sie das große Wohnzimmer durchschritt und aus den riesigen Fenstern hinunter in den Central Park blickte. Gwyneth hatte wie eine Königin gelebt. Und wer wollte das nicht? Es war lustig gewesen, so zu tun, als wäre das Apartment ihr eigenes, wenn Gwyneth nicht da war. Lustig, all die Luxusartikel um sich zu haben und Gwyneth' Kleider anzuprobieren. Lustig zu träumen.

Doch jetzt war die Wirklichkeit über sie hereingebrochen. Sie würde sich nach einem anderen Job umsehen müssen – es sei denn, Laura Walsh wollte, dass sie blieb. Es war nicht gerecht.

Delia fasste einen Entschluss. Sie hatte für sich behalten, was sie wusste, und Detective Ortiz nicht alles erzählt, was sie gesehen hatte.

Sie ging zum Telefon und rief die Auskunft an. Sie hoffte und fürchtete gleichzeitig, dass die ihr die Telefonnummer würden geben können.

58

Rose Potenza zog ihren grauen Pullover fester um sich, während sie ihren Sohn beobachtete, der ein riesiges Puzzle auf dem Wohnzimmertisch zusammenzusetzen versuchte. Ricky schien es seit einer Weile besser zu gehen. Aber Maria wollte den Tag nicht vor dem Abend loben.

Ihre erste Reaktion auf Maxine Bronners Anruf war Angst. Den ganzen alten Albtraum wieder hervorzuzerren, konnte einfach nicht gut für Ricky sein. Aber Maxine hatte sie ermutigt, wenigstens mit der Produzentin Laura Walsh zu reden. Sie hatte ihr versichert, dass sie sich auf Laura verlassen konnte und ihre Wünsche und ihr Recht auf Privatsphäre respektiert würden, wenn sie anschließend entschied, Ricky besser nicht mit hineinzuziehen.

Am Telefon war Laura ihr sympathisch erschienen. Sie hatte sich die Nachrichtenfrau unangenehm, aggressiv und aufdringlich vorgestellt. Stattdessen zeigte sie sich verständnisvoll und um Rickys Wohlergehen besorgt.

»Mrs. Potenza, ich muss Ihnen mitteilen, dass ›Hourglass‹ diese Story in jedem Fall bringen wird, egal, ob wir Ricky interviewen oder nicht. Ich will aber nicht, dass Sie sich deswegen unter Druck gesetzt fühlen. Glauben Sie denn nicht, dass sich das Ganze auch positiv auf Ricky auswirken könnte? Eine Chance, über seinen Freund zu reden, seine Erinnerungen an ihn und die damalige Zeit? Eine Art Läuterung?«

»Ricky hat nie auch nur ein Wort über Tommys Verschwinden gesprochen. Selbst jetzt nicht, wo sie ... das, was von Tommy übrig ist, gefunden haben.«

»Ricky weiß also, dass Tommys Überreste gefunden wurden?«

»Ja, er hat es in den Nachrichten gesehen. Er sitzt die ganze

Zeit vor dem Fernseher. Ich konnte es ihm nicht verheimlichen. Irgendwie ist es schon Ironie des Schicksals, dass Sie an dieser Story arbeiten und uns anrufen. Ricky ist ein großer ›Hourglass‹-Fan. Er hat seit Jahren praktisch keine Sendung verpasst. Die lässt er sich nie entgehen.«

Dann hatte Rose aufgelegt und versprochen, darüber nachzudenken. Sie rief Rickys Arzt im Rockland-Psychiatriezentrum an. Er konnte ihr keine klare Antwort auf ihre Fragen geben, war aber der Meinung, dass Ricky, der so vom Fernsehen fasziniert war, sich eventuell vor der Kamera öffnen würde. Das wäre für ihn sehr heilsam. Allerdings könnte es auch ein traumatisches Erlebnis für ihn sein. Wie immer blieb die Entscheidung, was mit ihrem 42-jährigen Sohn geschehen sollte, an ihr hängen.

»Ricky?«

»Ja, Mama?«, antwortete ihr Sohn, ohne vom Puzzle aufzublicken.

»Ich möchte gerne mit dir über was reden, Schatz.«

Vielleicht würde es helfen. Sie hoffte, dass es jedenfalls nicht schaden würde.

59

Claire Dowd geleitete Detective Ortiz in das Büro des Chefproduzenten und bot ihm Kaffee an. Er lehnte höflich ab.

Das grelle Licht, das durch das große Glasfenster strömte, blendete Ortiz, und er musste die Augen zusammenkneifen, um die drei Anwälte von KEY News zu erkennen, die nebeneinander auf dem Ledersofa saßen. Joel Malcolm saß hinter seinem Schreibtisch, erhob sich jedoch, um Ortiz die Hand zu geben. Er bedeutete Ortiz, ihm gegenüber am Schreibtisch Platz zu nehmen.

»Was kann ich für Sie tun, Detective?«

»Vor allem, Mr. Malcolm, bin ich hier, um dem auf den Grund zu gehen, was Sie gestern Abend in ihrer Sendung behauptet haben: dass Sie einen Augenzeugen hätten, der beobachtet hat, was Gwyneth Gilpatric zugestoßen ist.«

»Das ist richtig.«

»Und wer soll das sein?«

»Es ist Firmenpolitik von KEY News, niemals die Identität der Quellen bekannt zu geben, denen wir Vertraulichkeit zugesichert haben. Nur durch strikte Einhaltung dieser Firmenpolitik können wir das Vertrauen möglicher neuer Quellen gewinnen«, ließ sich einer der Anwälte auf dem Sofa vernehmen.

»Wir können eine Zwangsvorladung durchsetzen«, bellte Ortiz.

»Der werden wir uns vor Gericht widersetzen«, antwortete Malcolm aalglatt. »Unsere Sendung wird übertragen, bevor das ganze gerichtliche Gerangel über die Bühne ist. Ich schlage Ihnen vor, Detective, einfach etwas Geduld zu haben. Schalten Sie nächste Woche Ihren Fernseher ein, dann werden Ihre Fragen beantwortet.«

Ortiz wusste, dass der aufgeblasene Produzent ihn erwischt hatte. Für die Anwälte wäre es überhaupt kein Problem, die Angelegenheit bis nächste Woche zu verzögern.

»Uns eine ganze Woche lang einen Augenzeugen vorzuenthalten, heißt, wichtige Zeit in einer Morduntersuchung zu vergeuden. Hat es irgendeinen Sinn, an Ihr Ehrgefühl und Ihren Rechtssinn zu appellieren?«

Malcolms Antwort war Schweigen. *Mistkerl.* Ortiz bemühte sich, seinen Ärger nicht zu zeigen. »Nun gut, Mr.

Malcolm. Ich habe noch ein paar andere Fragen an Sie, Fragen eher persönlicher Natur.«

»Legen Sie los.«

Ortiz blickte zu den Anwälten hinüber.

»Sie können bleiben«, sagte Malcolm.

Ortiz blätterte in seinem Notizbuch ein paar Seiten zurück. »Stimmt es, dass Gwyneth Gilpatric vorhatte, ›Hourglass‹ zu verlassen?«

»Ja. Ihr Vertrag mit KEY News lief ab. Eine Verlängerung wollte sie nicht.«

»Wissen Sie, warum?«

»Sie hat mir gesagt, dass Sie mal was Anderes machen wollte. Und CBS hatte ihr das Blaue vom Himmel versprochen.«

»Was waren Ihre Gefühle dabei, Sir?«

Malcolm zuckte mit den Schultern. »Natürlich tat es mir Leid, Gwyneth zu verlieren. Wir haben ›Hourglass‹ gemeinsam auf die Beine gestellt und das Ganze hat sich zu einer Supersendung entwickelt. Aber wie Sie sicher wissen, Detective Ortiz, ist das Fernsehen ein visuelles Medium. Ich will nicht abfällig klingen, aber Gwyneth kam allmählich in die Jahre. Was ihr Aussehen betraf, lag ihre beste Zeit bereits hinter ihr. Ich war der Meinung, dass es ›Hourglass‹ besser täte, ein frisches Gesicht zu bekommen.«

»Als Miss Gilpatric Ihnen also mitgeteilt hat, dass sie ›Hourglass‹ verlassen wollte, waren Sie nicht verärgert?«

»Nein. Im Gegenteil, ich war erleichtert. Ich mochte Gwyneth sehr gern.« Malcolm warf den Anwälten einen Blick zu, bevor er fortfuhr. »Ich bin mir sicher, dass Sie beim Herumschnüffeln auch gehört haben, dass Gwyneth und ich ein Verhältnis hatten. Aber das bestand schon seit einiger Zeit nicht mehr. Ich hatte mir bereits den Kopf darüber zerbrochen, wie ich ihr beibringen sollte, dass ich sie eines Tages nicht mehr in der Sendung brauchen könnte. Durch ihren Entschluss blieb mir das erspart. Als Gwyneth mir von ihrem Vorhaben, zu CBS zu wechseln, erzählt hat, habe ich ihr alles Gute gewünscht.«

Ortiz wusste, dass der Chefproduzent log und er deswegen auch alles andere, was Malcolm sagte, nicht unbedingt glauben konnte. Aber er fuhr dennoch mit seiner Befragung fort.

»Können Sie sich irgendjemanden vorstellen, dem am Tod von Miss Gilpatric gelegen sein könnte, Mr. Malcolm?«

Stirnrunzelnd dachte Joel über die Frage nach. »Reporter machen sich einen Haufen Feinde, Detective. Das liegt in der Natur der Sache.«

»Fallen Ihnen irgendwelche *speziellen* Feinde ein?«

»Gehen Sie ins Archiv von KEY News, Detective Ortiz. Sie können sich die Abschriften von so ungefähr jedem enthüllungsjournalistischen Beitrag geben lassen, den Gwyneth je verfasst hat. Ich bin mir sicher, dass Sie Dutzende von Leuten finden werden, die nur allzu glücklich wären, wenn es Gwyneth Gilpatric niemals gegeben hätte«, sagte Malcolm, ein wenig zu nonchalant für Ortiz' Geschmack.

»Und wie sieht es hier bei KEY News aus?«, hakte der Detective nach. »Irgendwelche Feinde am Arbeitsplatz?«

Malcolm rutschte nervös auf seinem Chefsessel hin und her. Ortiz blickte den Produzenten durchdringend an, während er auf eine Antwort wartete.

»Na ja, also es gibt da etwas, das mir in dem Zusammenhang einfällt«, begann Malcolm, der scheinbar nur widerstrebend Auskunft gab.

Die Anwälte auf dem Sofa beugten sich nach vorn. Malcolm improvisierte und es gefiel ihnen gar nicht, dass er sich nicht an das Drehbuch hielt, das sie gemeinsam ausgearbeitet hatten.

»Fahren Sie bitte fort, Mr. Malcolm.«

»Wir haben vor ein paar Jahren für die Zählungen der Einschaltquoten im Februar eine Story darüber veröffentlicht, wie gefährlich die Straßen oben in East Harlem sind. Wir hatten eine vertrauliche Quelle, einen jungen Kerl, der versucht hat, da oben was Gutes zu tun.« Malcolm schloss die Augen und rieb sich die Stirn. »Ich komme jetzt nicht auf den Namen des Jungen, aber er fällt mir sicher gleich ein.«

»Und was hat das mit Gwyneth Gilpatric zu tun?«, fragte Ortiz.

Malcolm zog ein Päckchen Chesterfields aus seiner Tasche, bot es Ortiz an, der mit einem Kopfschütteln ablehnte, und zündete sich selbst eine Zigarette an.

»Na ja«, fuhr Malcolm fort und stieß den weißen Rauch durch die Nase aus, »der Junge gab uns einen Haufen spitzenmäßiger Informationen über die Dealer von El Barrio und er war auch bereit, sich vor die Kamera zu stellen und darüber zu reden. Wir haben ihn natürlich unkenntlich gemacht. Sie wissen schon, sein Gesicht überdeckt und seine Stimme verzerrt.«

Ortiz nickte.

»Das Problem war, dass eine der Aufnahmen, die wir für die Sendung verwendeten, den Jungen zeigte. Gwyneth war eingangs zu sehen, wie sie über ein verlassenes Gelände voller weggeworfener Drogenutensilien spazierte. Als die Story zusammengestellt wurde, hat der Produzent nicht bemerkt, dass Cordero – das war der Name des Jungen, jetzt erinnere ich mich wieder –, dass also Cordero am Rande der Aufnahmen zu sehen war.« Malcolm inhalierte tief.

»Und?«

»Eine Woche nach der Sendung wurde Cordero mit mehreren Dutzend Spritzen im Körper tot aufgefunden.« Malcolm drückte seine Zigarette aus.

»Und was hat das mit dem Feind von Gilpatric hier bei KEY News zu tun?«, wollte Ortiz wissen.

»Wie Sie sich vorstellen können, wurden wir wegen diesem Murks ganz schön unter Druck gesetzt. Es stand in allen Zeitungen. Das Management war wegen einer eventuellen Klage so besorgt, dass ich ein Kamerateam und die Hälfte meines Personals zu der Beerdigung geschickt habe, in der Hoffnung, die Familie dadurch zu besänftigen«, erinnerte sich Malcolm.

Ortiz studierte eingehend das Gesicht des Produzenten.

»Aber die Familie Cordero hat keine Klage eingereicht«, fuhr Malcolm fort. »Sie sagten, dass sie stolz auf das seien, was ihr Sohn getan habe, und keinen finanziellen Vorteil aus seinem Tod schlagen wollten. Rührend, was? Trotzdem mussten wir natürlich so tun, als ob wir Konsequenzen aus der Sache zögen. Irgendwie hatten wir das Gefühl, dass jemand dafür büßen sollte. Gwyneth bestand darauf. Sie war der Überzeugung, dass ihr guter Ruf auf dem Spiel stand.«

»Und wer musste die Suppe auslöffeln?«

»Der Produzent, Mike Schultz. Er wurde gefeuert.«

60

Verflucht!

Die Hausangestellte hatte sie gesehen, wie sie auf dem Weg hoch zum Dach zusammen Gwyneth' Apartment verlassen hatten. Und sie wollte Geld dafür, dass sie ihren Mund hielt.

Selbst wenn sie das Geld bekäme, liefe sie doch immer noch irgendwo da draußen mit ihrem Wissen herum. Solche Erpressungsgeschichten nahmen nie ein Ende.

Seit Delia Beehans Anruf war ihr Geist in Aufruhr, klopfte ihr Herz.

Jetzt bloß keine Panik. Tief durchatmen. Reiß dich am Riemen. Denk nach. Du findest schon eine Lösung. Du bist zu weit gekommen, um es jetzt zu verpatzen. Du hattest die Geistesgegenwart, dich sofort zu einem Treffen bereit zu erklären. Das war klug. Du musst dich sofort um die Geschichte kümmern, bevor Delia sich das Ganze noch mal durch den Kopf gehen lässt und sich der Polizei anvertraut.

Das Hausmädchen hatte sich so sehr geschämt, dass es einem Treffen nach Einbruch der Dunkelheit zugestimmt hatte. *Was für eine dumme Kuh!* Die glänzende Schere, die sie da hatte, würde ihren Zweck so gut wie irgendetwas anderes erfüllen.

61

Seit Kitzi am Abend zuvor »Hourglass« gesehen hatte, fürchtete sie sich vor ihrer nächsten Begegnung mit Joel. Darüber würden sie einen größeren Streit haben, da war sie sicher.

Eliza Blakes Ankündigung hatte Kitzi unvorbereitet getroffen. Es hatte in der Tat ein paar Minuten gedauert, bis sie durch ihren Alkoholnebel hindurch kapiert hatte, dass in »Hourglass« von *ihr* die Rede war, dass *sie* diejenige war, die nächste Woche »alles erzählen« würde.

Sie hatte benommen auf dem Sofa gesessen, starr vor Entsetzen über das, was sie auf dem Bildschirm sah. Sie wusste schon seit langem, dass »Hourglass« für Joel mehr bedeutete als alles andere, einschließlich seiner Frau. Aber jetzt war er einfach zu weit gegangen.

Am Abend zuvor hatte sie darauf geachtet, dass sie bereits

im Gästezimmer im Bett war, und sich schlafend gestellt, als Joel vom Sendezentrum nach Hause kam. Sie würde ihren Mann damit konfrontieren, wenn sie all ihre Sinne beieinander hatte, und nicht, wenn sie müde und blau war.

Die Uhr im Flur schlug sieben. Joel würde bald zu Hause sein, denn es war noch früh in der Produktionswoche von »Hourglass«. Die Abende, an denen es spät wurde, kamen immer erst ein oder zwei Tage vor der eigentlichen Sendung.

Kitzi sehnte sich nach einem Drink, brachte jedoch genügend Willenskraft auf, um die Finger vom Alkohol zu lassen. Im Badezimmerspiegel überprüfte sie ihr Haar und ihr Make-up und tupfte sich ein wenig Parfüm hinter die Ohren und an die Innenseiten der Handgelenke. In diesen Kampf wollte sie gut gewappnet gehen.

Sie hörte, wie die Eingangstür geschlossen wurde. *Showtime.*

Kitzi ging langsam ins Wohnzimmer. Joel war schnurstracks auf die Bar zugegangen.

»Willst du einen?«, fragte er und ließ Eiswürfel in ein Glas fallen.

»Nein, danke.«

Joel blickte erstaunt auf. »Was ist los? Fühlst du dich etwa nicht wohl?«, fragte er sarkastisch.

Kitzi legte den Kopf auf die Seite und ließ sich seine Frage durch den Kopf gehen. »Eigentlich fühle ich mich ganz wohl für eine Frau, deren Mann sie am ausgestreckten Arm verhungern lassen will und das nur für sein aufgeblasenes Ego und seinen hemmungslosen Ehrgeiz.«

»Mensch, Kitzi! Nicht schon wieder!« Er goss sich großzügig Glen Livet über die Eiswürfel. »Dazu habe ich wirklich keine Lust.«

»Keine Lust? Das ist stark! Und was ist mit mir? Du willst

mich bundesweit auf den Bildschirm bringen und allen erzählen – und dazu irgend so einem kranken Killer, der da draußen sein Unwesen treibt –, dass ich gesehen habe, wie Gwyneth Gilpatric vom Dach gestoßen wurde! Ich kann wirklich nicht sagen, liebster Joel, dass ich besondere Lust dazu habe.« Sie merkte, dass ihre Stimme immer lauter wurde. Bloß die Ruhe bewahren, sagte sie sich selbst. Du darfst jetzt nicht den Kopf verlieren.

»Setz dich, Kitzi«, befahl Joel. »Lass uns darüber reden.«

»Es gibt nichts, worüber wir reden müssten. Ich werd's ganz einfach nicht tun.«

»O doch, und wie du das wirst, und ich werde dir auch genau sagen, warum. Wenn du es tust, kriegst du deine Scheidung und alles, was du brauchst, um dich nicht von deinen kostspieligen Gewohnheiten trennen zu müssen, die dir so lieb geworden sind. Wenn du es nicht tust, werde ich alle Hebel in Bewegung setzen, damit unsere Scheidung die wahre Hölle wird. Ich werde dafür sorgen, dass du Jahre deines Lebens mit Anwälten und eidesstattlichen Erklärungen und Terminen in Gerichtssälen verschwendest. Und du wirst auch nicht jünger, Kitzi. Vergeude doch die guten Jahre, die dir noch bleiben, nicht mit so einem finanziellen und emotionalen Kampf. Die Zeit könntest du viel besser darauf verwenden, dir irgendeinen anderen reichen Vollidioten an Land zu ziehen.«

»Für dich wäre es eine ebensolche Verschwendung, Joel.«

Joel genoss den Streit ebenso wie seinen Whisky. »Du vergisst da eine Kleinigkeit, meine Süße. Ich liebe diese Art Kampf. Du dagegen hast einfach nicht die Nerven dafür.«

Wie hatte sie nur annehmen können, dass sie jemals gegen ihn gewinnen könnte? Wenn sie die Überreste ihrer Würde retten wollte, musste sie raus aus dieser Ehe. Aber an diesem Punkt konnte sie nicht auch noch anfangen, sich über Geld Sorgen zu machen. Joel war ein Dreckskerl und liebte die Konfrontation. Kitzi wusste, dass sie gegen seine Gehässigkeit nicht anstinken konnte.

»Auch wenn ich mitmachen würde, Joel, kann ich mir beim besten Willen nicht vorstellen, was ich erzählen soll. Ich habe dir bereits gesagt, was ich gesehen habe. Nichts als Schatten. Ich konnte keine Gesichter erkennen. Ich kann noch nicht mal sagen, ob da oben eine Frau oder ein Mann bei Gwyneth stand.«

Joel wusste, dass er gewonnen hatte.

62

Auf dem Nachhauseweg ging Laura bei D'Agostino vorbei, um ein paar Lebensmittel einzukaufen. Sie hatte Lust auf Nudeln mit heller Muschelsoße. Die Dosenversion würde vollkommen ausreichen.

Wie üblich stellte sie im Laden fest, dass sie noch andere Sachen brauchte, und als sie endlich im Eingang ihres Apartments stand, war sie voll beladen mit Einkaufstüten. Sie würde später noch mal runterkommen und in ihren Briefkasten sehen.

Der Anrufbeantworter in der dunklen Wohnung blinkte, als sie zur Tür hereinkam, aber sie hängte erst ihren Mantel auf, verstaute die Einkäufe und setzte einen Topf mit Wasser auf den Herd, bevor sie auf die Taste drückte, um zu hören, wer sie angerufen hatte.

Es war eine angenehme Stimme mit einem leichten spanischen Akzent. Laura erkannte sie sofort.

»Miss Walsh. Hier spricht Detective Alberto Ortiz. Wir sind uns in der Nacht von Gwyneth Gilpatrics Tod begegnet. Ich würde mich gerne noch einmal mit Ihnen unterhalten, Miss Walsh. Könnten Sie mich bitte morgen zurückrufen?«

Beklommen kritzelte Laura die Telefonnummer auf ein Blatt Papier. *Was will er?*

Während sie die Nudeln im Topf umrührte, versuchte sie sich zu erinnern, was sie gesagt hatte, als die Polizei all diejenigen befragte, die nach Gwyneth' Sturz noch auf der Party waren. Nein, sie hatte nicht bemerkt, dass Gwyneth nicht mit den anderen auf der Terrasse war. Nein, sie konnte sich nicht genau erinnern, wer draußen war und wer nicht. Sie hatte einfach nur das Feuerwerk bewundert.

Laura aß ihr Abendessen auf dem Sofa. Vor ihr lief der Fernseher, aber sie achtete kaum darauf, was gesendet wurde. Der morgige Tag würde anstrengend werden. Sie würde Detective Ortiz früh am Morgen anrufen müssen, weil sie und Matthew nach New Jersey fuhren, um den ganzen Tag Aufnahmen für die Palisades-Story zu machen. Auch das machte sie nervös. Das Interview mit Emmett stand ganz oben auf ihrer Liste.

Sie wartete noch, um zu sehen, ob sie die letzte Frage in einem Fernsehquiz beantworten konnte, stand dann auf und brachte ihren Teller in die Küche, wo sie ihn unter fließendem Wasser spülte. Sie wollte sich gerade für die Nacht umziehen, als ihr einfiel, dass sie ihre Post noch gar nicht geholt hatte.

In ihrem Briefkasten unten in der Eingangshalle des Gebäudes wartete ein schwerer, großer brauner Umschlag auf sie. Als Absender war eine Anwaltskanzlei angegeben: ALBERT, HAYDEN & NEWSOME.

Wieder im Aufzug und auf dem Rückweg zu ihrem Apartment, fing Laura an, den Brief zu lesen.

Sehr geehrte Mrs. Walsh,
hiermit setzen wir Sie davon in Kenntnis, dass Gwyneth Gilpatric Sie in Ihrem Testament zur Haupterbin bestimmt hat. Eine Abschrift des Testaments haben wir zur Einsicht beigelegt.

63

Die farbenfrohe Website des Palisades-Vergnügungsparks beschäftigte Matthew Voigt am Vortag des Interviews mit Emmett Walsh den größten Teil des Abends. Die Site war recht aufwendig gestaltet, mit einer Fotogalerie, einer Jukebox, der Geschichte des Parks, einem Forum, wo Leute ihre Erinnerungen an den Park austauschen konnten, und sogar einem Souvenirladen. Er bestellte für sich und Laura ein Paar schwarze Palisades-Park-Baseballmützen.

Als gebürtiger Mittelwestler war Matthew nie im Vergnügungspark gewesen. Und selbst wenn er im Einzugsgebiet von New York aufgewachsen wäre, wäre er doch zu jung gewesen, um dort zu spielen. Aber der Park wurde selbst heutzutage immer noch häufig erwähnt.

Er klickte auf GESCHICHTE DES PARKS, scrollte auf jeder Seite bis ganz nach unten und las alles, was dort aufgeführt wurde, von der Eröffnung des Parks bis hin zu seiner Schließung.

Die Palisades-Park-Ära reicht zurück bis ins Jahr 1898, als auf dem dicht bewaldeten Gebiet mit Blick auf den Hudson River Picknickbänke und Spielplätze errichtet wurden, um einen Anreiz für die Fahrgäste der Tram zu schaffen, bis ans Ende der Tramlinie zu fahren.

Um die Jahrhundertwende wurde der Park Drehplatz der Kinderfilmindustrie, deren Zentrum damals in Fort Lee war. Der berühmte Film *Die tollen Abenteuer der schönen Pauline* wurde angeblich im Park gedreht und Mary Pickford und Buster Keaton waren dort in ihren frühen Filmen zu sehen.

Im Laufe der Jahre wurden ein Musikpodium gebaut, Erfrischungsbuden eröffnet und ein Karussell aufgestellt. In jenen Tagen war die Attraktion schlechthin eine Fahrt mit dem Heißluftballon und Ballonflüge vom Palisades-Gelände bis zum Time Square machten in der Tagespresse Schlagzeile.

Schließlich wurde hier das größte Meerwasserbecken der Welt gebaut. Es war 120 Meter breit, 180 Meter lang und wurde täglich mit über neun Millionen Litern Wasser gefüllt, das man die hohen Felsvorsprünge vom Hudson River hinaufpumpte.

In den dreißiger Jahren dieses Jahrhunderts kauften zwei unternehmungslustige Brüder aus dem Showbusiness namens Irving und Jack Rosenthal den Park, stellten noch mehr Karussells auf und ersetzten das für den Park damals charakteristische Grünweiß durch fröhliche bunte Farben. Die Werbefachleute des Parks behaupteten, dass jede Saison dreitausend Farbeimer in sage und schreibe zweihundert verschiedenen Farbtönen verwendet würden, um den Park in einer fröhlichen Farbenexplosion erstrahlen zu lassen.

Über die Jahre hinweg wurden Tausende von Leuten – von denen die meisten in der unmittelbaren Umgebung wohnten – während der vier Monate dauernden Saison im Park beschäftigt. Für viele junge Leute war der Palisades-Vergnügungspark der erste Arbeitsplatz. Wenn man in der Gegend lebte und arbeiten wollte, konnte man praktisch sicher sein, dass man eine Stelle bekam. Ältere Mitbürger wurden als

Ticketkontrolleure, Torwächter und Konzessionäre angeheuert und verliehen so dem Park die typische »Mama-und-Papa-Atmosphäre«, für die er berühmt wurde. Alle älteren Leute, die während der sechzehnwöchigen Saison Tickets kontrollierten, konnten während der Wintermonate Arbeitslosengeld beantragen.

Im Park war immer irgendetwas los. Einige bekamen im Park ihre Babys, andere heirateten auf dem Himmelskarussell oder irgendeinem anderen Karussell. Einmal wurde ein Dschungelkarussell gebaut, doch die Affen kletterten an den Stromleitungen hoch in die Freiheit. Man fand die Affen in der ganzen Stadt wieder. Presseagenten benutzten jede sich bietende Gelegenheit, um wieder und wieder Werbung für den Park zu machen. Jede Woche fanden zwei oder drei besondere Ereignisse im Park statt, darunter Wettbewerbe, um die Miss American Teenager, Little Miss America, Miss Polish, Miss Latin, Miss Germany und Miss Italian America, Miss American Starlet, die bestaussehende Großmutter der Welt und sogar Miss Fat America und Miss Hot Pants zu ermitteln. Die Schönheitswettbewerbe wurden so beliebt, dass zu einem bestimmten Zeitpunkt ein Schild an einem Parkeingang aufgestellt wurde, auf dem es hieß: DURCH DIESE PFORTEN SCHREITEN DIE SCHÖNSTEN MÄDCHEN DER WELT!

Musik war seit jeher Teil der Anziehung, die der Park auf die Menschen ausübte, doch als die Rock-'n'-Roll-Zeit begann, strömten riesige Mengen von Teenagern aus der New Yorker Szene hinaus zum Palisades-Park. Gegen Ende der fantastischen Fünfziger begann »Cousin« Bruce Morrow, ein hochkarätiger New Yorker Diskjockey, Shows im Park zu organisieren. Seine Programmübertragungen aus dem Park zogen viele der einschlägigen Namen im Showbusiness an: Frankie Avalon, Bobby Rydell, Fabian, Little

Anthony, Petula Clark, The Jackson Five, Diana Ross and the Supremes, The Fifth Dimension, The Rascals, The Lovin' Spoonful, The Shangri-Las und The Comets sangen sich alle im Palisades-Park – sehr zur Freude ihrer kreischenden Fans – die Seele aus dem Leib.

Im Radio wurde Werbung für den Park gemacht. Fernsehwerbung lief zwischen drei und fünf Uhr nachmittags, wenn die Schulkinder wieder zu Hause waren. Die Kinder saßen dann vorm Fernseher und verfolgten ihre siebenundzwanzig Minuten »Huckleberry Hound« oder »The Three Stooges« mit insgesamt fünf Werbespots für den Palisades-Park. Im ganzen Stadtbereich lockten Reklametafeln und Poster potenzielle Kunden, mal »vorbeizuschauen«. Auf Streichholzschachteln wurde mit freiem Eintritt geworben, wenn sie am Eingang vorgezeigt würden. Die Glücklichen, die im Schächtelchen auch noch ein Bild mit dem Gesicht von Pal fanden, dem Maskottchen des Parks, erhielten zusätzlich Gratisfahrten. Auf dem Rücken von Comicheften gab es Gutscheine und Freitickets.

Irving Rosenthal förderte den Park-Verband mit Comicfiguren. In Übereinkunft mit Harvey Comics wandelte er den Tunnel of Love in Casper's Ghostland um, denn die zunehmende Beliebtheit des Autos hatte die Anziehungskraft des Tunnels auf junge Liebende, die sich im Dunkeln küssen und liebkosen wollten, beträchtlich gemindert. Jetzt trieben Casper, Wendy, die Hexe, und Spooky, das knallharte kleine Gespenst, ihr Unwesen in der umgestalteten Attraktion. Casper's Ghostland wurde eine der erfolgreichsten Attraktionen des Parks.

Natürlich gab es auch immer wieder mal weniger erfreuliche Vorkommnisse im Park, aber der Werbefachmann lernte rasch, die Unfälle oder gewalttätigen Ausschreitungen herunterzuspielen. Er unterhielt gute Beziehungen zu den Medien und so konnte er die meisten unangenehmen Vorfälle vor den Zeitungen verbergen. Der Palisades-Park stand für Generationen von Familien, die lange Anfahrten auf sich nahmen, für Spaß, Spaß und nochmals Spaß. Aber im Laufe der Zeit, als die hereinströmenden Menschenmassen immer größer wurden, begannen die Anwohner den Park mit einem etwas weniger wohlwollenden Auge zu betrachten. Sie beschwerten sich über die helle Beleuchtung, über den Radau und den Verkehr, der die Straßen verstopfte und ihre Zufahrten blockierte. Die mehrstöckigen Apartmenthäuser, mit denen zu der Zeit langsam die Felsen, die Manhattan überblickten, überzogen wurden, boten eine gute Gelegenheit, um die Einnahmen aus der Vermögenssteuer in die Höhe zu treiben. Als das Grundstück des Palisades-Parks zur Bebauung mit mehrstöckigen Gebäuden neu in Zonen aufgeteilt wurde, waren die Tage des Großvaters aller Vergnügungsparks gezählt. Zur Zeit, als der Park seine Pforten für immer schloss, beliefen sich die Vermögenssteuer-Einnahmen aus dem Gelände des Parks auf 50 000 Dollar jährlich. Als die ersten beiden Winston-Tower-Hochhäuser auf dem Gelände des ehemaligen Palisades-Vergnügungsparks errichtet und vermietet wurden, flossen um die drei Millionen Dollar in den Geldsäckel der Stadt.

Matthew überkam eine große Traurigkeit. Er ließ den Computer an und ging zum Kühlschrank, um sich ein Bier zu holen. Warum nur lief immer alles aufs Geld hinaus? Er erinnerte sich, dass sich seine Eltern, als er noch klein war, ständig wegen des Geldes Sorgen machten, weil das Geschäft seines Vaters nie besonders gut lief. Oft genug hatten seine Eltern deswegen gestritten, was häufig damit endete, dass seine Mutter in Tränen ausbrach und sein Vater wütend aus ihrem kleinen Haus in Waukegan stürmte. Als er kleiner war, hatte Matthew immer gefürchtet, seine Eltern könnten sich scheiden lassen, aber sie hatten es nie getan. Sie lebten noch immer in dem kleinen Haus seiner Kindheit, aber Matthew besuchte sie nur sehr ungern.

Er vermutete, dass die Situation in seiner Kindheit etwas damit zu tun hatte, dass er mit fünfunddreißig Jahren immer noch nicht verheiratet war. Er wollte erst eine gesicherte berufliche und finanzielle Position haben, bevor er überhaupt an Heirat dachte. Hinzu kam, dass bis jetzt noch keine Frau seinem Bild einer Traumfrau entsprochen hatte, mit der er den Rest seines Lebens verbringen wollte.

Doch jetzt war da Laura.

Er fühlte sich körperlich stark zu ihr hingezogen, er bewunderte ihren Scharfsinn und spürte eine Verletzlichkeit in ihr, die ihn tief berührte. Er wollte ihr näher kommen und sie besser kennen lernen, hatte bei ihr aber eine gewisse Zurückhaltung bemerkt. Sie schien sich selbst Zurückhaltung aufzuerlegen. Und er war sich nicht sicher, was er tun konnte, um sie aus ihrem Schneckenhäuschen zu locken.

Er ging zurück zu seinem Schreibtisch, spielte noch ein wenig an seinem PC herum und lud sich die Musik aus der Jukebox herunter.

You'll never know how great a kiss could feel,
When you're stuck atop a Ferris wheel
Where I fell in love ... down at Palisades Park.

Matthew ertappte sich dabei, wie er die Melodie des Songs von Chuck Barris summte und an Laura dachte, als er auf LIEBE ERINNERUNGEN klickte. Hier waren die Erinnerungen von Leuten aufgeführt, die den Park geliebt hatten.

»Ich weiß noch, was für ein Jubel es jeden Sommer war,

wenn wir in den Palisades-Park gingen. Meine Schwester und ich freuten uns immer schon den ganzen Winter lang darauf.«

»Das Personal von den Karussells und den anderen Geräten, die es gab, spielte immer Kuppler und setzte Frauen und Männer ohne Anhang nebeneinander. Meine erste Frau habe ich auf der Himalaja-Bahn kennen gelernt.«

»Meine Brüder und ich schlugen uns immer den Bauch mit diesen leckeren Roastbeef-Sandwiches voll. Die Pommes im Palisades-Park waren die besten, die man kriegen konnte.«

»Ich habe mein Leben im Rollstuhl verbracht. Eine meiner glücklichsten Kindheitserinnerungen ist eine Busfahrt zum Park, die Polizeibeamten in ihrer Freizeit organisiert hatten. Wir bekamen dort Freikarten für Karussellfahrten und fürs Essen.«

»Es war so wahnsinnig aufregend, als ich es schaffte, diesen Pingpong-Ball in die enge Öffnung des Goldfischglases voll buntem Wasser zu werfen, in dem ein einziger Goldfisch schwamm. Aber meine Eltern wollten, dass ich den Fisch in das Wasser des Dschungellandes warf. Das Goldfischglas habe ich immer noch.«

Matthew markierte sich den nächsten Eintrag.

»Ich lebte wenige Meter vom Park entfernt in Fort Lee, deswegen habe ich dort auch viel Zeit verbracht. Im letzten Sommer, in dem der Park geöffnet war, fand ich es so wahnsinnig cool, dass der Mann, der den Zyklon bediente, mich gratis auf der Achterbahn fahren ließ, nachdem der Park abends geschlossen wurde, nur weil ich ihm tagsüber, wenn er nicht von seinem Platz wegkonnte, eine Cola oder Zigaretten geholt hatte. Das war natürlich zu einer Zeit, als kleine Kinder noch Zigaretten für ihre Eltern kaufen durften. Auf jeden Fall fühlte ich mich wie was ganz Besonderes. Bis ich herausfand, dass der Typ vom Zyklon haufenweise Kinder hatte, die solche Botengänge für ihn besorgten.«

Darüber wollte er sich morgen mit Lauras Vater unterhalten.

64

Donnerstag, 6. Januar

Laura ging auf einen Sprung ins Dunkin' Donuts, nahm sich einen Styroporbecher Kaffee und ein kalorienarmes Heidelbeermuffin mit und legte die letzten paar Blocks bis zum Sendezentrum zu Fuß zurück. Bei dem Gedanken an den Anruf, den sie in Kürze tätigen musste, wurde ihr mulmig. Wusste Detective Ortiz von Gwyneth' Testament? Wollte er deswegen mit ihr sprechen?

Sie stand immer noch unter Schock wegen des Briefes der Anwaltskanzlei. Was hatte sie denn getan, um sich Gwyneth' Nachlass zu verdienen? Eigentlich kannte sie Gwyneth Gilpatric kaum. Sie hatte sich geschmeichelt gefühlt wegen der Aufmerksamkeit, die die Moderatorin ihr hatte zukommen lassen, aber nie so recht verstanden, was Gwyneth an ihr fand. Laura wiegte sich gern in dem Glauben, nur wenig Illusionen über sich selbst zu haben. Sie wusste, dass sie intelligent war und hart arbeitete, dass sie ein gewisses Talent hatte, aber sie war nicht der Meinung, besonders hervorzustechen neben den vielen hoch begabten Leuten, mit denen sie

Tag für Tag zusammenarbeitete. Die meisten von ihnen waren sehr intelligent und einige arbeiteten noch härter als sie. Sie waren sogar bereit, ihrer Karriere ihr gesamtes Privatleben zu opfern.

Warum hatte sich Gwyneth so auf sie fixiert? Warum hatte sie ihr ein Vermögen hinterlassen? Es war wirklich unglaublich, so als hätte man sechs Richtige im Lotto.

Natürlich würde es toll sein, das ganze Geld zu haben, dachte sie, als sie mit ihrer behandschuhten Hand unter ihre Ponysträhnen fuhr und sich die Narbe auf der Stirn rieb. Als Erstes würde sie einen Termin für die teure elektive plastische Operation vereinbaren, um das schmerzhafte Andenken an Emmetts Wutausbruch auszuradieren. Sorgen über Miete und Rechnungen würden – es war fast zu schön, um wahr zu sein – der Vergangenheit angehören. Sie würde ihr Geld nicht mehr einteilen müssen, nicht mehr sorgfältig ausrechnen, wie viele ihrer Kreditkartenrechnungen sie jeden Monat abzahlen würde. Sie würde es sich leisten können zu leben, wo sie wollte, in Gwyneth' Luxus-Penthouse oder anderswo. Sie konnte es verkaufen und sich eine eigene Wohnung kaufen, ein etwas kleineres Apartment, das ihren Vorstellungen eher entsprach. Vielleicht aber würde sie auch für eine Weile in Gwyneth' Apartment wohnen, um zu sehen, wie es war, so zu leben, wie es sich nur sehr wenige Leute erlauben konnte.

Sie konnte tun und lassen, was sie wollte, und die Erkenntnis, wie viele Möglichkeiten ihr jetzt offen standen, drang nur langsam in ihr Bewusstsein.

Der beißende Januarwind pfiff vom Hudson River hoch, blies in Lauras ungeschütztes Gesicht und lenkte ihre Gedanken kurzfristig von der Frage ab, was Gwyneth' Hinterlassenschaft für sie bedeutete. Sie war bis auf die Knochen durchgefroren und verfluchte sich selbst, dass sie keinen Hut aufgesetzt hatte.

Dankbar trat sie durch die schwere Drehtür in die warme Eingangshalle des Sendezentrums. Sie grüßte die Empfangsdame und die uniformierten Sicherheitsbeamten, zog ihre Ausweiskarte über den Sicherheitsscanner und hastete zum Aufzug. Als sich die Lifttüren öffneten, stand Matthew Voigt mit zwei Styroporbechern Kaffee vor ihr und begrüßte sie.

»Ich war gerade unten in der Cafeteria und habe das Kamerateam gesehen. Wir können in zirka zwanzig Minuten losfahren.« Er reichte ihr einen Becher.

»Danke«, sagte Laura. »Ich muss noch jemanden anrufen, dann kann's losgehen.«

Sie zog ihren Mantel nicht aus, als sie in ihrem Büro war. Sie nahm den Deckel von dem dampfenden Styroporbecher und trank mehrere Schlucke, um sich Mut zu machen. Dann wählte sie die Telefonnummer.

»Zweiundzwanzigster Bezirk.«

»Detective Ortiz, bitte.«

Sie wartete.

»Hier Ortiz.«

»Detective Ortiz? Ich bin Laura Walsh. Sie hatten mir gestern auf den Anrufbeantworter gesprochen.«

»O ja, Miss Walsh. Danke, dass Sie mich so prompt zurückrufen. Ich hoffe, dass Sie mir bei etwas behilflich sein können.«

»Wenn ich kann, gerne.«

»Als ich ein paar von Miss Gilpatrics Dokumenten durchgegangen bin, ist der Name Emmett Walsh aufgetaucht. Bevor ich eine bundesweite Computersuche starte, dachte ich, ich könnte es mal bei Ihnen versuchen und Sie fragen, ob Ihnen der Name etwas sagt.«

Lauras Herz pochte laut, und sie vergaß schlagartig, dass sie fror.

»Miss Walsh?«

»Mein Vater heißt Emmett Walsh.«

»Dann kannte er Gwyneth Gilpatric also?«

»Soweit ich weiß, nicht«, antwortete Laura verwirrt. »Natürlich wusste er von ihr wegen ›Hourglass‹ und ich habe ihm auch manchmal von ihr erzählt, aber sie hatten keinen persönlichen Kontakt.«

»Er ist ihr nie begegnet?«

»Nein. Nicht dass ich wüsste.«

Ortiz versuchte es mit einer anderen Fährte. »Wann haben Sie Miss Gilpatric vor der Party zuletzt gesehen?«

»Ein paar Tage vor Weihnachten. Wir haben bei ihr zu Hause Geschenke ausgetauscht.«

»Wie würden Sie beschreiben, wie sie sich damals verhielt?«

»Ganz normal.«

»Ist es Ihnen so vorgekommen, als ob sie sich wegen irgendetwas Sorgen machte?«

»Nein. Als ich zu ihr kam, schien sie bester Laune. Sie war sehr fröhlich.« Dann fiel Laura der Anruf ein. »Aber da fällt mir ein, dass sie diesen Telefonanruf hatte, als ich da war, über den sie nicht besonders glücklich zu sein schien.«

»Wissen Sie, wer der Anrufer war?«

»Ein Arzt. Ein Dr. Leonard Costello.«

»Sie haben ein gutes Gedächtnis, Miss Walsh.«

Laura sagte ihm nicht, warum ihr der Name des Anrufers bekannt genug gewesen war, um sich an ihn zu erinnern. Francheska würde Augen machen, wenn sie ihr von diesem Gespräch erzählte! Ein Gespräch, von dem sich Laura wünschte, dass es bald zu Ende wäre, aber Detective Ortiz fuhr mit seinen Fragen fort.

»Könnten Sie mir ein wenig mehr über Ihre Beziehung zu Miss Gilpatric erzählen? In der Party-Nacht haben Sie mir gesagt, dass sie für Sie eine Mentorin war.«

»Ja. Gwyneth war sehr gut zu mir. Ich habe sie kennen gelernt, als ich mein Collegepraktikum bei KEY News machte. Damals begann sie sich für mich zu interessieren und ermutigte mich, nach meinem Abschluss vom College zurück zu KEY zu kommen und hier zu arbeiten.«

»Das heißt, Sie arbeiten jetzt seit mehreren Jahren bei ›Hourglass‹?«

»Nein. Genau genommen arbeite ich hier erst seit weniger als einer Woche. Ich habe am Neujahrstag erfahren, dass ich den Job bekommen habe.«

»Das ist doch seltsam, oder nicht? Ich meine, an einem Feiertag zu erfahren, dass man einen neuen Job bekommt?« Ortiz verstummte.

»In anderen Berufszweigen vielleicht. Aber nicht in diesem. Joel Malcolm hat mich zu Hause angerufen und mir eine Nachricht auf Band gesprochen.«

»Sie waren also am Neujahrstag nicht zu Hause?«

»Morgens war ich im Büro. Sie können sich vorstellen, dass ich einen Haufen Arbeit zu erledigen hatte.«

»Sie meinen, wegen der Nachrichten vom Mord an Miss Gilpatric?«

»Ja. Alle waren wie betäubt, aber wir mussten die Nachrichten auf Sendung kriegen.«

»Ich interessiere mich für Fernsehnachrichten, Miss Walsh. Welche Rolle haben Sie bei der Berichterstattung zu Miss Gilpatrics Tod gespielt?«

»Ich habe ihren Nachruf zusammengestellt.«

»Ihren Nachruf?«

»Mhm.«

»Das muss für Sie ziemlich schwierig gewesen sein, unter den Umständen«, bemerkte der Detective. Sein Akzent war praktisch nicht herauszuhören.

»Um ehrlich zu sein, hatte ich ihren Nachruf bereits fertig.« Warum sollte sie es ihm nicht sagen? Er würde es doch herausfinden, wenn er ein wenig herumfragte.

»Wirklich? Warum denn, wenn ich fragen darf?«

»Das machen wir immer so, Detective. Wenn jemand wichtig genug ist, um einen vollständigen Fernsehnachruf zu verdienen, bereiten wir ihn oftmals schon im Voraus vor.«

»Das heißt, dass KEY News Nachrufe für alle hohen Tiere fertig in der Schublade liegen hat? Für alle Berühmtheiten und Staatsoberhäupter und Leute, die auf ihrem Gebiet berühmt sind?«

»Nein. Nicht für alle. Aber wenn wir Gerüchte hören, dass jemand Bekanntes bald sterben könnte, setzen wir uns sofort dran und arbeiten einen Nachruf aus.«

»Dann haben Sie also angenommen, dass Miss Gilpatric sterben würde, Miss Walsh?«

Laura stotterte, als sie dem Detective zu erklären versuchte, warum sie Gwyneth' Nachruf bereits fertig hatte. Sie wusste nicht, ob Alberto Ortiz ihrer Erklärung Glauben schenkte oder nicht. Aber ihr wurde bewusst, dass der Detective sie als Verdächtige im Mordfall Gwyneth Gilpatric betrachten könnte.

Es gibt nichts, worüber du dir Sorgen machen müsstest, sagte sie sich. *Ruhig bleiben und nicht protestieren.*

Matthew erschien an der Türschwelle ihres Büros, tippte auf seine Armbanduhr und formte mit seinem Mund lautlos die Worte: »Wir müssen los!«

»Detective Ortiz, es tut mir Leid, aber ich muss jetzt gehen. Ein Kamerateam wartet. Wir müssen ein paar Interviews drehen. Können wir unsere Unterhaltung ein anderes Mal fortsetzen?«

»Natürlich, Miss Walsh. Ich melde mich.«

Bevor sie sich verabschiedete, platzte sie noch heraus: »Detective, ich sollte Ihnen wohl besser sagen, dass ich gestern von Gwyneth' Anwälten einen Brief bekommen habe. Sie hat mich in ihrem Testament als Haupterbin eingesetzt. Ich werde einen Großteil ihres Besitzes erben.«

Er wird es sowieso herausfinden, dachte sie. Es war besser, freiwillig damit herauszurücken.

65

Emmett zog nacheinander drei verschiedene karierte Flanellhemden an, während er auf seine Tochter und das KEY-News-Team wartete. Das erste musste er ausziehen, weil er Kaffee darüber verschüttet hatte. Das zweite, weil er so stark schwitzte.

Er hatte getan, was Laura ihm aufgetragen hatte: staubgesaugt und oben abgestaubt, den Keller gekehrt. Er hatte im Keller so viel Duftspray versprüht, dass es da jetzt wie in einem Blumenladen roch – *oder vielleicht doch eher wie in einer Leichenhalle,* dachte er grimmig. Doch wichtiger als all das war, dass er bislang sein Versprechen, keinen Alkohol anzurühren, gehalten hatte.

Aber es war natürlich auch erst elf Uhr morgens.

Er hatte zwei Sechserpacks im Kühlschrank kalt gestellt, die nur darauf warteten, geöffnet zu werden, sobald Laura samt Anhang wieder zur Tür hinaus war. Und das konnte gar nicht früh genug sein.

Es läutete an der Tür. Emmett hustete und schluckte krampfhaft, als er öffnen ging. Laura küsste ihren Vater, stellte ihre Kollegen vor und führte sie zur Kellertür.

»Matthew, warum gehst du nicht schon mit den Kameraleuten nach unten und baust auf? Ich bleibe noch einen Moment hier oben bei meinem Vater und mache Kaffee.«

»Ich habe schon welchen warm gestellt«, bemerkte Emmett.

»Ich mache uns eine neue Kanne, okay, Paps?« Sie wollte vor dem Interview noch einmal mit ihrem Vater unter vier Augen reden. Sie hatte während der ganzen Fahrt mit sich gerungen, ob sie Emmett von ihrem Telefongespräch mit Detective Ortiz erzählen sollte. Sie wollte ihren Vater nicht aufregen, aber sie musste einfach wissen, was, wenn überhaupt, zwischen ihm und Gwyneth gewesen war. Und je schneller, desto besser.

Sie hörte, wie die Kameraausrüstung gegen die Wände stieß, als das Team sich die schmale Treppe nach unten quälte. Als von unten im Keller Gesprächsfetzen zu ihr hinaufdrangen, schloss Laura sachte die Kellertür. Sie drehte sich zu Emmett um.

»Paps, ich weiß, dass du wegen dieses Interviews nervös bist, und ich will dich auch nicht aufregen, aber heute habe ich einen merkwürdigen Telefonanruf bekommen.«

Emmett warf einen verstohlenen Blick zum Kühlschrank. »Ach ja?«

»Ein Kriminalbeamter, der mit der Untersuchung von Gwyneth' Tod beauftragt ist, hat mich angerufen. Er hat mich gefragt, ob ich einen Emmett Walsh kenne.«

»Und was hast du ihm gesagt?«

»Was glaubst du denn, was ich ihm gesagt habe?«, fragte Laura empört. »Ich habe ihm gesagt, dass mein Vater Emmett Walsh heißt.«

»Und?«

»Er hat gesagt, dass dein Name in einigen Dokumenten von Gwyneth auftaucht.«

»Das ist merkwürdig.« Emmett zuckte mit den Schultern. »Ich nehme an, sie hat jemand anders mit dem gleichen Namen gekannt.«

»Dann war es also richtig, was ich ihm erzählt habe – dass du Gwyneth nicht kanntest?«

»Aber natürlich. Das muss irgend so ein seltsamer Zufall sein«, versicherte Emmett seiner Tochter.

Die Kellertür ging auf und kurz danach erschien Matthews Kopf in der Küchentür. »Wir sind so weit, Mr. Walsh. Kann's losgehen?«

Während Laura ihrem Vater nach unten folgte, fragte sie sich, wie hoch die Wahrscheinlichkeit war, dass Gwyneth einen anderen Emmett Walsh gekannt hatte. Verschwindend gering. Sie wusste, dass ihr Vater Meister im Geheimhalten von Dingen war, von denen er nicht wollte, dass sie jemand erfuhr. Die ferne Erinnerung ans Sterbebett ihrer Mutter schoss ihr einen schmerzhaften Augenblick lang durch den Kopf.

Sie setzte sich abseits auf einen Stuhl und überließ es Matthew widerstrebend, das Interview zu führen. *Es ist besser so,* sagte sie sich. *Soll Matthew doch ruhig die Fragen stellen. Lass dich bloß nicht in vergangene Angelegenheiten verwickeln.*

Matthew begann das Interview mit Lobeshymnen auf das Modell des Palisades-Vergnügungsparks. Wie ein kleines Kind pries er durch entzückte Laute die winzigsten Details. Er wollte die Aufnahmen damit einleiten, dass Emmett für die Kameras eine kleine geführte Tour durch den Mini-Park machte.

»Zeigen Sie mir einfach alles. Reden Sie mit mir, als ob die Kameras gar nicht da wären.«

Emmett kam Matthews Bitte nach, zuerst ein wenig nervös, dann mit wachsender Sicherheit, als Matthew ihn mit seiner Begeisterung immer mehr ansteckte. Emmett fing bei der Hudson-Pforte an, führte die Kameras anschließend um das Meerwasserbecken herum, den Mittelgang hinunter, vorbei am Waffelstand, am Zigarettenrad und am Raupenfahrzeug. Er zeigte auf das Loch im Zaun, durch das die Kinder immer in den Park kamen, ohne Eintritt zu zahlen, erzählte, was er alles auf der Freispielbühne gesehen und im Restaurant gegessen hatte. Die Kameras nahmen den Hurrikan auf, das schräge Drehrad und den Bumerang, während Emmett die beweglichen Teile in Gang setzte. Nachdem sie an der Bingobude, der Spielhalle und dem kunstvoll geschnitzten Karussell vorbei waren, gelangten sie zum Zyklon.

»Wie lange haben Sie den Zyklon bedient, Mr. Walsh?«, fragte Matthew.

»Nur einen Sommer lang. Den letzten. Das erste Mal habe ich im Park gearbeitet, als ich sechzehn war. Ich war der Dämlack an der Erfrischungsgetränkebude. Aber im Sommer, als ich einundzwanzig Jahre alt wurde, haben sie mich die Achterbahn bedienen lassen.«

»Hat es Ihnen Spaß gemacht?«

»Natürlich!«

»Haben Sie irgendwelche Berühmtheiten auf dem Zyklon fahren lassen?«

»Viele von den Entertainern, die im Park Vorstellungen gaben, kamen auch mal Achterbahn fahren.«

»Das muss lustig gewesen sein.«

»Jo.«

Seit sie beim Zyklon waren, bemerkte Matthew, war Emmetts Begeisterung deutlich geschwunden. Stattdessen wirkte er wieder angespannt.

»Wissen Sie was? Gestern Abend habe ich ein wenig im Internet rumgespielt und eine der Websites vom Palisades-Park aufgerufen«, sagte Matthew in dem Versuch, Emmett die Anspannung zu nehmen. »Da gab's eine Seite, auf der Leute ihre Erinnerungen an den Park niederschreiben können. Ein Typ hat von seiner Erinnerung an die Botengänge geschrieben, die er für Sie erledigt hat, im Austausch gegen ein paar Freifahrten.«

Emmett blickte Matthew erschrocken an. »Das verstößt gegen das Gesetz. Sie werden das doch nicht in Ihre Story einbauen?«

»Nein, mit unserer Story hat das eigentlich nichts zu tun«, versuchte Matthew ihn zu beruhigen. »Ich fand es bloß nett, das zu lesen. Sie wissen schon ... dass der Typ sich nach all den Jahren an so was erinnert.«

»Sind wir jetzt fertig?«, fragte Emmett ungeduldig.

Matthew wusste aus Erfahrung, dass er nun seine letzten Fragen stellen musste. Sein Interviewpartner hatte so ziemlich die Nase voll.

»Nur noch ein paar Fragen, Mr. Walsh. Über Tommy Cruz. An was erinnern Sie sich aus der Zeit, als er verschwand?«

»Ich weiß nur, was ich in den Zeitungen gelesen und in der Stadt gehört habe. Die Leute waren ziemlich schockiert deswegen.«

»Kannten Sie Tommy?«

»Klar. Er war aus der Stadt. Er verbrachte viel Zeit im Park.«

»Haben Sie ihn jemals auf der Achterbahn fahren lassen?«

»Ich denke schon.«

»Erinnern Sie sich an irgendetwas Spezielles über Tommy?«

»Mister, im Park liefen Tausende von Kindern rum. Irgendwann konnte man eins nicht mehr vom anderen unterscheiden.«

»Okay. Danke, Mr. Walsh. Wir können hier Schluss machen. Ihr könnt jetzt zusammenpacken, Jungs«, wies

Matthew sein Kamerateam an. Er war enttäuscht, dass Emmett ihnen nicht mehr Material geliefert hatte. Sie mussten sehen, dass sie ein paar bessere Interviews in den Kasten bekamen, denn das hier reichte bei weitem nicht aus, um aus ihrem Beitrag einen Hit zu machen.

Die Gruppe stieg die Treppe hoch. Als sie gerade das Haus verlassen wollten, drehte sich Laura noch einmal zu ihrem Vater um. »Paps, das hätte ich beinahe vergessen. Ich möchte mir mal dein Album ausleihen, in dem du die alten Bilder vom Palisades-Park hast. Vielleicht können wir was davon für unseren Beitrag gebrauchen.«

Nachdem seine Tochter mit dem roten Fotoalbum unter dem Arm und ihren Kollegen zur Tür raus war, strebte Emmett schnurstracks auf den Kühlschrank zu.

66

Matthew machte seinem Kamerateam zwei Vorschläge. Sie konnten erst eine Mittagspause einlegen und später am Nachmittag die Gedenkstätte für den Palisades-Vergnügungspark aufnehmen oder sie konnten direkt von ihrem Interview zum nahe gelegenen Denkmal gehen, dort das Notwendige drehen, es gut sein lassen und den Rest des Tages freinehmen. Das Team entschied sich für letztere Option.

Laura war still. Mit hängenden Mundwinkeln sah sie in der bitteren Winterkälte dem Kameramann zu, wie er sein Objektiv auf den riesigen Stein einstellte, der das zentrale Stück von *The Little Park of Memories* bildete. Die Gedenkstätte bestand aus dem Felsblock und dem gepflasterten Gehsteig, der vor dem Winston-Towers-Gebäude Nr. 300 vorbeilief. Für diese Stätte hatten Hunderte von Leuten aus dem ganzen Land, die alle die gleiche Leidenschaft für den Palisades-Park empfunden hatten, gespendet.

DER ERINNERUNG AN DEN PALISADES-VERGNÜGUNGSPARK GEWIDMET, stand auf dem Bronzeschild, das an der Vorderseite des Felsblocks angebracht war. HIER WAREN WIR GLÜCKLICH, HIER SIND WIR GROSS GEWORDEN! Ja, genau, dachte Laura.

»Achtet darauf, dass ihr auch die Inschriften auf den Pflastersteinen filmt«, wies Matthew das Team an. Die Kamera schwenkte über die Namen der Leute und Familien, die für den Gedenkfußweg gespendet hatten und nun im gehärteten roten Lehm verewigt waren.

»Ich hatte mir ein wenig mehr erwartet«, bemerkte Matthew. »Das hier erinnert an eine kleine Grabstätte.«

Matthew hatte Recht. Dieses kleine Denkmal würde auf dem Film nicht viel hergeben, dachte Laura.

»Es gibt da irgend so eine Aktion, um ein Palisades-Park-Museum ins Leben zu rufen«, sagte Laura. »Ende des Monats wird deswegen sogar eine große Spendenfeier veranstaltet.«

»Großartig.« Matthews Gesicht hellte sich auf. »Vielleicht lässt man uns ja rein und wir können ein wenig filmen. Ich wette, wir könnten an ein paar tolle Storys von alten Parkliebhabern rankommen und zeigen, wie viel der Park den Menschen bedeutete.«

Laura nickte ausdruckslos.

»Du bist so ruhig«, sagte Matthew sanft, während das Team die Ausrüstung zusammenzupacken begann.

»Ich friere nur ein bisschen. Und ich bin reif für den Feierabend.« Laura wandte sich ab und ging auf das Auto zu. Aber es war verschlossen, also musste sie warten, bis Matthew dem Kamerateam kurz mitgeteilt hatte, was sie morgen drehen würden und wann es losgehen sollte.

Während das Kamerateam in seiner KEY-News-Limousine davonfuhr, stiegen Laura und Matthew in dessen schwarzen Saab.

»Möchten Sie mit mir Mittag essen?«, fragte Matthew.

»Klar. Warum nicht?« Laura zuckte mit den Schultern.

»Toll! Ich bin am Verhungern. Sie kennen sich hier aus. Irgendwelche Vorschläge?«

»Mögen Sie Hotdogs?«

»Ich liebe Hotdogs.«

Laura reckte ihr Kinn vor. »Kerzengeradeaus.«

Sie fuhren schweigend die Palisades Avenue hinauf, bis nach Fort Lee rein und stellten das Auto auf dem geschäftigen Parkplatz von Hiram's ab. Als sie drinnen saßen, bestellten sie Hotdogs, Pommes und einen Krug Limonade.

»Hiram's gibt es schon ewig – das hier und Callahan's, eine Tür weiter.« Laura zeigte durch das Fenster des Restaurants auf das benachbarte Gebäude, denn sie fühlte sich verpflichtet, Konversation zu machen. »Das Angebot ist in etwa das Gleiche, aber beide Restaurants sind ständig überfüllt. Früher waren es nur Straßenbuden, die ihr Hauptgeschäft während der warmen Jahreszeit machten. Dann haben sie alles überdacht, damit die Leute sich das ganze Jahr über hier ihre tägliche Dosis Natrium holen können.«

Matthew biss in sein dampfendes Würstchen. »Ausgezeichnet!«, rief er aus.

Laura spielte mit ihren Pommes im Ketschup herum.

»Also. Was ist los?«, fragte er.

»Nichts.«

»Klar doch. Nichts. Den ganzen Tag sind Sie schon schlecht drauf. Warum sagen Sie mir nicht, was Sie so beschäftigt?« Matthew streckte seinen Arm über den Tisch und legte seine warme Hand auf ihre kalte.

Die Berührung tat ihr so gut, dass sie nichts lieber getan

hätte, als ihm von Gwyneth' Testament, dem Anruf von Detective Ortiz und den Sorgen, die sie sich um ihren Vater machte, zu erzählen. Aber etwas hielt sie davon ab, sich alles von der Seele zu reden. Sie wusste nicht, ob sie ihm trauen konnte.

Sie entschuldigte sich und ging in den Waschraum, während Matthew die Rechnung bezahlte. Als Laura außer Sichtweite war, nahm Matthew ein Fläschchen aus seiner Tasche und entnahm ihm eine winzige Pille. Er hatte gehofft, dass er den ganzen Tag ohne überstehen würde. Vielleicht schaffe ich's morgen, dachte er und wartete darauf, dass sich seine aufgewühlten Nerven beruhigten.

67

Nach der Arbeit ging Delia die Central Park West entlang auf den Eingang an der 72. Straße zu, der zu den Strawberry Fields führte. Ein eisiger Regen benetzte ihr Gesicht und sie zog sich den Kragen ihres vier Jahre alten Wollmantels über die Ohren. Eine der ersten Anschaffungen, die sie mit ihren neuen Einkünften machen würde, war einer dieser Mäntel, die sie in den Frauenmagazinen gesehen hatte. Ein hübscher, schwerer schwarzer Mantel mit dickem warmem Pelzbesatz am Kragen und an den Ärmelaufschlägen. Ein Mantel, wie ihn die reichen Damen trugen.

Seit sie am Tag zuvor den Anruf gemacht hatte, fragte sich Delia, ob sie das Richtige tat. Ihre Mutter, Gott hab sie selig, wäre entsetzt gewesen und hätte ihr befohlen, sofort zur Polizei zu gehen und zu erzählen, was sie gesehen hatte. Aber ihre Mutter, deren ganzes Leben ein einziger Kampf gewesen war, hatte auch geglaubt, dass es sich letztendlich auszahlte, die

Wahrheit zu sagen. Delia war da anderer Meinung. Sie hatte die Nase voll davon, hart arbeiten zu müssen und es doch zu nichts zu bringen.

Trotzdem setzte ihr Gewissen ihr zu, während sie an der Fußgängerampel stand und darauf wartete, dass es Grün wurde. Sie sagte ein stummes Gebet vor sich hin, als ihr plötzlich einfiel, dass heute das Dreikönigsfest war, der Tag, an dem die heiligen drei Könige dem Jesuskind ihre Geschenke dargebracht hatten – Gold, Weihrauch und Myrrhe. Sie freute sich auf den Augenblick, in dem sie ihre Hände auf das Gold legen würde.

Der Eingang zum Central Park beim Women's Gate war gut beleuchtet, lag aber einsam und verlassen da, abgesehen von einem eingefleischten Jogger, der den Park nach seinem Lauf im unfreundlichen Wetter hinter sich ließ. Delia stand unter der Straßenlaterne und wartete. Sie blickte die Straße hinab auf die festliche Beleuchtung. Der Schneeregen wurde langsam zu Regen.

Nach zehn Minuten vergeblichen Wartens machte sich Panik in Delia breit. Was wäre, wenn zum vereinbarten Treffpunkt niemand erschien?

Sie ging langsam in den stillen Park, bis zur Gedenktafel für John Lennon, den ermordeten Beatle, den der Tod vor dem nahe gelegenen luxuriösen Dakota-Gebäude ereilt hatte. Sie erschauerte unter ihrem durchnässten Mantel.

Sie blickte den dunklen Fußweg des Parks entlang und erspähte eine Gestalt, die zusammengekauert auf einer Bank saß.

»Delia? Ich bin hier.«

Langsam ging Delia auf die Bank zu. Die Gestalt erhob sich.

»Komm. Geh noch ein Stück mit mir. Ich will nicht, dass uns hier jemand sieht.«

Delia warf einen Blick auf das Päckchen unter dem kamelhaarbemantelten Arm. »Warum gibst du es mir nicht gleich? Hier ist weit und breit keine Menschenseele.«

»Na gut, wenn du drauf bestehst.«

Delia sah nur noch ein schwaches Aufblitzen der Stahlklingen in dem Licht, das die Straßenlaternen an der Central Park West zurückwarfen, als die Schere tief und bösartig in den Spalt zwischen dem Kragen und ihrem Hals fuhr, direkt in die Halsschlagader hinein.

68

Freitag, 7. Januar

Nachdem Laura den ganzen Morgen hin und her überlegt hatte, ob sie es ihm sagen sollte, klopfte sie schließlich zaghaft an Joel Malcolms offen stehende Bürotür.

»Haben Sie eine Minute Zeit?«

»Natürlich. Für Sie immer. Kommen Sie rein, Laura.« Er bedeutete ihr, Platz zu nehmen. »Nun, ich sehe, Sie haben die erste Woche bei uns überlebt. Und was für eine Woche das war!«

Laura lächelte schwach.

»Was ist los, Kindchen?«

Laura knetete ihre Hände in ihrem Schoß und begann zögernd. »Es wird ja doch irgendwann rauskommen und ich dachte, es wäre besser, wenn Sie es von mir erführen.«

Die höfliche Aufmerksamkeit auf Joels Gesicht wich einem Ausdruck höchsten Interesses. »Schießen Sie los!«

»Gwyneth hat mich in ihrem Testament erwähnt.«

»Woher wissen Sie das?«, fragte Joel ruhig.

»Ihre Anwälte haben es mir brieflich mitgeteilt.«

Warum hatte er keinen Brief bekommen? Er fühlte, wie ihm die Hitze ins Gesicht stieg, als ihm die Bedeutung ihrer Worte aufging. Gwyneth hatte ihn nicht in ihrem Testament bedacht. Nach allem, was sie gemeinsam getan und, so dachte er, was sie einander bedeutet hatten. Sie hätte ihm etwas als Erinnerungsstück hinterlassen können. *Fuck Gwyneth!* Aber das hatte er bereits getan.

»Darf ich fragen, was sie Ihnen hinterlassen hat?«, fragte er tonlos.

»So ziemlich alles.«

Joel pfiff durch die Zähne. »Dann müssen Sie keinen weiteren Tag in Ihrem Leben arbeiten.«

Laura schüttelte verständnislos den Kopf. »Ich begreife das alles nicht. Ich wusste, dass Gwyneth mich mochte, aber ich hatte keine Ahnung, wie sehr. Vor meinem Praktikum hier habe ich sie nicht einmal gekannt. Und ich habe auch nie verstanden, warum sie sich so für mich interessierte.«

Joel blickte verwirrt drein. »Was meinen Sie damit, Sie hätten sie vor Ihrem Praktikum nicht gekannt? Gwyneth hat diese Praktikantenstelle extra für Sie aus dem Boden gestampft.«

69

Mike Schultz fuhr mit dem Aufzug vom Presseinformationsbüro runter zur Eingangshalle des Sendezentrums, um Detective Ortiz abzuholen. Er hatte vor, mit Ortiz in die Cafeteria zu gehen, statt den Polizeibeamten mit in sein Büro zu nehmen. Dort gab es ständig Unterbrechungen und man konnte sich nicht ungestört unterhalten. Es wunderte ihn nicht sonderlich, dass Ortiz ihn sprechen wollte. Im Gegenteil: Er hatte den Anruf des Detective erwartet.

Nachdem sie sich in einer Nische im Station Break niedergelassen hatten, zwei Tassen dampfenden Kaffees vor sich, kam Ortiz gleich zur Sache.

»Wie würden Sie Ihre Beziehung zu Gwyneth Gilpatric beschreiben, Mr. Schultz?«

»Als gespannt«, antwortete Mike ehrlich. »Ich war einer ihrer Produzenten bei ›Hourglass‹ und mein Abgang fand nicht gerade unter günstigen Umständen statt.«

»Können Sie mir das näher erklären?«, forderte Ortiz ihn auf.

Mike erzählte Ortiz mehr oder weniger die gleiche Geschichte, die dieser schon von Joel Malcolm gehört hatte: Ein Informant war von Drogendealern erkannt und getötet worden.

»Hatten Sie das Gefühl, dass Sie zu Unrecht in die Rolle des Sündenbocks gedrängt wurden, um die Prügel für die Sache einzustecken?«, fragte Ortiz.

Mike zuckte mit seinen breiten Schultern. »Ja und nein. Als wir das Filmmaterial schnitten, sah ich Jaime Cordero am Rand von Gwyneth' Eingangseinstellung, aber nur ganz kurz. Als ich Gwyneth darauf hinwies und vorschlug, die Szene noch mal zu drehen, hat sie abgelehnt. Ihr Terminkalender war voll und sie sagte, dass sie zu viel um die Ohren habe, um noch mal nach East Harlem zu fahren und die Szene neu zu drehen. Sie sagte, das werde sowieso keinem auffallen. An dem Punkt hätte ich zu Joel gehen und darauf bestehen müssen, dass wir die Szene neu drehen. Ich hab's aber nicht getan. Ich entschied mich, Gwyneth gegenüber loyal zu sein und nicht der Sendung. Das war ein Fehler.« Mike seufzte tief auf und nahm einen Schluck Kaffee.

»Aber Gwyneth hat sich Ihnen gegenüber nicht als besonders loyal erwiesen, nicht wahr, Mr. Schultz?«

»Nein, Sir. Das kann man nicht behaupten.«

70

Samstag, 8. Januar

»Er wurde in Puerto Rico geboren und hatte seine erste Rolle – und zwar als Teufel – als Erstklässler. Als junger Mann kam er nach New York, um die Schauspielschule zu besuchen, und spielte schließlich in vielen Filmen, Theaterproduktionen und Fernsehsendungen mit. Am meisten ist er wahrscheinlich als Gomez in ›Die Addams-Family‹ bekannt.«

»Wer ist Raul Julia!«, rief Jade triumphierend aus.

»Richtig!« Laura lächelte ihrer eifrigen Schülerin zu. Sie spielten die afroamerikanische Version von »Risiko« – Jades Lieblingsspiel in ihren Stunden mit Laura. Und Laura schmückte die Antworten gern mit ihrem Wissen über Hispanoamerikaner und Frauen aus in der Hoffnung, Jade weitere erfolgreiche Rollenmodelle zu vorzustellen.

»Noch eine!« Jades Augen leuchteten vor Begeisterung.

»Okay. Die schwarze Näherin, die 1955 als ›Mutter der Bürgerrechtsbewegung‹ galt, weigerte sich in einem Bus in Montgomery in Alabama, ihren Platz einem Weißen zu überlassen, und läutete damit die Bewegung gegen die Rassentrennung ein.«

»Rosa Parks!«

»Du hast vergessen, deine Antwort als Frage zu formulieren ...«, erinnerte Laura sie.

»Ja, hab ich ganz vergessen. Wer ist Rosa Parks?«

»Richtig! Miss Jade Figueroa, Sie haben einen Schokoriegel Ihrer Wahl gewonnen!«

»Können wir ihn uns jetzt gleich holen?«, fragte das Kind glücklich.

Laura warf einen Blick auf ihre Armbanduhr. Ihre beiden Samstagmorgen-Stunden waren so gut wie um. »Klar. Aber was ist mit meinem Spanischunterricht? Was ist das neue Wort des Tages?«

»Ach richtig.« Jade nickte ernst. Sie nahm ihren Job als Lauras Spanischlehrerin sehr ernst. »Das Wort des Tages ist *Cruz*. Weißt du, was *Cruz* bedeutet?«

»Was denn?«

»*Cruz* bedeutet Kreuz«, verkündete Jade stolz.

Wie passend, überlegte Laura, als Gedanken zu Tommy Cruz' mysteriösem Tod in ihrem Kopf herumzuschwirren begannen. Felipe und Marta Cruz hatten zweifellos ein schweres Kreuz zu tragen.

71

Sonntag, 9. Januar

Matthew hatte vorgeschlagen, sich am Sonntagmorgen im Central Park zu treffen, um ein wenig zu joggen und anschließend gemeinsam zu frühstücken und um den Stand der Palisades-Park-Story zu besprechen. Laura war froh, dass der Tag zwar kalt, aber wenigstens klar war. Sie freute sich auf ein wenig schweißtreibende Bewegung, um ihren Kopf frei zu bekommen.

Zum Joggen war der Ort ideal. Die Skyline von Manhattan erhob sich majestätisch über dem Park. Und durch die entlaubten Bäume, welche die Joggingpfade des Jacqueline Kennedy Onassis Reservoir säumten, konnte Laura Reiter sehen, die auf den parallel zu den Joggingpfaden verlaufenden Reitwegen ritten. Vogelkundler und Naturliebhaber hatten sich zahlreich an diesem frischen Wintermorgen im Park eingefunden, um sich in der jetzt grauen und kalten Stadt an der Natur zu erfreuen.

Als sie zum dritten Mal die Joggingrunde drehten und sich ein wenig abseits hielten, während die anderen Wochenendläufer an ihnen vorbeipreschten, brach Matthew ihr geselliges Schweigen.

»Hättest du mir erzählt, dass du Gwyneth' Kohle erbst?«

Laura blieb stehen und schnappte nach Luft. »Wer hat dir das erzählt? Joel?«, keuchte sie.

»Natürlich. Wusstest du etwa nicht, dass er alles gleich an die große Glocke hängt?«

»Sieht so aus, als hätte ich es wissen müssen.«

Sie spazierten schweigend den Rest des Weges um das Reservoir herum, um wieder zu Atem zu kommen. Ihr warmer Atem sah aus wie Rauch, als er auf die eisige Winterluft traf.

Laura blickte zu Matthew hinüber. Seine Wangen waren rot und an den Schläfen unter seinem schwarzen Haar bildeten sich Schweißperlen. Er hielt seinen Blick auf den Boden geheftet. *Er sieht verletzt aus,* dachte sie.

Sie hätte es ihm an dem Tag im Hiram's oder an irgendeinem anderen Tag erzählen können. Hatte sie aber nicht. Nun, da sie wusste, dass er es wusste, fühlte sie sich erleichtert. Sie fühlte sich zu ihm hingezogen und wollte sich ihm anvertrauen, konnte aber nicht so recht sagen, warum es ihr so schwer fiel, es auch zu tun.

Francheska behauptete immer, sie habe ein Problem mit Männern, weil sie wegen ihrer schlechten Erfahrungen mit

Emmett Angst hatte, ihnen zu vertrauen. Sie musste zu keinem Psychiater gehen, um das zu wissen. Aber vielleicht sollte sie zu irgendeiner anderen Art Therapie gehen. Sie war noch nie länger als sechs Monate mit jemandem zusammen gewesen. Jedes Mal, wenn es ernst wurde, hatte sie die Beziehung abgebrochen. Wenn sie nicht lernte, mehr Vertrauen zu haben, würde sie nie wirkliche Intimität mit einem Mann kennen lernen.

»Es tut mir Leid, dass ich es dir nicht gesagt habe«, sagte sie leise. »Ich wollte es, aber ich hab's einfach nicht getan.«

Matthew nahm ihre behandschuhte Hand in seine. »Laura«, sagte er leise, »ich will dich besser kennen lernen, aber du scheinst das nicht zu wollen. Warum lässt du mich nicht ein wenig näher kommen? Warum vertraust du mir nicht? Ich werde dir nicht wehtun, das solltest du wissen«, sagte er sanft.

Laura antwortete nichts, aber sie hob ihre Hand an die Stirn und strich sich den Pony zurück.

»Woher stammt die?« Matthew betrachtete mit zusammengekniffenen Augen die dünne Narbe.

»Das war mein Vater«, sagte sie leise. Und nach einer kleinen Pause fügte sie hinzu: »Ich will jetzt nicht die ganzen schmutzigen Details zum Besten geben, aber wenn es für mich ein Problem ist, mich Männern gegenüber zu öffnen, liegt es wahrscheinlich an meinem Vater.«

Matthew beugte sich hinab und küsste sanft die Narbe über Lauras Augenbraue. Als er sich wieder aufrichtete und ihr aufmunternd zulächelte, sagte er: »Lass es mich wissen, wenn du so weit bist. Komm jetzt. Gehen wir was essen.«

Sie saßen in einem Café an der East Side über Waffeln, knusprig gebratenem Speck und viel Kaffee. Matthew hörte Laura aufmerksam zu, als sie ihm von ihrer Beziehung zu

Gwyneth und ihrer Verwirrung über die jüngsten Ereignisse berichtete.

»Ich hatte keine Ahnung, dass Gwyneth diese Praktikantenstelle extra für mich ins Leben gerufen hatte. Ich kannte die Frau überhaupt nicht. Und jetzt hat sie mir den Löwenanteil ihres Besitzes hinterlassen. Und die Polizei sagt, dass es regelmäßige Einträge in Gwyneth' Scheckbuch gegeben habe – von Schecks, die auf den Namen meines Vaters ausgestellt waren. Es ergibt einfach keinen Sinn. Und um die Situation noch zu verschlimmern, bin ich nicht nur Gwyneth' Haupterbin, sondern hatte ihren Nachruf schon fix und fertig in der Schreibtischschublade liegen, als sie vom Dach stürzte. Deswegen bin ich mir auch ziemlich sicher, dass ich bei der Polizei zu den Verdächtigen zähle.«

»Was sagt dein Vater zu dem Ganzen?«

»Ich habe ihn am Tag des Interviews bei ihm zu Hause wegen Gwyneth gefragt. Erinnerst du dich? Als du und das Kamerateam schon unten im Keller wart? Er bestreitet, sie zu kennen.« Laura legte Messer und Gabel fein säuberlich neben ihren Teller. »Aber man kann auch nicht gerade behaupten, dass mein Vater berühmt ist für seine Ehrlichkeit mir gegenüber.«

Matthew schwieg und Laura dachte, dass sie ihm vielleicht zu viel erzählt hatte. Warum sollte er sich mit jemandem einlassen, dessen Leben so kompliziert war?

»Ich bin nicht gerade das Gelbe vom Ei, was?«, fragte sie mit einem schiefen Lächeln.

Matthew streckte seinen Arm über den Tisch aus und ergriff ihre Hand. »Jeder schleppt irgendein Problem mit sich herum, Laura. So ist das nun mal im Leben.«

»Du scheinst mir aber ziemlich unbelastet.«

»Keine Sorge! Ich lebe mit meinen eigenen Dämonen.«

»Zum Beispiel?«

»Da wäre zum Beispiel diese kleine Tablettensucht, gegen die ich Tag für Tag kämpfe.«

Laura war geschmeichelt und gerührt, dass er ihr genug Vertrauen entgegenbrachte, um ihr etwas so Persönliches und potenziell Rufschädliches zu erzählen. Gleichzeitig fragte sie sich aber auch, ob es eine Art Todeswunsch ihrerseits war, sich mit Matthew Voigt einzulassen.

72

Montag, 10. Januar

AN: Laurawalsh@key.com
VON: Russdifilippis@key.com
BETREFF: PALISADES-PARK-STORY

»Hallo Laura,

wir sind uns zwar noch nie begegnet, aber ich arbeite als Ton-Cutter in der KEY-Entertainment-Abteilung.

Ich bin in Cliffside Park aufgewachsen und habe viele Sommer im PAP verbracht. Einige meiner glücklichsten Erinnerungen stammen aus dieser Zeit. Es war eine Art Mutprobe, auf dem Zyklon zu fahren oder zu sehen, wie oft man sich von dieser schräg stehenden Drehscheibe herumwirbeln lassen konnte, bis einem schlecht wurde. Ich erinnere mich, dass ich als Teenager ganze Nächte in der Spielhalle verbrachte. Ich trug dann die Eisenhower-Bomberjacke meines Vaters und stand vor einem Flipperautomaten. Meine Zigarette balancierte auf der Kante des Geräts und ich drosch wie wild auf ihn ein. Ich erinnere mich auch an meinen Alten, wie er in Boxershorts und Socken mit Rautenmustern an der Tür auf mich wartete, wenn ich nach Hause kam, und sich tierisch über die Nikotinflecken an meinen Fingern aufregte. Und natürlich war es auch immer ein Riesenspaß, ein Mädchen mit in die Fotokabine zu nehmen, sie sich auf den Schoß zu setzen und vier Blitzfotos für einen Vierteldollar schießen zu lassen.

Ich bin mir sicher, dass du haufenweise interessante Geschichten für deinen Beitrag hast, aber über etwas bist du vielleicht während deiner Recherchen noch nicht gestolpert; und zwar gab es in Cliffside Park, nachdem sie den Vergnügungspark abgerissen hatten, eine echte Rattenplage. Die Ratten kamen in hellen Scharen aus den alten Attraktionen und Gebäuden hervor, die in Wassernähe gestanden hatten, und machten sich in den nahe gelegenen Wohngebieten auf die Suche nach einem neuen Zuhause.

In der Nacht wachte ich häufig auf, weil ich die Ratten in den Wänden kratzen hörte. Das hörte sich an, als säßen sie direkt bei mir im Schlafzimmer. Dann klopfte ich immer gegen die Wand und hörte, wie sie davontrippelten.

Das örtliche Gesundheitsamt verteilte Rattengift, aber weil wir nicht wollten, dass die Ratten bei uns im Haus starben und dort verrotteten, versuchten wir es zuerst mit Fallenstellen. Jeden Morgen, wenn mein Vater aufstand, sagte er als Erstes zu mir: ›Bring die Ratten weg, bevor deine Mutter aufsteht‹ und ich schmiss dann gehorsam zwei oder drei fette, schleimige Nagetiere in unsere Mülltonne. An einem Tag bügelte meine Mutter gerade im Wohnzimmer, als ein haarloses Rattenbaby über den Läufer taumelte. Meine Mutter lief schreiend zur Tür hinaus.

Schließlich griffen wir doch zum Rattengift. Wir streuten das Gift und die Köder in die Löcher, die wir in die Wände und unter die Spüle gebohrt hatten, denn wie du sicher weißt zieht es Ratten immer zum Wasser. Meine Mutter hatte sogar ein Telefonbuch auf den Sitz der Toilette gelegt, weil die Ratten auch auf diesem Weg hereinkamen.

Irgendwann zeigte das Rattengift Wirkung, aber erst, nachdem wir große Teile der Decke entfernt hatten, um die verwesenden Leichen herauszuziehen.

Ich weiß nicht, ob dir das irgendwie hilft, aber ich dachte, vielleicht interessiert es dich.

Russ«

73

Dienstag, 11. Januar

Ricky lag auf dem Sofa ausgestreckt unter einer Wolldecke, die seine Mutter gehäkelt hatte, und wartete auf den Beginn von »Hourglass«. Er wollte sehen, wer dieser »Augenzeuge« von Gwyneth Gilpatrics Todessturz war, den sie den Zuschauern versprochen hatten. KEY hatte schon die ganze Woche für die Sendung geworben.

Ricky hatte alle Lampen ausgeschaltet, weil er sich voll und ganz auf den Fernsehbildschirm konzentrieren wollte. Er war erleichtert, als seine Mutter sagte, dass sie müde war und früh zu Bett gehen wollte. Er hatte keine Lust, sich das Programm mit ihr gemeinsam anzusehen. Er wollte nicht, dass sie ihn dabei beobachtete. Sie beobachtete ihn ständig mit wachsamem Blick, starrte ihn an und versuchte, seine Gedanken zu lesen. Hatte sie immer noch nicht kapiert, dass das zwecklos war?

Der Sand rieselte jetzt langsam durch die gläserne Sanduhr von »Hourglass«. Ricky merkte, wie sich ihm die Nackenhaare sträubten.

»Guten Abend. Ich bin Eliza Blake. Willkommen bei ›Hourglass‹.«

Eliza war viel hübscher und netter als Gwyneth Gilpatric. Ricky gefiel die neue Moderatorin.

»Letzte Woche haben wir Ihnen angekündigt, dass KEY News seine eigene Untersuchung zum Tod der Korrespondentin Gwyneth Gilpatric durchführen würde, und wir haben Ihnen, liebe Zuschauer, versprochen, Ihnen heute Abend einen Augenzeugen von Gwyneth Gilpatrics tödlichem Sturz vom Dach ihres New Yorker Apartmenthauses vorzustellen. Heute Nachmittag habe ich mit der Augenzeugin gesprochen und was sie zu sagen hat, deutet darauf hin, dass Gwyneth Gilpatric keinen Selbstmord begangen hat, dass sie nicht freiwillig auf den Gehsteig der Central Park West gesprungen ist. Laut unserer Augenzeugin wurde Gwyneth Gilpatric vom Dach gestoßen.« Eliza blickte ernst in die Kamera. »Heute bringen wir in ›Hourglass‹ ein Exklusiv-Interview mit einer Augenzeugin des Mordes an Gwyneth Gilpatric.«

Es gibt doch noch Gerechtigkeit auf dieser Welt, dachte Ricky und seine Lippen verzogen sich zu einem schmalen Lächeln. Über den Bildschirm lief die Werbung für ein neues Auto, das er sich nie im Leben würde leisten können, vom Führerschein mal ganz abgesehen. Er stand auf und ging in die Küche, goss sich eine Limonade ein und schnappte sich eine Tüte mit Brezeln aus dem Küchenschrank. Das versprach unterhaltsam zu werden.

Morgen würden die »Hourglass«-Leute ihn interviewen.

74

Joel hatte Kitzi nicht nur zum Reden gezwungen, er hatte sie auch so unter Druck gesetzt, dass sie schließlich nachgegeben und das Kamerateam von »Hourglass« in ihrem Apartment empfangen hatte. Zuschauer im ganzen Land konnten sich jetzt dort umschauen, wo sie den privatesten Teil ihres Lebens führte, nämlich in ihrem Zuhause.

Kitzi zuckte zusammen, als sie sich auf dem Fernsehbildschirm sah. Sah sie wirklich so alt aus? Die Tagesausflüge zur Elizabeth-Arden-Schönheitsfarm konnten offenbar keine Wunder wirken. Und dass sie der strahlenden Eliza Blake gegenübersaß, war auch nicht gerade hilfreich. In Kitzis Augen war der Gegensatz zwischen ihnen beiden schroff und frustrierend.

Eliza stellte sie vor und erklärte den Zuschauern, dass sie die Frau des Chefproduzenten von »Hourglass« sei.

»Nun, Mrs. Malcolm, wenn ich es recht verstanden habe, sollten Sie an Gwyneth Gilpatrics Silvesterfeier teilnehmen?«

»Ja, das hatte ich vor«, antwortete Kitzi, »aber im letzten Augenblick fühlte ich mich plötzlich unwohl. Ich habe meinen Mann dann gedrängt, ohne mich zur Party zu gehen.«

»Sie waren also den ganzen Abend allein zu Hause?«

Kitzi streichelte den kleinen grauen Pudel, der zusammengerollt auf ihrem Schoß lag. »Ja, wenn man Missy hier nicht zählt. Sie hat mir Gesellschaft geleistet.«

Eliza blickte lächelnd auf das Hündchen. »Erzählen Sie mir, was dann geschah.«

»Nachdem Joel gegangen war, bin ich zu Bett gegangen und habe eine Weile geschlafen. Dann hat mich Missy geweckt und wollte einen Spaziergang machen. Ich gehe jeden Abend nach den Nachrichten um halb zwölf mit ihr raus. Die kalte Luft muss mir gut getan haben, denn als wir zurückkamen, ging es meinem Kopf ein wenig besser.«

Eliza nickte zum Zeichen, dass Kitzi mit ihrer Geschichte fortfahren sollte. »Und was passierte dann?«

»Ein paar Minuten vor Mitternacht beschloss ich, hinaus auf die Terrasse zu gehen und mir das Feuerwerk über dem Park anzusehen.«

»Können wir vielleicht auf die Terrasse gehen? Zeigen Sie uns, was Sie in jener Nacht getan haben, Mrs. Malcolm?«, bat Eliza.

Die beiden Frauen erhoben sich und die Kamera folgte ihnen durch die Doppeltür hinaus auf die Terrasse. Kitzi ging zu dem riesigen Fernrohr hinüber, das auf den Terrakotta-Fliesen montiert war.

»Ich wartete auf den Beginn des Feuerwerks und dachte mir, dass ich noch schnell einen Blick auf Gwyneth' Apartment auf der anderen Seite des Parks werfen könnte. Ich war neugierig, ob ich die Gesichter der Leute auf der Party würde erkennen können.«

»Und konnten Sie das?«

»Nicht wirklich. Ich konnte sehen, dass Gestalten auf Gwyneth' Terrasse hinausströmten. Aber sie war nicht besonders gut beleuchtet.«

»Bitte fahren Sie fort, Mrs. Malcolm.«

Kitzi blickte über den Central Park und sammelte ihre Gedanken. »Das Feuerwerk fing also an. Es war absolut spektakulär, aber ich finde einfach jedes Feuerwerk spektakulär. Bei jeder Explosion leuchtete und glitzerte es am ganzen Himmel. Ich blickte wieder in das Fernrohr und wollte sehen, ob ich Joel erkennen konnte, während ein Feuerwerkskörper die Terrasse erhellte.«

»Konnten Sie das? Haben Sie Ihren Mann gesehen?«

Kitzi erschauerte und schlang die Arme um ihren Oberkörper, als auf der ungeschützten Terrasse, die auf die Fifth Avenue hinausging, der kalte Januarwind um sie herumpfiff.

»Möchten Sie wieder hineingehen, Mrs. Malcolm?«, fragte Eliza. »Wir können das Interview auch drinnen fortsetzen.«

Kitzi strich sich die Haare aus dem Gesicht, die ihr der Wind in die Augen geweht hatte. »Nein. Es geht schon.«

Sie legte ihr rechtes Auge an das Okular und richtete das Fernrohr auf Gwyneth' Apartment. Dann trat sie einen Schritt zurück und winkte Eliza heran, damit auch sie einen Blick darauf werfen konnte.

»Ich sehe das Dach«, sagte Eliza verwirrt.

»Ich weiß«, nickte Kitzi. »Das Fernrohr springt ein bisschen nach oben, wenn man es loslässt. Das muss auch in jener Nacht passiert sein. Denn als ich wieder durch das Fernrohr schaute, das ich nur Minuten zuvor auf Gwyneth' Terrasse gerichtet hatte, sah ich genau das, was Sie jetzt sehen, Eliza ... das Dach von Gwyneth Gilpatrics Gebäude.«

Nancy und Mike Schultz saßen zusammen in ihrem Wohnzimmer und waren vollkommen gefesselt.

»Joel macht sich wahrscheinlich vor lauter Aufregung in die Hose«, murmelte Mike. »Die Einschaltquoten müssen einfach gigantisch sein.«

»Psst!«, zischte Nancy und lehnte sich vor, um besser zu hören, was im Fernsehen gesagt wurde.

Auf dem Bildschirm betraten Eliza Blake und Kitzi Malcolm gerade wieder das Apartment. Sie ließen sich erneut in dem luxuriös ausgestatteten Wohnzimmer nieder. Kitzi fuhr mit ihrer Geschichte fort.

»Ich habe zwei Leute auf dem Dach gesehen. Eigentlich zwei Gestalten. Die eine war eindeutig eine Frau. Sie trug einen langen, bauschigen Rock, der im Wind wehte.«

»Das muss Gwyneth gewesen sein«, bemerkte Eliza.

»Ja«, bestätigte Kitzi. »Ich habe später gehört, dass sie ein Abendkleid mit weitem Rock trug.«

»Und die andere Person? Konnten Sie erkennen, ob es ein Mann oder eine Frau war?«

»Nein, nicht richtig«, sagte Kitzi. »Es war lediglich eine Gestalt.«

»Was haben Sie noch gesehen?« fragte Eliza gespannt.

»Ich habe ein schwaches Licht zwischen den beiden aufleuchten sehen.«

»Was für eine Art Licht?«

»Ich nehme an, es war ein Feuerzeug. Gwyneth rauchte, wie Sie vielleicht wissen.«

»Nein, das wusste ich nicht«, sagte Eliza. »Konnten Sie die Gesichter im Licht der Flamme ausmachen?«

Kitzi schüttelte den Kopf.

»Und dann? Was haben Sie dann gesehen, Mrs. Malcolm?«

Kitzi rief nach ihrem Hund und der Pudel sprang auf ihren Schoß. Sie streichelte zärtlich über das weiche, graue Fell.

»Sie standen da ein, zwei Minuten.« Kitzis Stimme begann zu beben. »Und dann verschmolzen die beiden Gestalten. Einen Augenblick lang sah es aus, als stünde da nur ein Mensch auf dem Dach.«

»Hat es ausgesehen, als kämpften die beiden?«

»Das konnte ich wirklich nicht erkennen.« Kitzis Hand zitterte, als sie Missy streichelte.

»Fahren Sie bitte fort«, drängte Eliza.

»Da war diese Lichterexplosion, als das Finale des Feuerwerks anfing«, erinnerte sich Kitzi langsam. »Als nächstes sah ich, wie die Gestalt mit dem wehenden, weiten Rock über den Rand des Daches stürzte.«

Während der Werbepause klingelte bei Laura das Telefon.

»Schaust du dir das auch gerade an?«, fragte Francheska aufgeregt.

»Natürlich!«

»Mein Gott! Wusstest du, dass das so ein Knüller werden würde?«

»Die Gerüchteküche bei uns im Büro hat natürlich gebrodelt, aber Joel Malcolm hat niemanden außer den Leuten, die an dem Beitrag mitgearbeitet haben, vorher einen Blick drauf werfen lassen.«

»Meine Güte, Laura, Mord! Ganz schön gruselig! Wie kannst du jetzt noch in das Apartment einziehen? Ich hätte eine Höllenangst davor, nach allem, was passiert ist, da allein zu wohnen.«

Laura dachte genau das Gleiche.

75

Mittwoch, 12. Januar

Am Morgen nach der »Hourglass«-Sendung verschwendete Alberto Ortiz keine Zeit und suchte sofort Kitzi Malcolm auf, um mit ihr zu sprechen. Aber als er ihr Apartment wieder verließ, wusste er genauso wenig wie am Abend zuvor, nachdem er »Hourglass« gesehen hatte. Kitzi hatte ihm die gleiche Geschichte erzählt, die sie bereits in der Sendung erzählt hatte.

Er hatte sie zusammengestaucht, weil sie nicht schon früher zu ihm gekommen war, aber er wusste, dass Kitzi für ihr Schweigen nicht bestraft werden würde. Wenn Ortiz sie deswegen anzeigte, würde ihr Mistkerl von Ehemann nur mit seinen Anwälten dazwischenfunken, und sie bekäme gerade mal einen milden Verweis. Warum also seine Energien verschwenden?

Ortiz hielt an einem Straßenkiosk an und kaufte sich eine heiße Brezel. Als er einen Blick auf seine Armbanduhr warf, stellte er fest, dass er sich beeilen musste, wenn er endlich Dr. Leonard Costello befragen wollte. Der Arzt hatte sich mehrfach mit den unterschiedlichsten Ausreden vor einer Unterhaltung gedrückt. Schließlich hatte Dr. Costello widerwillig einen Termin mit ihm abgemacht – zwischen den Morgenvisiten im Krankenhaus Mt. Olympia und dem Beginn seiner nachmittäglichen Sprechstunde.

Ortiz steuerte die dunkle Polizeilimousine durch den Central Park in Richtung Manhattans East Side und wünschte, er wäre der Aufklärung des Falles bereits näher.

Als er in Dr. Costellos Praxis eintraf, saßen schon mehrere Patienten im Wartezimmer. Die Krankenschwester Camille Bruno stellte sich ihm vor.

»Dr. Costello hat soeben angerufen. Er ist auf dem Weg hierher. Möchten Sie sich in sein Sprechzimmer setzen, Detective?«

»Danke.«

»Kann ich Ihnen eine Tasse Kaffee bringen?«, bot ihm die Krankenschwester fröhlich an, während sie ihn den Flur entlang begleitete.

»Das wäre sehr nett von Ihnen«, sagte Ortiz dankbar. »Draußen ist es so kalt.«

Während Ortiz wartete, überflog er die gerahmten Diplome und Zertifikate, die die Wände des Sprechzimmers zierten. Sie waren so angeordnet, dass sie potenziellen Kunden ins Auge fallen und ihnen Zuversicht einflößen würden. Sie waren beeindruckend. Ortiz bewunderte den schweren Schreibtisch aus Mahagoni und den kostspieligen Computer darauf.

Die Tür des Sprechzimmers öffnete sich und Camille Bruno trat mit einer Kaffeetasse in der Hand ein. Hinter ihr erschien ein mürrisch dreinblickender Dr. Costello.

Costello setzte sich hinter seinen Schreibtisch und fragte, sobald die Krankenschwester das Zimmer verlassen hatte, brüsk: »Womit kann ich Ihnen dienen, Detective?«

Er ist es gewohnt, dass alles nach seiner Pfeife tanzt, das arrogante Arschloch, dachte Ortiz und verspürte sofort eine starke Abneigung gegen den Arzt.

»Wie ich Ihnen bereits mehrmals am Telefon gesagt habe, arbeite ich am Mordfall Gilpatric.«

Costello lächelte süffisant. »Gestern Abend die ›Hourglass‹-Sendung muss ja wirklich fantastisch für Sie gewesen sein, Detective Ortiz. Es muss schon ein tolles Gefühl sein, wenn man von KEY News auf Augenzeugen aufmerksam gemacht wird.«

Ortiz weigerte sich, auf das Spielchen des Doktors einzugehen, und verzog keine Miene. Er ignorierte Costellos Seitenhieb und fuhr mit seiner Befragung fort. »Wenn ich recht verstanden habe, war Miss Gilpatric Ihre Patientin.«

»*War* ist das richtige Wort, Detective.«

»Könnten Sie mir vielleicht erklären, was Sie damit sagen wollen?«

»Was gibt es da schon zu erklären? Früher war sie meine Patientin, aber zum Zeitpunkt ihres Todes war sie es eben nicht mehr.«

»Und wie kam das?«

»Das müssten Sie sie schon selber fragen, Detective.« Costello ergriff mit der rechten Hand einen silbernen Kugelschreiber, um das leichte Zittern zu unterdrücken, das er kommen fühlte. »Oh, Pardon!«, fügte er dann spöttisch hinzu. »Aber das wird ja kaum noch möglich sein, habe ich Recht?«

76

Als Rose Potenza Laura gefragt hatte, ob das Interview mit ihrem Sohn bei KEY News stattfinden könnte, hatte Laura nur allzu gern zugestimmt. Auf der einen Seite könnte es zwar vorteilhafter sein, Ricky in seiner gewohnten Umgebung aufzunehmen und so dem Zuschauer einen Einblick in sein Leben zu gewähren. Auf der anderen Seite ersparte es ihr, Matthew und dem Kamerateam, bis in den Bezirk Rockland hinauszufahren.

Die Potenzas waren etwas früh dran, das Kamerateam war mit den Vorbereitungen noch nicht ganz fertig. Laura bot ihnen einen kleinen Rundgang durch das KEY-News-Sendezentrum an. Ricky stimmte begeistert zu.

Vielleicht taut er dabei ein wenig auf und wird dann lockerer, dachte Laura, während sie Mutter und Sohn durch das Labyrinth der Korridore führte, aus dem das KEY-News-Sendezentrum bestand. Als sie das Studio der »Evening Headlines« betraten, lief ihnen Eliza Blake über den Weg. Laura stellte sie einander vor und erklärte Eliza, warum die Potenzas da waren.

»Ich habe Sie in ›Hourglass‹ gesehen«, sagte Ricky errötend. »Ich mag Sie viel mehr als Gwyneth Gilpatric. Ich bin froh, dass sie nicht mehr da ist.«

»Freut mich, Sie kennen zu lernen, Ricky«, sagte Eliza ruhig und überhörte den Seitenhieb auf Gwyneth. »Viel Spaß bei Ihrem Interview.«

Ricky blickte verwirrt drein. »Aber machen denn nicht Sie das Interview mit mir?«

»Nein, das übernimmt Laura. Das ist oft so, dass die Produzenten ihre Interviews selbst führen. Ich komme erst sehr viel später dazu, wenn die meisten Teile und Interviews bereits aufgenommen sind.«

Enttäuschung überschattete Rickys Gesicht.

»Machen Sie sich keine Sorgen, Ricky.« Eliza lächelte ihm beruhigend zu. »Bei Laura sind Sie in den besten Händen. Sie weiß viel mehr über die Palisades-Park-Geschichte als ich. Glauben Sie mir, sie ist die Kompetenteste.«

Ricky schien nicht sehr überzeugt, aber Laura versuchte das zu übersehen, während sie ihren kleinen Rundgang fortsetzten. Sie führte sie durch den Kontrollraum mit den unzähligen Bildschirmen und den komplizierten elektronischen Schalttafeln, mit denen man Ton, Bild und Spezialeffekte einstellte. Sie zeigte ihnen den Nachrichtentisch der Zentrale, den Kommandoposten, an dem die Nachrichten für KEY aus der ganzen Welt zusammengetragen wurden, und erklärte ihnen die Aufgabe der Leute – es waren etwa ein Dutzend –, die um den Tisch herum saßen. Dann zeigte sie ihnen noch das Computersystem von KEY News und erklärte ihnen, wie es eingesetzt wurde, um die Nachrichtenübermittlung zu beschleunigen. »Ich weiß, wie man einen Computer benutzt«, sagte Ricky.

Als sie die Moderatorenplattform erreichten, von der aus Eliza Blake jeden Abend die Nachrichten vorlas, bot Laura Ricky an, sich auf den Moderatorenstuhl zu setzen.

»Meinen Sie das im Ernst?«, fragte er und sein Gesicht hellte sich auf.

»Aber klar. Nun machen Sie schon.«

Ricky blickte sich im Studio um.

»Keine Sorge! Es sieht uns keiner zu. Die sind alle mit ihrer eigenen Arbeit beschäftigt.«

Als Ricky auf die Moderatorenplattform stieg, dachte Laura, wie kindlich dieser 40-jährige Mann doch war. Was Ricky Potenza ihr erzählen könnte, wäre vielleicht der Clou ihrer Story. Sie wollte während des Interviews nicht von oben herab mit ihm reden oder ihn beleidigen, aber sie war sich seiner Verletzlichkeit und Zerbrechlichkeit wohl bewusst. Sie nahm sich vor, sehr vorsichtig mit ihm umzugehen.

Matthew wartete bereits auf sie, als sie wieder im Bill-Kendall-Raum ankamen, dem Interview-Zimmer, das nach dem legendären Nachrichtenmann benannt worden war, der einst die »KEY Evening Headlines« moderiert und KEY News geleitet hatte. Der Raum war klein, eine Wand durch einen dunklen Vorhang verdeckt, der als Hintergrund für die Aufnahmen diente. Zwei Stühle standen einander gegenüber. Die Kamera war auf den Stuhl gerichtet, der für Ricky bestimmt war. Laura saß ihm gegenüber, aber außerhalb des Bildes.

Rose Potenza schien nervöser als ihr Sohn, als sie zusah, wie das Mikrofon an seinem Hemd befestigt wurde. Die Visagistin Christina Weisberg tupfte sanft Puder über Rickys Stirn, damit seine Haut in der hellen Kamerabeleuchtung nicht glänzte.

»Sind Sie bereit, Ricky?«, fragte Laura.

»Ich glaube schon.«

»Sie wissen, dass wir eine Story über den Palisades-Vergnügungspark und den Tod von Tommy Cruz drehen«, begann Laura.

Ricky nickte.

»Tommy Cruz war Ihr Freund, Ricky?«

Ricky nickte wieder schweigend. Bitte, bitte, lieber Gott, mach, dass er auftaut. Wir brauchen endlich brauchbares Interviewmaterial, betete Laura.

»Können Sie mir ein wenig von Tommy erzählen, Ricky?«, drängte sie sanft und versuchte ihn aus seinem Schneckenhäuschen zu locken.

Ricky warf einen Blick auf seine Mutter. Rose Potenza nickte und lächelte ihrem Sohn ermutigend zu.

»Und ich werde wirklich im Fernsehen zu sehen sein?«, fragte er misstrauisch.

»Ja. Wenn Sie uns etwas Interessantes erzählen können.«

Ricky hatte die Beine übereinander geschlagen und wippte mit dem Fuß. Jetzt blickte er entschlossen drein. »Tommy war mein bester Freund.«

»Können Sie mir ein wenig von den Dingen erzählen, die Sie miteinander gemacht haben?«

»Wir waren in der Schule in derselben Klasse. Wir waren zusammen bei den Pfadfindern. Wir haben im gleichen Team Football gespielt.«

»Sie hatten eine Menge Spaß mit Tommy?«, legte ihm Laura die Antwort in den Mund.

»Ja, wir hatten eine ziemlich schöne Zeit zusammen.«

»Sind Sie je mit Tommy im Vergnügungspark gewesen?«

Ricky nickte.

»Was haben Sie da gemacht?«

»Wir haben im Schwimmbecken geschwommen«, erinnerte sich Ricky. »Wir haben immer versucht, früh da zu sein, bevor die Menschenmassen kamen.«

»Das muss lustig gewesen sein.«

»Ja, aber das Schwimmbecken ist manchmal fürchterlich dreckig gewesen. Da schwammen dann Hotdogs und Haare und grüner Schleim rum. Kinder pinkelten auch mal rein, direkt ins Wasser. Die waren zu faul, aus dem Wasser und auf die Toilette zu gehen. Sie haben gesagt, dass sowieso jeden Tag frisches Wasser eingelassen würde, aber das hab ich nie geglaubt.«

Rose Potenza zuckte zusammen.

»Und was war mit den Karussells, mit den Attraktionen?«, wechselte Laura das Thema. »Sind Sie und Tommy da gern mit gefahren?«

»Ja, wenn wir genug Geld hatten. Die waren stark. Aber ab und zu ließen uns die Burschen, die die Karten kontrollierten, auch gratis fahren.«

»Gab es irgendwas, das Sie beide besonders gern mochten?«

»Eigentlich nicht.«

»Wissen Sie, Ricky, mein Vater hat mal die Achterbahn im Palisades-Park bedient. Sind Sie jemals auf dem Zyklon gefahren?«

Jetzt stellte der Mann die Füße nebeneinander und setzte sich steif in seinem Stuhl auf. Seine Knöchel wurden weiß, mit beiden Händen packte er die Armlehnen.

»Ricky?«

»Ich hatte Angst vor dem Zyklon«, sagte er knapp.

Laura spürte Rickys Spannung und wollte sie nicht noch vergrößern, besonders, da sie die Frage, die ihr am meisten auf der Zunge brannte, noch gar nicht gestellt hatte.

»Ich würde gerne noch ein wenig länger über Tommy sprechen, wenn Sie nichts dagegen haben, Ricky. Über die Zeit, als er verschwand. Das war im letzten Sommer, den der Palisades-Park geöffnet war, nicht wahr?«

Ricky nickte.

»Kurz, bevor wieder die Schule losging?«

Er nickte wieder.

»Erinnern Sie sich an das letzte Mal, dass Sie Tommy gesehen haben?«

Ricky starrte sie durchdringend an.

»Ricky?«

Er zog sich das Mikrofon vom Kragen. Das Interview war zu Ende.

77

Bei einem Scotch mit Eiswürfeln hörte Francheska Leonard zu, der ihr vorjammerte, wie schwer sein Tag gewesen sei. Obwohl er versuchte, es nicht zu zeigen, konnte Francheska genau sehen, dass ihm der Besuch des Detective Sorgen bereitete.

»Ich habe nichts zu verbergen«, erklärte Leonard. »Der kann so lange herumschnüffeln, wie er will.«

Früher wäre sie zu ihm gegangen, hätte ihre Arme um ihn geschlungen und ihn mit einem langen, innigen Kuss abgelenkt. Aber nicht heute Abend.

Leonards schlechter Tag war noch nicht vorbei.

Aber vielleicht war es ihm ja auch egal, wenn sie ihm sagte, dass es zwischen ihnen aus war.

Dennoch hatte sie sich heute Abend besondere Mühe gegeben, sich für ihn zurechtzumachen. Sie wollte, dass ihm so richtig klar wurde, was er ohne sie in seinem Leben alles vermissen würde.

»Komm zu mir, Süße.« Leonard klopfte auf das Kissen, das neben ihm auf dem Sofa lag.

Francheska näherte sich ihm und ihre Haut schimmerte sanft im Kerzenlicht, das den Raum erhellte. Ihr schwarzes Haar fiel weich und seidig auf ihren Kaschmirpullover. Sie setzte sich neben ihn.

»Du duftest wunderbar, Schätzchen.« Leonard beugte sich vor, um an ihrem Nacken zu schnuppern.

Wenn sie ihn einmal anfangen ließ, würde sie ihm nie sagen, was sie ihm zu sagen hatte. Sie rückte von ihm ab.

»Hey, was ist los?«, erkundigte sich Leonard mit süßer Stimme, doch Francheska wusste, dass er schnell eklig werden würde, wenn sie sich ihm noch länger entzog.

»Ich will das nicht mehr, Len.«

Leonard starrte sie verständnislos an. »*Was* willst du nicht mehr?«

»Das hier!« Francheska machte eine ausholende Handbewegung. »So leben, die Rolle der Geliebten spielen, deiner Geliebten. Ich habe genug von den ganzen Lügen und kurzen Momenten des Zusammenseins und den einsamen Nächten. Ich hab's satt, mich wie Dreck zu fühlen. Ich mach da nicht mehr mit. Es ist aus, Len.«

»Ach komm schon, Francie«, drängte er. »Ich weiß, dass es in der letzten Zeit nicht ganz leicht war, mit den vielen Feiertagen und dem Drumherum. Es tut mir Leid, dass ich so viel Zeit zu Hause mit den Kindern verbringen musste, aber ich dachte, du verstehst das.«

»Natürlich verstehe ich das. Natürlich solltest du bei deinen Kindern sein – und bei deiner Frau, wenn wir schon mal davon reden. Aber ich will mehr, ich brauche mehr als das, was du bereit bist, mir zu geben. Ich will selbst einmal Kinder haben, und sosehr ich auch gehofft und gebetet habe, dass du der Vater meiner Kinder sein wirst, ich habe kapiert, dass es nicht so sein wird. Ich muss aus dieser Beziehung raus, Leonard. Ich muss in die Zukunft blicken. Ein anständiges Leben führen. Mein Entschluss steht fest.«

Wortlos stand Costello vom Sofa auf, ging zum Garderobenschrank und nahm seinen Mantel raus. Als er die Wohnungstür öffnete, drehte er sich noch mal zu ihr um.

»Du wirst deine Meinung schon noch ändern, Francie. Du wirst sehen. Die Welt da draußen ist kalt und hart. Du kannst nur hoffen, dass ich dich noch will, wenn du zu mir zurückgekrochen kommst. Und dann nur unter meinen Bedingungen.«

»Ich bin hier Ende des Monats ausgezogen«, rief Francheska ihm mit Tränen in den Augen hinterher, als er die Tür hinter sich zuknallte.

78

Donnerstag, 13. Januar

»Es lief ziemlich gut, bis du ihn auf den Zyklon angesprochen hast«, bemerkte Matthew, nachdem sie sich die Aufnahme von Lauras Interview mit Ricky Potenza vom Vortag angesehen hatten.

»Ja«, sagte Laura niedergeschlagen. Sie hatte gehofft, vielleicht unrealistischerweise, dass sie Ricky dazu bringen könnte, über die Zeit zu reden, als sein Freund damals verschwand. Wie verrückt von ihr zu denken, dass sie da, wo schon ganz andere vor ihr gescheitert waren, Erfolg haben könnte! Aber noch bedrückender als der Mangel an gutem Interviewmaterial war der nagende Verdacht, dass die Erwähnung ihres Vaters Rickys Abwehrreaktion ausgelöst haben könnte.

Die Aufnahme war zu Ende und ihr Cutter verkündete, dass er Mittag essen gehen würde, wenn sie nichts weiter für ihn zu tun hätten. Als sie im halbdunklen Schneideraum allein waren, besprachen Matthew und Laura die Teile, die sie bislang für ihre Story hatten.

»Wir haben Ricky, deinen Vater mit seinem Mini-Park und die Gedenkstätte in Cliffside Park. Dann haben wir noch den alten Schwarzweißfilm aus dem Archiv. Ich besorge noch ein paar Bänder mit Liedern über den Palisades-Park. Und wir haben die Erlaubnis, in zwei Wochen während der Spendenfeier für das Palisades-Park-Museum zu filmen.«

Es war ein Anfang, aber nicht genug, um daraus eine Story für »Hourglass« zu drehen, und das war ihnen beiden klar.

»Mit der Polizei von Cliffside Park bin ich auch nicht viel weiter gekommen«, sagte Laura finster. »Es gibt da niemanden mehr, der damals an Tommys Fall gearbeitet hat. Die, die jetzt da sind, wollen zu den jüngsten Entwicklungen keinen Kommentar abgeben. Aber ich versuche an die Adresse eines pensionierten Polizisten ranzukommen, dessen Name in einigen Zeitungsartikeln aus der Zeit erwähnt wird.«

»Gut«, sagte Matthew bestimmt. »Kann ich dir dabei irgendwie helfen?«

»Nein, danke. Das schaffe ich schon. Aber ich sag Bescheid, wenn ich was brauche.«

»Was noch?«, überlegte Matthew und starrte auf seinen Notizblock. Er kaute gedankenverloren an seinem Füllfederhalter.

»Wir müssen die Eltern von Tommy Cruz überreden, uns ein Interview zu geben.«

»Soll ich versuchen, das zu arrangieren?«, fragte Matthew.

Laura überlegte einen Augenblick. »Wahrscheinlich ist es besser, wenn ich sie anrufe. Schließlich stamme ich aus der Gegend.«

»Okay, aber gibt es irgendetwas, das ich vielleicht übernehmen kann? Oder willst du diesen Beitrag ganz allein machen?«

Matthew lächelte, aber Laura glaubte, eine leichte Verärgerung herauszuhören.

»Was hältst du davon, wenn wir uns das alte Album anschauen, das mein Vater uns geliehen hat, und Ausschau nach ein paar Bildern halten, die wir verwenden könnten?«, schlug sie vor.

»Klar. Ich glaube, das schaffe ich gerade noch.« Er steckte die Kappe auf seinen Füllfederhalter und verließ unvermittelt den Raum.

79

Matthew öffnete das kleine braune Glasfläschchen und klopfte eine Pille heraus. Er spülte sie mit einem Schluck kaltem Kaffee herunter, der noch in einem Plastikbecher auf seinem Schreibtisch stand. Und hasste sich selbst dafür.

Bildete er sich das bloß ein? Oder behandelte ihn Laura anders, seit er sich ihr wegen seines Tablettenmissbrauchs anvertraut hatte?

Alles hatte so harmlos angefangen. Er war damals erst kurze Zeit bei »Hourglass« gewesen, als eine der Storys, an der er damals arbeitete, ihn nachts nicht mehr schlafen ließ. Es war bei dieser Cordero-Geschichte. Sie versuchten eine unmögliche Frist einzuhalten. Gwyneth hatte sich in eine kreischende Hyäne verwandelt, Joel ließ niemanden zu Wort kommen und blaffte jeden an, der in seine Nähe kam, und sogar Mike Schultz, der sonst ein richtiger Gemütsmensch war, fing an, bei jedem Dreck an die Decke zu gehen.

Matthew hatte einem Freund gegenüber erwähnt, wie sehr ihn die Angst lähmte und dass ihn der Schlafmangel nur noch ängstlicher machte. Er sorgte sich um seinen Job. In diesem Zusammenhang hatte er einen guten Rat von seinem Freund bekommen, in Form eines Fläschchens Valium. »Die werden dich beruhigen und wenn der Beitrag während der Einschaltzählungen im Februar mal auf Sendung ist, bist du wieder der Alte.«

So war es aber leider nicht gekommen. Nach wenigen Wochen schon war er von dem Zeug abhängig. Es schien ihm nicht einmal mehr möglich, morgens auf die U-Bahn zu warten, ohne fünf Milligramm Valium einzuwerfen. Um die winzige Pille runterzubekommen, brauchte er noch nicht mal Wasser zum Nachspülen. Jetzt, drei Jahre und fast zwölf Einschaltquotenzählungen später, versuchte er ohne viel Erfolg, davon loszukommen.

Aber der Mord an Gwyneth machte alle nervös. Und diese Palisades-Story ließ die alten Ängste wieder in ihm aufflackern. Und seine Annäherungsversuche an Laura schienen alles andere als auf fruchtbaren Boden zu fallen.

Wie so oft versuchte Matthew, das Ganze philosophisch zu betrachten. Es war schließlich keine Sünde, Angst zu haben, oder? Jeder hatte hin und wieder mal Angst, oder etwa nicht? Wer hatte etwa keine schweißnassen Hände, wenn er zu einem Vorstellungsgespräch ging, oder Schmetterlinge im Bauch, wenn er eine Rede halten musste?

Und weiß Gott, der Beruf, den er sich ausgesucht hatte, war nun alles andere als gemütlich. Zeitdruck, gnadenloses Konkurrenzverhalten, hohe Maßstäbe. Jeder, der halbwegs bei Verstand war, würde sich wegen der Folgen Sorgen machen, die eine falsche Information im Fernsehen vor Millionen Zuschauern für einen haben konnte.

Und dass er für Joel Malcolm arbeitete, machte die Sache natürlich nicht gerade besser. Der ständige Druck, wieder und wieder die heißesten Storys ofenfrisch servieren zu müssen. Wer würde da nicht ausflippen?

Er fragte sich, wie viele Produzenten bei »Hourglass« wohl Tabletten oder anderes nahmen. Er wusste, dass er sicher nicht der Einzige war, der sich mit Valium ruhig stellte.

Aber sein Problem war, dass er es nicht mehr unter Kontrolle hatte, ob und wann er eine Tablette nahm. Er war inzwischen abhängig. Er war schlau genug, sich von drei verschiedenen Ärzten Rezepte verschreiben zu lassen, damit keiner der drei die Ausmaße seiner Sucht erkennen konnte. Und er reichte nur die Rechnungen eines Arztes bei seiner Krankenkasse ein, damit es nicht weiter auffiel.

Er versuchte, davon loszukommen. Anfangs mit totalem

Entzug. Aber die Entzugserscheinungen waren ein echter Albtraum gewesen. Er konnte weder schlafen noch essen und die Kopfschmerzen waren unerträglich. Er hatte da gerade an einer Story gesessen, die kurz darauf gesendet werden sollte. Voller Panik hatte er wieder mit den Tabletten angefangen.

Es gab einfach keinen geeigneten Zeitpunkt zum Aufhören. Immer gab es irgendeine Stressituation, mit der man fertig werden musste, und das Valium machte sie erträglich.

Ja. Viel, viel besser. Das Valium begann zu wirken.

80

Die quälenden Sorgen waren während der letzten zwei Tage immer stärker geworden.

Was, wenn Kitzi Malcolm während ihres »Hourglass«-Interviews nicht die Wahrheit gesagt hatte?

Sie hatte zwar gesagt, dass sie keine Gesichter erkennen konnte. Dass sie nicht erkennen konnte, ob eine Frau oder ein Mann mit Gwyneth auf dem Dach gestanden hatte. Aber wenn sie log? Was, wenn die Feuerwerkskörper die beiden Gestalten beleuchtet hatten, die zusammen auf dem eisigen Dach standen?

Würde ein dritter Mord notwendig?

Die Zeitungen und das Fernsehen hatten nichts von der Leiche einer Frau berichtet, die man im Central Park tief im Gebüsch gefunden hatte. So weit, so gut. Früher oder später würde Delias Leiche allerdings entdeckt werden.

Das wäre natürlich eine sensationelle Wendung für »Hourglass«. Gwyneth Gilpatrics Hausmädchen ermordet!

Kitzi umzubringen würde schwieriger sein, aber nicht unmöglich.

81

Bevor sie am Abend das Büro verließ, rief Laura ihren Vater an.

»Hallo, Paps. Ich bin's. Ich wollte nur mal schnell Hallo sagen. Wie geht's?«

»Mir geht's gut, Munk. Und dir?«

»Auch gut«, sagte Laura und klemmte sich den Telefonhörer zwischen Ohr und Schulter, um statt ihrer eleganten Schuhe ein Paar Sportschuhe für den Nachhauseweg anzuziehen. »Ich arbeite immer noch hart an dieser Palisades-Park-Story.«

Von Emmett kam keine Antwort.

»Rat mal, wen ich gestern interviewt habe. Ricky Potenza«, beantwortete Laura ihre eigene Frage. »Er war Tommy Cruz' bester Freund.«

»Hat er dir was erzählt, das du noch nicht wusstest?«

Laura glaubte, ein leichtes Lallen herauszuhören. Sie zuckte innerlich zusammen. »Nein. Eigentlich nicht, aber wir haben ja noch ein wenig Zeit. Vielleicht haben wir mit unseren nächsten Interviews mehr Glück. Ich bete nur, dass wir herausfinden, was mit Tommy Cruz passiert ist, bevor die Sendung ausgestrahlt wird.«

Schweigen.

»Paps?«

»Ja, Munk?«

»Was ist los? Warum bist du von meiner Story so wenig begeistert?«

Ein tiefes Seufzen drang durch die Leitung an Lauras Ohr. »Das habe ich dir schon Weihnachten gesagt, Laura. Ich bin der Meinung, dass man schlafende Hunde nicht wecken sollte. Wozu soll das gut sein, die ganze alte Geschichte wieder aufzuwärmen?«

»Vielleicht könntest du mal versuchen, ein wenig Mitgefühl für die Familie Cruz aufzubringen!«, gab Laura verärgert zurück. »Ist dir irgendwann mal durch den Kopf gegangen, dass es für sie eine Erlösung sein könnte zu wissen, was damals mit ihrem Sohn passiert ist?«

»Hör schon auf, Laura! Dein Ziel hier ist nicht, der Familie Cruz zu helfen.« Laura konnte den Zorn in seiner Stimme hören. »Komm von deinem hohen Ross runter! Du gräbst nach einer Story, von der du denkst, dass sie 'ne Sensation werden könnte. Damit willst du deine KEY-News-Kumpanen beeindrucken. Fräulein Klugscheißer-Produzentin löst einen dreißig Jahre alten Mordfall.«

Laura war von seinen hasserfüllten Worten betroffen und verletzt.

82

Emmett fühlte, wie die Schlinge um seinen Hals enger wurde.

Am Nachmittag war ein Beamter der Polizei von Cliffside Park, die von der New Yorker Polizei verständigt worden war, vorbeigekommen, um ihn zu den Schecks zu befragen, die Gwyneth über die Jahre hinweg auf seinen Namen ausgestellt hatte. Es wäre sinnlos gewesen, die Schecks abzuleugnen. So etwas ließ sich leicht nachprüfen.

»Gwyneth Gilpatric und ich waren alte Freunde«, erklärte er dem Polizeibeamten. »Nach dem Tod meiner Frau war mein Leben aus den Fugen geraten und Gwyneth hat ihre Hilfe angeboten. Sie war sehr loyal.«

»Und sehr großzügig«, fügte der Beamte hinzu, schien Emmetts Erklärung jedoch zu akzeptieren. Es hatte den

Anschein, als wäre es die Wahrheit. Jeder, der seit langer Zeit in Cliffside Park lebte, wusste, dass Emmett Walsh ein Alkoholproblem hatte. Er hatte sich nicht lange in einem Job gehalten. Die Leute hatten sich gefragt, wie er es schaffte, dass er sein Haus nicht verkaufen musste und seine Tochter in ein teures Privatcollege schicken konnte.

Als der Polizeibeamte gegangen war, hatte Emmett ein Bier geöffnet und gehofft, dass es damit durchgestanden wäre. Stattdessen rief zwei Stunden und ein Sechserpack später Laura mit ihren Neuigkeiten von Ricky Potenza an.

Er hatte jahrelang mit der Angst im Nacken gelebt, dass Ricky irgendwann auspacken würde, aber er hätte sich niemals träumen lassen, dass seine eigene Tochter Ricky eines Tages drängen würde zu erzählen, was er wusste.

Emmett zerdrückte die Bierdose und schleuderte sie Richtung Mülleimer. *Daneben.*

Die Vergangenheit holte ihn langsam und unerbittlich ein.

83

Freitag, 14. Januar

Am Freitagmorgen machte Laura einen Abstecher in die KEY-News-Bibliothek. Die Zeitungsausschnitte, die in einem oberen Stockwerk auf Hunderten von Regalmetern aufbewahrt wurden, waren ein wahrer Goldschatz an Informationen.

Jahre bevor Computer zum Einsatz kamen und man mit einfachem Tastendruck weltweit auf Millionen von Informationsquellen zugreifen konnte, hatten die Archivare von

KEY News an ihren Schreibtischen gesessen und in aller Ruhe die Zeitungen und Magazine durchkämmt. Sie hatten interessante Artikel ausgeschnitten und in Mappen abgelegt. Dazu hatten sie ein Verzeichnis der Personen und Themen angelegt. Das Zeitalter der Elektronik machte die Suche der Archivare zwar zunehmend überflüssig, doch die Zeitungsausschnitte wurden immer noch ständig aktualisiert.

Laura ging die Regalwände entlang, bis sie die Mappe mit der Aufschrift PALISADES-VERGNÜGUNGSPARK gefunden hatte. Sie zog sie heraus und nahm sie mit zu einem Tisch in der Nähe des Fensters.

Durch das Fenster strömte heller, freundlicher Sonnenschein und fiel auf die vergilbten Zeitungsartikel. Laura blätterte vorsichtig in den Zeitungsausschnitten, bis sie den fand, nach dem sie suchte.

In dem Artikel über das Verschwinden von Tommy Cruz war von einem Polizeibeamten der Polizei von Cliffside Park namens Edward Alford die Rede.

Sie kopierte den Zeitungsausschnitt, heftete ihn in der verblichenen gelben Mappe ab und ordnete diese wieder an ihrem Platz unter »P« ein. Sie wollte gerade zurück in ihr Büro gehen, als sie aus einer Laune heraus zwei Gänge weiter stehen blieb.

GATES, BILL
GIFFORD, FRANK
GIGANTE, VINCENT ›DAS KINN‹
GILBERT UND SULLIVAN

Laura ging die Mappen durch. GILPATRIC, GWYNETH.

Im Gang stehend überflog sie die Geschichten und Bilder. Die Mappe war bereits mit Zeitungsberichten über Gwyneth' Tod auf den neuesten Stand gebracht worden. Sie blätterte weiter. Ganz zuletzt fand sie eine Aufnahme von einer damals dunkelhaarigen Gwyneth aus dem Jahrbuch von

Gwyneth' Oberschule. Die Aufnahme, die sie für ihren Nachruf verwendet hatte.

84

Samstag, 15. Januar

Endlich kam das Wochenende, für das Laura so reif war. Die Woche war hart gewesen und sie freute sich auf die beiden freien Tage. Den Samstagmorgen mit der fröhlichen Jade zu verbringen, war eine wahre Wohltat.

Während sie zusammen Matheaufgaben machten, beobachtete Laura ihre aufgeweckte kleine Schülerin. Was für einen klugen Kopf sie doch hatte! Laura hoffte, dass sich ihre Beziehung über die Jahre hinweg fortsetzen und sie selbst dazu beitragen würde, dass Jade ihre Möglichkeiten voll ausschöpfte.

Jetzt, da sie in den Genuss von mehr Geld kam, als sie in ihren kühnsten Träumen zu erhoffen gewagt hätte, fiel ihr ein, dass sie Jade mehr zuwenden könnte als ein wenig von ihrer Zeit. So wichtig der Kontakt und die geistigen Anregungen für das Kind sein mochten, letztendlich würde sie harte Währung brauchen, wenn sie ihren Bildungsweg ganz zu Ende gehen wollte. Wie schön es doch war, ihr das ermöglichen zu können!

Während sie Jade beobachtete, die sich auf ihre Rechenaufgabe konzentrierte, dachte Laura zurück an die Zeit, als sie sich bei den verschiedenen Colleges beworben hatte. Sie hatte sich solche Sorgen gemacht, dass Emmett ihr nur ein staatliches College würde bieten können. Ihr Vater hatte ihr aber gesagt, dass sie sich an jeder Universität bewerben könne, die sie besuchen wolle. Das Geld würden sie schon irgendwie auftreiben.

Dann war die Aufnahmebestätigung von der Universität Holy Cross in ihren Briefkasten geflattert. Sie hatte die Luft angehalten, als sie sie ihrem Vater zeigte. Sie wusste, dass die Gebühren für Unterricht, Kost und Logis höher waren als Emmetts Jahresverdienst. Sie war in ihrem jungen Alter so auf ihren Traum fixiert gewesen, dass sie die Frage, wie in aller Welt Emmett es schaffen würde, das Geld aufzutreiben, vollkommen verdrängt hatte. Emmett sagte ihr, dass sie Holy Cross besuchen könnte.

Doch jetzt zwangen die Fragen von Detective Ortiz sie, den Tatsachen ins Auge zu blicken, denen sie so lange aus dem Weg gegangen war. Ihr Vater stritt es zwar ab, doch ihr Gefühl sagte ihr, dass er die erforderlichen Schecks von Gwyneth erhalten hatte. Das würde auch erklären, warum stets Essen auf dem Tisch gestanden hatte und das Haus warm und mollig war, obwohl er oft genug ohne Arbeit dastand. Es würde auch erklären, warum sie jeden Sommer mehrere Wochen in einem Sommerlager verbringen konnte. Und es würde erklären, warum sie jeden Winter einen neuen Mantel bekam, als sie in den Jahren nach dem Tode ihrer Mutter in die Höhe schoss. Und schließlich würde es auch die teure Uhr erklären, das Geschenk zu ihrer Abschlussfeier von der Uni.

Aber warum? Warum sollte die berühmte Gwyneth Gilpatric Lauras alkoholabhängigen Vater Geld schicken? Wo gab es eine Verbindung zwischen ihnen?

Jade präsentierte Laura stolz die gelöste Rechenaufgabe, damit sie sie überprüfen konnte.

»Hundert Prozent richtig!«, rief Laura aus. »Gut gemacht!«

Jade strahlte. Laura legte dem Kind einen Arm um die

Schultern und drückte sie an sich. Sie mochte die Kleine immer mehr. Insgeheim vermutete sie, dass sie selbst auf emotionaler Ebene ebenso von dieser Beziehung profitierte wie Jade auf geistiger Ebene. Es war ein tolles Gefühl, etwas im Leben eines jungen Menschen zu bewirken, ihm zu helfen.

Während sie alles für die afroamerikanische Version von »Risiko« aufbauten, wanderten Lauras Gedanken zurück zu ihrer Unterhaltung mit Joel Malcolm. Sie hatte absolut nichts davon gewusst, dass Gwyneth ihr Praktikum bei »Hourglass« arrangiert hatte. Ohne ihr Wissen hatte Gwyneth Gilpatric ihr seit Jahren unter die Arme gegriffen. Und Gwyneth Gilpatric hatte auch das Entsprechende veranlasst, damit sie sich für den Rest ihres Lebens keine Sorgen mehr zu machen brauchte.

Warum?

85

Maxine Bronner übte gerade Mozarts erste Klaviersonate, als sie vom Klingeln des Telefons unterbrochen wurde. Sie hob resigniert den Hörer ab, denn sie erwartete wieder einen dieser lästigen Anrufe von irgendeinem Typen, der ihr etwas verscherbeln wollte. Neue Fenster, eine Alarmanlage, ein Jahresabo für ein Magazin.

Sie war angenehm überrascht, als sie die Stimme der Anruferin erkannte. »Laura! Wie schön, von dir zu hören!«

»Da werden Sie vielleicht ganz schnell anderer Meinung sein, wenn Sie hören, dass ich schon wieder was von Ihnen will.« Laura lachte verlegen. »Ich versuche gerade, einen Polizeibeamten aufzuspüren, der damals an Tommy Cruz'

Fall gearbeitet hat. Ich habe bei der Auskunft angerufen, aber es gibt keinen Eintrag unter seinem Namen. Und die Polizei von Cliffside Park will mir ebenfalls keine Auskunft über seinen Aufenthaltsort geben. Ich hatte gehofft, dass Sie ihn vielleicht kennen. Seine Name ist Edward Alford.«

Maxine erkannte den Namen sofort. »Ja. Ich kenne Eddie Alford. Seine Frau Dorothy und ich haben oft Bridge zusammen gespielt.«

So langsam kam sie der Sache näher. »Haben Sie die Telefonnummer von den Alfords?«, fragte Laura aufgeregt.

»Sie sind vor ein paar Jahren nach Florida gezogen«, überlegte Maxine, während sie am Verlängerungskabel des Telefons zog und durch die Küche zu einem kleinen Tisch ging. Sie nahm ihr abgewetztes ledernes Adressbuch in die Hand und schlug es auf der ersten Seite auf. »Hier. Da steht es ja. Alford.« Sie gab die Telefonnummer durch. »Ich glaube nicht, dass Eddie was dagegen hat, wenn du anrufst. Er ist ein wunderbarer Mensch.«

Laura fühlte sich zwar nicht besonders wohl dabei, die Beziehung zu ihrer früheren Lehrerin noch weiter auszureizen, aber sie stellte ihre Frage trotzdem.

»Haben Sie zufällig auch die Telefonnummer der Familie Cruz?«

86

Sonntag, 16. Januar

»Mensch! Ich kann gar nicht glauben, dass das alles dir gehört!« Francheska schüttelte ehrfürchtig den Kopf, während Laura sie durch die Zimmer von Gwyneth' Apartment führte.

»Ich auch noch nicht.«

Sie kamen zu Gwyneth' Schlafzimmer. Die Wände waren mit handbemalter Seide bespannt, auf dem Boden lag ein französischer Aubusson aus dem 18. Jahrhundert. Ein hohes Himmelbett beherrschte den Raum. Seine Pfosten aus Mahagoni waren mit aufwendig geschnitzten Vögeln, Schmetterlingen und Getreideähren verziert. Litzenbesetzte Kissen schmückten das Kopfteil und spezialgefertigte Bettwäsche winkte einladend.

»Willst du wirklich in dem Ding da schlafen?«, fragte Francheska zweifelnd.

»Ziemlich einschüchternd, nicht wahr?«

»Na ja«, sagte Francheska und ließ sich aufs Bett fallen, »vielleicht hat es ja was, es hier drauf zu tun. Meinst du, es wird Matthew gefallen?«, fragte sie mit einem schelmischen Glitzern in den Augen.

Laura ergriff eines der Kissen auf dem Bett und warf es nach ihrer Freundin.

»Weißt du was, Francie«, begann Laura und setzte sich in einen der mit Quasten verzierten Sessel unter eines der zahlreichen Fenster, die auf den Central Park hinausblickten, »diese Wohnung ist einfach riesig. Es gibt noch ein weiteres Schlafzimmer – eigentlich drei weitere Schlafzimmer –, und auf der Tür könnte dein Name stehen.«

Francheska starrte sie an.

»Komm schon, Francheska. Jetzt, wo du endlich dem Doktor den lang verdienten Tritt in den Allerwertesten gegeben hast, könntest du doch wieder bei mir einziehen. Du tätest mir einen Gefallen. Ich möchte hier nicht allein leben.«

»Ich weiß nicht, Laura«, sagte Francheska unsicher. »Ich krieg bei dem Gedanken an das, was hier passiert ist, eine Gänsehaut.« Sie zupfte nervös am Litzenbesatz eines Kissens.

»Ich weiß ja noch gar nicht, ob ich die Wohnung behalten will. Eigentlich ist es überhaupt nicht mein Stil, aber wer weiß, vielleicht gewöhne ich mich ja daran«, sagte Laura lächelnd. »Aber in der Zwischenzeit brauchst du eine neue Wohnung und ich brauche etwas Gesellschaft. Das Gebäude ist gut gesichert. Und wir sind hier zu zweit. Wovor sollten wir uns also fürchten?«

»Das glaubte Gwyneth auch.«

Laura ließ nicht locker. »Überlegst du es dir wenigstens, Francie?«, fragte sie bittend.

»In Ordnung, Laura. Und danke, dass du mich gefragt hast. Du bist eine echte Freundin.«

Später, als sie wieder den Aufzug nach unten nahmen, um in einem Restaurant zum Sonntagsbrunch zu gehen, wandte sich Francheska an ihre Freundin: »Bei der Wohnung wirst du aber Hilfe brauchen, Laura. Behältst du das Hausmädchen eigentlich?«

»Ich denke schon. Allerdings habe ich schon die ganze Woche ohne Erfolg versucht, Delia am Telefon zu erwischen. Wer weiß, wo sie steckt.«

87

Montag, 17. Januar

In den Büroräumen von »Hourglass« herrschte noch größere Anspannung, als an einem Montagmorgen ohnehin üblich war. Alle wussten, dass Joel Malcolm verzweifelt nach etwas Neuem im Mordfall Gwyneth Gilpatric suchte, über das sie berichten könnten. Laura verkroch sich in ihrem Büro und versuchte, aus der Schusslinie ihres Chefs zu bleiben.

Sie saß allein an ihrem Schreibtisch und versuchte sich seelisch auf den Telefonanruf vorzubereiten, der ihr bevorstand. Emmetts harte Worte klangen ihr noch in den Ohren. Sie wusste, dass er nicht ganz Unrecht hatte. Einerseits wollte sie natürlich herausfinden, was Tommy Cruz zugestoßen war, um ihrer Karriere einen Aufschwung zu geben, andererseits wollte sie helfen, dass die bedauernswerten Eltern des Kindes ihren Seelenfrieden wiederfanden. Sie war zwar nicht stolz darauf, aber sie konnte ihre egoistischen Hintergedanken auch nicht abstreiten.

Ehrgeiz war eine komplizierte Angelegenheit. Er trieb einen voran, ließ einem keine Ruhe mehr, bis sich die Erfolge einstellten. Aber seine Begleiterscheinungen waren nicht unbedingt positiv. Manchmal konnte man einfach nicht vorhersehen, wie andere davon betroffen sein würden, im positiven wie im negativen Sinn.

Sie wollte niemand wehtun, aber selbst wenn sie alles hätte abblasen wollen, jetzt gab es kein Zurück mehr.

Ein Klopfen an der Tür signalisierte Matthews Anwesenheit. Sein Lächeln verschwand, als er Lauras Miene sah.

»Warum so niedergeschlagen?«, fragte er.

»Ich bin im Begriff, die Familie Cruz anzurufen und ihnen wegen eines Interviews in den Ohren zu liegen. Ich hasse das.« Laura seufzte und vergrub ihr Gesicht in den Armen, die sie auf den Schreibtisch gelegt hatte.

»Wenn du willst, ruf ich sie an«, erbot sich Matthew.

Laura blickte auf und war stark versucht, sein Angebot anzunehmen. Aber nein, das wäre feige von ihr.

»Danke, Matthew, aber das muss ich selbst erledigen.«

88

Marta Cruz legte den Hörer zurück auf das Wandtelefon und ließ sich benommen auf einem Stuhl vor dem Küchentisch nieder. Würde dieser Albtraum denn nie aufhören? Sie hatte gespürt, dass Laura Walsh sich während ihres Gesprächs nicht besonders wohl in ihrer Haut gefühlt hatte, allerdings hatte sie sich auch nicht unwohl genug gefühlt, um sich von einem Interview abbringen zu lassen.

Laura hatte gesagt, dass ihr durchaus bewusst sei, wie schmerzlich das Ganze für sie sei, aber wie konnte sie das schon wirklich wissen? Nur eine Mutter oder ein Vater, die selbst ein Kind verloren hatten, konnten ihren Schmerz nachvollziehen. Man konnte lernen, damit zu leben, aber der Schmerz würde nie vergehen.

Marta stand wieder auf und ging zum Kühlschrank. Sie nahm die Paprikas heraus, die sie Felipe zum Abendessen füllen wollte. Während sie die Kerne aus den grünen Schalen kratzte, fragte sie sich, ob irgendetwas bei dem Gespräch mit Laura Walsh herauskommen würde.

Felipe und sie hatten einander versprochen, dass sie jetzt, wo Tommy gefunden worden war, wirklich versuchen wollten, alles hinter sich zu lassen. Sie mussten die ihnen noch verbleibende Zeit verbringen, so gut es eben ging. Warum sollten sie das Ganze noch mal ausgraben, die Wunde erneut öffnen? Sie mussten sie endlich heilen lassen.

Aber was, wenn Laura Recht hätte mit ihrer Behauptung, dass man mit Hilfe ihrer Erinnerungen vielleicht das Geheimnis um den Tod ihres Sohnes lüften könnte? Was, wenn da draußen immer noch ein Ungeheuer sein Unwesen trieb und das Leben anderer Kinder bedrohte? War es nicht ihre und Felipes Pflicht, alles in ihrer Macht Stehende zu tun, damit ein solches Monster zur Rechenschaft gezogen und gehindert würde, einem anderen Kind Schaden zuzufügen?

Marta entfernte die Schale einer gelben Zwiebel, und während sie sie in Scheiben schnitt, fing sie zu weinen an. Zwiebeln waren ein guter Vorwand zum Weinen.

89

Am Ende der Elfuhrnachrichten wurden Basketballergebnisse durchgegeben, die Kitzi herzlich wenig interessierten. Als sie ihren Pelzmantel aus dem Garderobenschrank nahm, trippelte Missy aufgeregt zur Wohnungstür. Kitzi hakte die Lederleine in Missys Halsband ein.

Während sie im Aufzug nach unten fuhr, fragte sich Kitzi, wie spät Joel heute Abend wohl nach Hause käme.

Seine Sekretärin Claire hatte sie angerufen, um ihr zu sagen, dass die Sendung für morgen alles andere als fertig sei und Joel nicht wisse, um wie viel Uhr er nach Hause kommen würde.

Kitzi fragte sich, ob sich Joel überhaupt die Mühe gemacht hatte, Claire aufzutragen, sie anzurufen. Es war für Claire kein Geheimnis, dass Joel seine Frau nicht gerade gut behandelte. Und da sie wusste, wie wenig rücksichtsvoll ihr Boss bisweilen sein konnte, hatte Claire sie vielleicht in Eigeninitiative angerufen.

Missys trottete kurzbeinig über den Fußboden der blitzblanken Eingangshalle. Der Portier rief Kitzi einen Gruß zu.

»Da draußen ist es kalt und glatt, Mrs. Malcolm. Seien Sie vorsichtig!«

Kitzi nickte und ging hinaus in die eisige Nacht.

90

Das sollte genügen.

Gott sei Dank waren Menschen Gewohnheitstiere. Kitzi hatte im Fernsehen nicht die Wahrheit gesagt: Die letzten drei Nächte hatte sie ihren Hund *nicht* selbst spazieren geführt. Ihr Mörder hatte als Beweis dafür inzwischen einen trockenen und quälenden Husten. Und die Zigaretten machten den Husten natürlich auch nicht besser.

Draußen in der bitterkalten Januarnacht auf der Lauer liegen und warten, dass Kitzi mit Missy zur Tür rauskam, dem kleinen grauen Pudel, der während der »Hourglass«-Sendung auf dem Schoß seines Frauchens gelegen hatte. Dann beobachten, wie Kitzi in ihrem Nerz vorsichtig über die vereisten Stellen auf dem Gehsteig der Fifth Avenue stieg und in die ruhige Seitenstraße einbog, beobachten, wie der Pudel an der Leine zog.

Die breite Avenue überqueren und dem Opfer folgen, das Kartonmesser, das glatt und warm ganz unten in der tiefen Tasche des Kamelhaarmantels versteckt war, fest in der Hand. Flotten Schrittes, um die Beute einzuholen.

Dann Kitzis panikerfüllte Augen, als sie merkte, was mit ihr geschah.

Aber jetzt war es vorbei. Die Augenzeugin konnte keine Aussage mehr machen.

Es gab keinen Grund, auch den kleinen, flauschigen Hund umzubringen.

91

Dienstag, 18. Januar

Das schrille Klingeln des Telefons durchdrang die Dunkelheit und schreckte Joel aus einem unruhigen Schlaf hoch. Er knipste die Nachttischlampe an. Drei Uhr morgens. Er war erst seit einer Stunde im Bett.

Neben ihm war keine Spur von Kitzi zu sehen. Aber das ließ bei ihm nicht gerade die Alarmglocken läuten, schließlich schlief seine Frau schon seit Monaten in einem anderen Zimmer. Und heute Nacht, als er vom Sendezentrum nach Hause gekommen war, hatte er die fest verschlossene Tür des Gästezimmers nicht aufgemacht. Er hatte auch keine Lust gehabt, mit ihr zu schlafen.

Das Telefon hörte nicht auf zu klingeln.

»Ja?«

»Mr. Malcolm, Sir. Es tut mir Leid, Sie zu stören«, stieß der Nachtportier aufgeregt hervor.

»Wer zum Kuckuck spricht da?«, fragte Joel gereizt.

»Hier spricht Toby, Mr. Malcolm. Der Portier.«

»Ich hoffe, Sie haben einen guten Grund, mich mitten in der Nacht aus dem Schlaf zu reißen«, knurrte Joel.

»Mr. Malcolm, ich glaube, Sie kommen besser runter, Sir. Es hat hier einen ...« Der Portier verstummte, denn das Gebell des kleinen Hundes übertönte seine stockende Erklärung.

»Jetzt reden Sie schon, Mann! Was ist los?«

»Ein Unfall, Mr. Malcolm. Es hat einen Unfall gegeben. Bitte kommen Sie sofort herunter.«

92

Es war Gesprächsthema Nummer eins bei KEY News.

Kitzi Malcolms Leiche war in einer Gasse um die Ecke ihres Apartments in der Fifth Avenue von einem Passanten gefunden worden, der durch das hartnäckige Gekläff von Kitzis Pudel auf sie aufmerksam geworden war.

Aber was die Nachrichtenleute noch viel mehr beschäftigte, war ein Gerücht, das sich wie ein Lauffeuer im Sendezentrum verbreitete: Joel Malcolm saß in seinem »Hourglass«-Büro und überwachte die Arbeiten für die Abendsendung. Selbst die kaltschnäuzigsten Nachrichtenbluthunde waren entgeistert, dass Joel bereits wenige Stunden nach dem Mord an seiner Frau wieder über der Arbeit saß.

Irgendwie hatte Joel die Geistesgegenwart besessen, bei KEY News anzurufen und ein Kamerateam anzufordern. In den Schneideräumen von »Hourglass« wurden jetzt die Videoaufzeichnungen der Mordszene Aufnahme für Aufnahme unter die Lupe genommen. Laura und Matthew waren von der Palisades-Vergnügungspark-Story abgezogen worden, um dabei behilflich zu sein.

Laura saß mit großen Augen vor dem Bildschirm. Ganz offensichtlich war es noch dunkel gewesen, als das Kamerateam vor Ort eingetroffen war, denn sie konnte erkennen, dass das enge Sträßchen von grellen, batteriebetriebenen Lampen erhellt wurde. Das gelbe Absperrband der Polizei hielt Unbefugte vom Tatort fern. Auf den Videoaufzeichnungen hörte sie eine ihr bekannte Stimme Befehle bellen.

»Was meinen Sie damit, die Kameras sind hier nicht erlaubt? Das da hinten ist verflucht noch mal meine Frau! Ich habe das Recht, das hier aufzunehmen. Ich verlange, dass man mich durchlässt!«

Offensichtlich gab der Polizeibeamte nicht nach, denn als

Nächstes hörte sie, wie Joel den Kameramann anwies, alles, was man hinten in einem Durchgang erkennen konnte, so gut es ging mit dem Zoom heranzuholen. Laura sah zu, wie die Bilder näher herankamen.

Polizeibeamte und Detectives standen um einen schweren grünen Müllcontainer herum, der weit hinten in einem Durchgang abgestellt worden war. Die Kamera schwenkte nach unten. An der unteren Kante des Müllcontainers konnte man eine leuchtend gelbe Plastikfolie sehen, die über Kitzis Leiche geworfen worden war.

Wieder hörte Laura Joels Stimme.

»Die können mich nicht davon abhalten hinzugehen. Ich bin ihr Ehemann.«

Die Einstellung der Kamera wurde schon wieder geändert. Sie war jetzt auf Joel gerichtet, der entschlossen den Durchgang hinunterstolzierte. Er ging direkt auf die Plastikfolie zu, und bevor die Polizei kapierte, was er vorhatte, zog er die Plane zurück.

Laura hörte den Kameramann »Um Gottes willen!« murmeln, während er sein Objektiv auf Kitzi einstellte.

Laura fühlte, wie ihr Magen rebellierte. »Halt das Band an«, flüsterte sie dem Cutter zu. Kitzis blutiger Hals war als Standbild auf dem Bildschirm zu sehen.

»Der Mann schreckt aber auch vor nichts zurück!«, zischte Matthew und tastete seine Jackentasche ab, um sich zu vergewissern, dass sich das, was er brauchte, an seinem Platz befand.

93

Laura schloss die Bürotür hinter sich, ging zum Telefon und überprüfte aus Gewohnheit, ob auf dem Anrufbeantworter Nachrichten waren.

»Laura? Ich bin's, Francheska. Ich hab mir dein Angebot noch mal durch den Kopf gehen lassen. Und wenn es weiterhin gilt, nehme ich gerne an. Ich will am Ende des Monats aus meinem Apartment raus sein und könnte bis dahin nie und nimmer eine eigene Wohnung finden. Danke, Schätzchen. Ruf mich an, sobald du kannst. *Adiós, amiga.*«

Laura tippte die Telefonnummer auf dem Ziffernfeld ein. Endlich mal gute Neuigkeiten!

Francheska nahm beim zweiten Läuten ab.

»*Mi casa es su casa, mi amiga.*«

»*Gracias, gracias.*« Ihre Freundin lachte. »Ich sehe, die Zeit, die du in East Harlem verbringst, tut deinem Spanisch gut.«

»Lach nicht. Nach dem, was heute hier so läuft, hätte ich nicht übel Lust, mich ganz aus dem miesen Geschäft zurückzuziehen und mich da oben als Lehrerin einstellen zu lassen.«

»Schätzchen, du hast jetzt so viel Geld, dass du tun und lassen kannst, wonach dein kleines Herz sich sehnt.«

»Stimmt auch wieder«, gab Laura zu. »Du kannst dir einfach nicht vorstellen, was für ein Wahnsinn hier gerade mal wieder abläuft«, stöhnte sie und beschrieb Francheska die Videoaufzeichnungen, die sie gerade gesehen hatte, und wie Joel an sie rangekommen war.

»Was für eine verdrehte Type! Aber ich weiß, dass ich heute Abend ganz sicher die Sendung einschalten werde.«

»Genau da liegt das Problem, Francheska. Du schaust sie dir an und Millionen andere Amerikaner auch. Die Einschaltquoten werden jenseits von Gut und Böse sein. Und der Wahnsinn wird weitergehen.«

94

»Du solltest heute Abend nicht allein sein«, hatte Matthew gesagt. »Warum kommst du nicht zu mir und wir schauen uns die Sendung zusammen an? Ich bestelle uns eine Pizza, wir trinken ein paar Bier und dann können wir uns gegenseitig bemitleiden, auf welche erbärmliche Art und Weise wir unseren Lebensunterhalt bestreiten.«

Laura hatte ohne zu zögern zugestimmt.

Sie ging auf einen Sprung in ihr Apartment, um sich unter die Dusche zu stellen und umzuziehen. Sie fühlte sich schmutzig, müde und verängstigt.

Gwyneth ermordet und jetzt auch Kitzi Malcolm, die Augenzeugin. Sie fröstelte unter dem heißen Wasserstrahl der Dusche. Zum Glück hatte Francheska eingewilligt, bei ihr einzuziehen. Nach allem, was vorgefallen war, wusste sie nicht, ob sie allein in das Apartment ziehen würde. Plötzlich erschien ihr das winzige Apartment hier in der Oliver Cromwell ungemein behaglich und sicher. Sie trocknete sich ab und zog einen marinefarbenen Rollkragenpullover, ihre Lieblingsjeans und dicke weiße Baumwollsocken an. Sie war zu müde, um erneut Make-up aufzulegen. Matthew würde sie einfach so nehmen müssen, wie sie war, *au naturel*.

Laura winkte vor ihrem Gebäude ein Taxi heran und bat den spanischen Fahrer, sie zu Matthews Wohnung an der East Side zu fahren. Während sie durch den Central Park fuhren, bemerkte sie den Namen des Fahrers auf der Taxilizenz, die hinten am Vordersitz befestigt war.

José Rios. *Joe Rivers*, dachte sie und lächelte, weil sie an Jade und ihre zwanglosen Spanischstunden denken musste. Sie war dankbar, dass es Jade in ihrem Leben gab, etwas außerhalb ihrer Arbeit, worauf sie ihre Aufmerksamkeit richten konnte. Sie brauchte einfach mehr Gleichgewicht in ihrem Leben.

Vielleicht konnte Matthew dieses Gleichgewicht sein. Wenn sie ihn nur ließ.

Als sie bei Matthew ankam, stand die Pizza bereits auf dem Tisch. Sie aßen, tranken und lachten, während sie makabre Witze über Joel und KEY News machten und auf den Beginn von »Hourglass« warteten.

Laura warf einen Blick auf ihre Armbanduhr. »Wo ist die Fernbedienung? Es ist gleich so weit.«

Ein schelmischer Ausdruck trat in Matthews gut aussehendes Gesicht.

»Was ist?«, fragte Laura.

»Willst du mal so richtig böse und rebellisch sein?«, fragte Matthew.

Laura wartete.

»Lass uns die dämliche Sendung doch einfach nicht anschauen.« Seine Augen zwinkerten schelmisch.

Laura lachte. »Jetzt komm schon. Du machst Witze, oder?«

Matthew dachte einen Augenblick nach. »Nein, eigentlich nicht. Wir haben schon alles gesehen. Warum sollen wir das Ganze noch mal über uns ergehen lassen? Außerdem regt sich bei dem Gedanken, Joels Einschaltquoten-Meisterwerk nicht anzuschauen, der Ketzer in mir.« Matthew durchquerte den Raum und setzte sich neben Laura aufs Sofa. »Und ich kann mir eine sehr viel angenehmere Art vorstellen, die Zeit zu verbringen.«

Er beugte sich leicht vor und küsste sie sanft auf den Mund.

Dann richtete er sich wieder auf und blickte Laura ins Gesicht. Zärtlich streichelte er ihr glänzendes blondes Haar. »Du bist ohne Make-up sogar noch schöner«, flüsterte er. Er strich ihre Ponysträhnen zurück und küsste die Narbe auf ihrer Stirn. »Was meinst du, Laura? Sollen wir uns die Sendung anschauen oder lieber nicht?«

An dem Abend dachte keiner von beiden mehr an die Fernbedienung und als der Morgen dämmerte und Matthew Laura in den Armen hielt, hatte sie ihm bereits viel über ihre Kindheit und Jugend mit Emmett erzählt.

95

Mittwoch, 19. Januar

Ein Stoß vom Dach, eine Schere in die Halsschlagader, ein Kartonmesser in den Hals. Wie leicht es war, die Werkzeuge zum Töten zu finden! Man musste nur die Augen offen halten. Die Medien waren voll guter Ideen.

Gerade an diesem Morgen war in der Zeitung ein Artikel über eine Oberschülerin erschienen, die gestorben war, nachdem sie ahnungslos ein Glas Mountain Dew getrunken hatte, in das jemand einen Schuss GHB gemischt hatte, die so genannte »*date-rape*-Droge«. Man nannte sie auch Liquid G, eine stark süchtig machende chemische Verbindung, die das zentrale Nervensystem lahm legte. Weil GHB Menschen bewusstlos oder unfähig machen konnte, sich zu erinnern, was nach der Einnahme geschah, wurde die Droge überall im Land von Sexualtätern eingesetzt, die sie in die Getränke ahnungsloser Frauen mischten.

In dem Zeitungsartikel stand weiterhin, dass GHB, Gammahydroxybuttersäure, farblos, geruchlos und praktisch geschmacklos sei. Eine kleinere Dosis rief zeitweilige Euphorie oder Halluzinationen hervor, größere Mengen verursachten Bewusstlosigkeit oder sogar Atemstillstand mit tödlichem Ausgang. Das Mittel konnte schon in geringen Dosen tödlich sein, besonders, wenn es unsachgemäß zubereitet war. Nachdem das im Artikel erwähnte sechzehnjährige Mädchen das mit Liquid G vermischte Getränk getrunken hatte, war es ins Koma gefallen und anschließend gestorben.

Das Mittel zersetzte sich schnell im Körper und war extrem schwer nachzuweisen.

Perfekt. Und das Schönste war, dass der polizeiliche Toxikologe in dem Artikel noch darauf hinwies, dass man das Rezept für GHB leicht über das Internet bekommen könnte. Danke für die Information!

Na, dann nichts wie rein ins Internet!

Man konnte nie wissen ...

96

Matthew hatte sich bislang davor gedrückt, Emmett Walshs Album durchzusehen, doch nach der letzten Nacht fühlte er sich verpflichtet, es endlich zu tun. Laura gegenüber hatte er es zwar nicht laut ausgesprochen, aber er machte sich so langsam Sorgen um die Palisades-Park-Story. Sie hatten einfach nicht genug gutes Material. Matthew hoffte, etwas Verwendbares in dem Album zu finden, aber er rechnete nicht unbedingt damit.

Aufmerksam betrachtete er die Fotografien, die auf dicke schwarze Pappseiten geklebt waren. Es gab Bilder vom

Zyklon aus allen erdenklichen Blickwinkeln. Lauras Vater musste die alte Achterbahn geliebt haben.

Seltsam, dass Laura – wenigstens wenn er von dem bisschen ausging, was er bislang beobachtet hatte – so vollkommen anders als ihr Vater war. Sie ähnelte ihm auch äußerlich überhaupt nicht. Wahrscheinlich kam sie ihrer Mutter nach.

Matthew blätterte weiter das Album durch. Emmett war ein echter Sammler. Er hatte die Deckel von Streichholzheftchen aufbewahrt, Gutscheine, Eintrittskarten und Aufkleber. Vielleicht konnte die Grafikabteilung daraus etwas machen. Er markierte die Seite mit einem gelben Post-it-Sticker.

Auf den letzten paar Seiten des Albums gab es weitere Fotografien, darunter zahlreiche von den Darbietungen auf der Freispielbühne. Mühelos konnte er Diana Ross and the Supremes und The Jackson Five erkennen.

Auf der letzten Seite war noch ein Bild von der Achterbahn und vor der Achterbahn stand Arm in Arm ein junges Pärchen. Matthew kniff die Augen zusammen und war sich sicher, in dem dunkelhaarigen Burschen den jungen Emmett zu erkennen. Die Frau neben ihm hatte ebenfalls dunkles Haar, das sie in der Mitte gescheitelt trug und das ihr lang über die Schultern fiel. Wenn das da Lauras Mutter war, woher hatte Laura dann die blonden Haare?

Das würde er sie fragen müssen. Es gab noch so viel, was er Laura fragen wollte.

97

Donnerstag, 20. Januar

Am Donnerstagmorgen ging Laura auf dem Weg zur Arbeit in der Waschküche vorbei und befestigte einen Zettel am schwarzen Brett, auf dem sie einen Großteil ihrer Wohnungseinrichtung zum Verkauf anbot. Sie wollte in ihr neues Apartment lediglich ihre Kleidung, ihre Bücher, den Computer und ihre gerahmten Bilder und Drucke mitnehmen.

Sie hätte Delia zwar gern darüber informiert, dass sie und Francheska am Sonntag kamen, um bereits ein paar Sachen ins Apartment zu räumen, aber es sah aus, als hätte sich das Hausmädchen abgesetzt. Laura konnte ihr deshalb wirklich keinen Vorwurf machen. Nachdem sie erfahren hatte, was Gwyneth Delia hinterlassen hatte, konnte sie sich vorstellen, dass das Hausmädchen ziemlich pikiert war.

Forsch spazierte sie den Broadway hinunter. Unterwegs hielt sie bei einem koreanischen Lebensmittelhändler an und kaufte ein Dutzend gelbe Rosen. Sechs Dollar. Aber sie musste ja nicht mehr jeden Penny umdrehen, bevor sie ihn ausgab. Sie konnte sich immer noch nicht vorstellen, dass sie sich nie wieder über Geld würde den Kopf zerbrechen müssen.

Aber wenn man sich über eine Sache keine Sorgen mehr machen brauchte, tauchte nach kurzer Zeit die nächste auf. So war es eben im Leben, dachte sie. Bei der Palisades-Park-Story wurde langsam die Zeit knapp und man konnte wahrlich nicht behaupten, dass sie kurz vor dem Abschluss stand.

Die Eltern von Tommy Cruz hatten sie immer noch nicht wegen des Interviews zurückgerufen und sie hatte sie auch nicht drängen wollen. Heute würde sie sie jedoch anrufen und um eine Entscheidung bitten müssen.

Sie hatte auch den pensionierten Polizeibeamten in Florida, dessen Erinnerungen an den Fall sie hören wollte, noch nicht erreicht.

Was ihr am schwersten im Magen lag, war aber die Sorge, dass ihr Vater irgendwie in die Tragödie verwickelt sein könnte, die sich vor langer Zeit zugetragen hatte.

Sie war froh, dass Matthew mit ihr zusammen an dieser Geschichte arbeitete.

98

»Komm schon, ich führ dich zum Mittagessen aus. Wir haben was zu feiern!« Laura stand in der Tür von Matthews Büro und strahlte über das ganze Gesicht.

Er blickte angenehm überrascht von seinem Schreibtisch auf. »Lass mich raten. Unser Abend zu zweit?«

»Pst!« Laura kam in den Raum. »Es ist nun wirklich nicht nötig, dass alle hier davon wissen«, flüsterte sie.

»Ich hätte nichts dagegen«, lächelte er. »Um ehrlich zu sein, bin ich ziemlich stolz darauf. Davon abgesehen kommt es ja doch irgendwann raus. Hier weiß jeder alles von jedem.«

»Trotzdem! Lass es uns einfach so lange wie möglich für uns behalten, okay?« Laura berührte den Ärmel von Matthews Hemd und spürte darunter seine starke Schulter.

»Na schön, wie du willst«, sagte er und beherrschte sich, um sie nicht in seine Arme zu ziehen. »Aber wenn du nicht uns feiern willst, was dann?«

»Die Familie Cruz hat sich bei mir gemeldet«, sagte Laura aufgeregt. »Sie haben ihre Zustimmung für das Interview gegeben! Es ist alles vorbereitet für Montagmorgen.«

99

Mike Schultz bestellte sich einen Cheeseburger und eine extra große Portion Pommes vom Station-Break-Grill. *Scheiß auf die Anweisungen des Arztes!*

Er bezahlte sein Mittagessen und sah sich in der überfüllten Cafeteria nach einem freien Tisch um. Schließlich entdeckte er einen in einer Ecke. Normalerweise nahm er sein Mittagessen mit hoch ins Büro und schlang es am Schreibtisch hinunter, wobei er mindestens ein halbes Dutzend Mal unterbrochen wurde. Nicht so heute. Heute brauchte er ein ruhiges Plätzchen, wo er sich zwanzig Minuten hinsetzen und abschalten konnte.

Zu Hause lief es nicht besonders gut. Er sorgte sich um Nancy. Sie war dauernd so bedrückt und niedergeschlagen und langsam machte ihm das zu schaffen.

Okay, sie hatten finanzielle Probleme. Aber nichts, womit sie auf längere Sicht nicht fertig würden. Sie hatten drei großartige Kinder. Sie waren alle gesund. Und darauf kam es doch schließlich an, oder?

Allmählich verlor er die Geduld mit seiner Frau. Wenn er nach einem anstrengenden Tag im Büro nach Hause kam, wollte er, dass sein Heim eine Zuflucht für ihn war. Stattdessen fand er eine Nancy vor, die sich darüber beklagte, wie ihr Tag gelaufen war, dass sie so vieles hatte erledigen wollen, es aber nicht geschafft hatte. Manchmal würde er sie am liebsten schütteln. Warum war sie nur so unglücklich?

Er würde bald ein paar Tage Überstunden abfeiern. Vielleicht könnte er einen Flug nach Florida buchen, so dass sie ein verlängertes Wochenende für sich allein hätten. Nur sie beide.

Ihm war klar, dass Nancy einwenden würde, sie könnten die Kinder nicht allein lassen. Also würde er sich auch darum kümmern müssen. Er würde die Mütter der Freunde seiner Kinder anrufen und fragen, ob er sie ein paar Tage bei ihnen lassen könnte. Sie würden sich dann später revanchieren.

O ja, ein paar Tage Entspannung in der Sonne – das würde ihrer Ehe wirklich gut tun.

Mike biss in seinen Cheeseburger, während er Pläne schmiedete, und bemerkte nicht, dass Laura und Matthew von der anderen Seite des betriebsamen Raumes auf ihn zukamen.

»Hallo, Mike«, begrüßte Laura ihn. »Dürfen wir uns zu dir setzen?«

Mike deutete mit seiner großen Hand auf die Stühle gegenüber. »Aber natürlich.«

Als Laura und Matthew ihre Tabletts auf den Tisch schoben, lachte Mike. »Ihr beiden müsst da oben ja bald durchdrehen bei all dem, was in der letzten Zeit so passiert.«

Seine Tischgenossen stöhnten wie aus einem Mund.

»Wie hält sich Joel?« Mike tunkte ein paar Pommes in Ketschup und steckte sie sich in den Mund.

»Verdammt gut für jemanden, dessen Frau gerade ermordet worden ist«, antwortete Matthew grimmig. »Du kennst das ja, Mike, *the show must go on.*« Matthew schüttelte angewidert den Kopf.

»Ja, wie steht's überhaupt? Irgendwas Neues über den Mord an Kitzi?«, fragte Mike.

»Soweit ich weiß, nein.« Laura öffnete ein Päckchen Senf. »Aber du kannst Gift drauf nehmen, dass Joel noch vor der ›Hourglass‹-Sendung nächste Woche irgendwas aus dem Ärmel schütteln wird.«

Mike seufzte. »Mann, sosehr ich auch die Art verabscheut habe, wie Malcolm das Ganze abgewickelt hat, es war doch ein Segen, dass ich aus der Sendung geflogen bin. Gwyneth und Joel haben mir damit einen echten Gefallen getan.«

»Du hast mir nie erzählt, was damals eigentlich passiert ist, Mike«, sagte Laura. »Und ich wollte dich nicht fragen.«

Mike nickte Matthew zu. »Er kann's dir sagen, nicht wahr, Matt?« Ohne auf Matthews Antwort zu warten, fügte er hinzu: »Es war alles ziemlich scheußlich.« Er nahm sein Kunststofftablett und stand auf. »Ich muss wieder rauf.«

100

Freitag, 21. Januar

Der pensionierte Polizeibeamte Ed Alford räumte gerade in seiner Eigentumswohnung in Ocean Ridge in Florida seine Kleidung aus den Koffern, als das Telefon klingelte.

»Hallo?«

»Hallo, Mr. Alford?«

»Am Apparat.«

»Mr. Alford, mein Name ist Laura Walsh. Ich bin Produzentin bei KEY News. Und ich arbeite gerade an einer Story, bei der Sie mir vielleicht behilflich sein können.«

Alford sah zum Schlafzimmerfenster hinaus, auf die von ihm so geliebte Aussicht auf den Binnenwasserweg entlang der Küste. »Worum geht es bei dieser Story?«, fragte er brüsk. Er würde sich auf nichts einlassen, solange er nicht wusste, was sie wollte.

»Um das Verschwinden von Tommy Cruz. Nach dreißig Jahren hat man seine Leiche vor kurzem gefunden.«

»Ja. Davon habe ich gehört.«

»Soweit ich informiert bin, haben Sie damals an dem Fall gearbeitet«, fuhr Laura fort.

»Das ist korrekt.«

»Nun, wir würden gern ein Interview über die damaligen Ereignisse mit Ihnen für ›Hourglass‹ machen. Ihre Eindrücke, Erinnerungen, etwas in der Richtung.«

Alford zwirbelte an der Telefonschnur. »Ich weiß nicht recht«, begann er vorsichtig. »Was sagt die Polizei von Cliffside Park?«

»Nicht viel«, antwortete Laura wahrheitsgemäß. »Sie sagen, dass sie während einer laufenden Ermittlung keine Kommentare abgeben.«

»Das klingt vernünftig, finden Sie nicht, Miss Walsh?«

Laura überging Alfords Frage. »Wir würden Sie fragen, was damals geschah. Was die Polizei zur damaligen Zeit dachte.«

»Ich könnte nur für mich sprechen. Ich könnte nur erzählen, was ich persönlich dachte.«

»Das wäre vollkommen in Ordnung«, erwiderte Laura hoffnungsvoll. »Und was dachten Sie zu der Zeit?«

»Wie Sie sich denken können, hatten wir damals keine Beweise. Aber nachdem ich unzählige Gespräche mit seinen Eltern, Nachbarn und Lehrern geführt hatte, wusste ich, dass der Junge kein Ausreißer war – mein Gespür sagte mir, dass Tommy Cruz im Palisades-Park gestorben war. Ich war mir ganz sicher.«

»Wären sie bereit, das vor einer Kamera zu sagen?«

Alford überlegte eine Weile. Wieso eigentlich nicht? Den laufenden Ermittlungen würde das nicht schaden.

»Sie müssten mich hier interviewen. Meine Frau und ich sind gerade erst von Long Island zurückgekehrt. Wir haben dort meinen Sohn, seine Frau und unsere Enkelkinder besucht.«

Deshalb hatte sie ihn also die ganze Zeit nicht erreichen können, dachte Laura. Zu schade, dass sie nicht gewusst hatte, dass er hier oben gewesen war.

»Gern, Mr. Alford. Wir kommen zu Ihnen.«

101

Nancy Schultz rührte die Hühnchennudelsuppe von Campbell's in dem Topf auf dem Herd um. Sie war kurz davor durchzudrehen.

Brian war schon wieder mit einer Erkältung von der Schule nach Hause gekommen. Letzte Woche war es Aaron gewesen. Und wenn man sich nur ein klein wenig auf Erfahrungswerte verlassen konnte, war es nächste Woche bei Lauren so weit.

Sie liebte ihre Kinder. Selbstverständlich. Aber von morgens bis abends zu Hause angekettet zu sein machte sie wirklich krank.

Nancy blickte durch das Küchenfenster auf die graue Winterlandschaft. Vielleicht sollte sie Mikes Vorschlag annehmen und mit ihm nach Florida fliegen. Er hatte Recht. Mike hatte ein wenig Abstand von dem Stress in der Arbeit nötig. Und sie brauchte ein wenig Abstand vom Muttersein.

Wie auf Bestellung kam Brians weinerlicher Ruf aus dem Wohnzimmer, wo er in eine Bettdecke eingehüllt vor dem Fernseher saß.

»Ich komme sofort, mein Schatz«, antwortete sie und seufzte.

Sie richtete die Schüssel mit der Suppe, eine Papierserviette und einen Löffel auf einem Tablett her und brachte es ihrem Sohn.

»Mir ist langweilig, Mama«, klagte der sechsjährige Brian näselnd.

»Iss deine Suppe, Schatz. Dann wirst du dich gleich besser fühlen.«

»Ich möchte irgendwas *machen*. Irgendwas Lustiges«, beharrte er.

Großartig. Jetzt würde sie ein weiteres nicht enden wollendes Spiel spielen müssen. Ihr Gehirn verkümmerte bereits wegen Unterbeanspruchung.

»Weißt du was«, sagte sie resigniert, während sie zum Regal mit den Spielsachen ging. »Du isst deine Suppe ganz auf und dann spiele ich mit dir ›Caspar, das freundliche Gespenst‹.«

Es war Brians Lieblingsspiel.

102

Samstag, 22. Januar

Jades Mutter hatte angerufen, um Laura zu fragen, ob sie ihren Unterricht von Samstagmorgen auf den Nachmittag verschieben könnte. Laura hatte nichts dagegen und nutzte die Zeit dazu, leere Kisten aus dem Lebensmittelgeschäft zu besorgen und ihre Bücher und Bilder einzupacken, bevor sie sich in die Stadt aufmachte.

Jade war auf einer Geburtstagsfeier gewesen und nach zwei Stunden Feiern war sie aufgedreht wie ein Derwisch. Sie konnte sich nicht auf ihre Mathematikaufgaben konzentrieren, so dass Laura es mit der afroamerikanischen Version von »Risiko« versuchte.

»Als Junge wurde er ständig gehänselt, weil seine Mutter bei seiner Geburt nicht verheiratet war. 1971 gründete er die Operation PUSH, eine Organisation, die sich für die Gleichberechtigung aller Menschen einsetzt. Er versuchte, sich als Demokrat zum Präsidenten der Vereinigten Staaten nominieren zu lassen, aber du wirst ihn vielleicht am besten wegen seiner Regenbogen-Koalition kennen.«

»Wer ist Jesse Jackson!«, brüllte Jade.

»Psst, Jade. Du sollst nicht schreien. Aber du hast vollkommen Recht.«

»Noch eine Frage! Frag mich noch was!« Jade machte es offensichtlich Spaß.

»Okay«, stimmte Laura zu und blätterte in den Karten. »Hier ist noch eine: Er begann seine Baseballkarriere in den Schwarzen-Mannschaften zu einer Zeit, in der es schwarzen Spielern nicht erlaubt war, mit Weißen zu spielen. Aber schließlich spielte er mit den New York Giants und den New York Mets. Er wurde unter dem Spitznamen ›Say, Hey Kid‹ bekannt.«

Jade runzelte die Stirn. Sie wusste die Antwort nicht.

»Wer ist Willie Mays?«, beantwortete Laura ihr die Frage in der üblichen Frageform.

Jade wurde mürrisch, was bei ihr ungewöhnlich war.

Laura sah auf ihre Armbanduhr. Noch über eine Stunde, bis Myra Jade abholen käme. Es war klar, dass sie heute nichts mehr für die Schule tun würden.

»Möchtest du einen Ausflug machen?«, schlug sie vor.

Jade spitzte die Ohren. »Was für einen Ausflug?«

Laura überlegte rasch. »Wie wäre es, wenn wir uns deine Nachbarschaft anschauen und du mich führst?«

»Du meinst, wie bei einer richtigen Führung?«, fragte Jade aufgeregt.

»Genau. Hast du Lust?«

Sie zogen Parka, Schal und Handschuhe an und Jade führte sie aus dem Gebäude des East-Harlem-Tutorial-Programms nach draußen zu dem heruntergekommenen Wohnblock. Am Rand des Bordsteins lagen Schneereste, die schwarz vor Dreck waren. Der Gehsteig war mit achtlos weggeworfenem Müll übersät. Ein Polizeifahrzeug raste mit heulender Sirene an ihnen vorbei. Toller Spaziergang.

Sie gingen die 106. Straße in westlicher Richtung hinauf

und Jade zählte auf, welche Leute sie kannte, die in einigen der heruntergekommenen Apartmentblocks und bröckelnden Sandsteinhäuser wohnten. Ein räudig aussehender Mischling streunte allein und ohne Halsband umher. Laura lotste Jade auf die andere Straßenseite.

Als sie sich der Lexington Avenue näherten, fand sie, dass es an der Zeit sei umzukehren.

»Lass uns nur noch bis zum Central Park gehen«, drängte Jade. »Dann können wir umkehren.«

Sie gingen den nächsten Häuserblock entlang und Laura war erleichtert, dass die Umgebung nun spürbar angenehmer wurde. Bevor sie die Park Avenue erreichten, kamen sie an einer großen Kirche aus rotem Ziegelstein mit drei riesigen Bögen vorbei. Ein Schild verkündete den Namen der Kirche: St. Cecilia's. Auf einem anderen prangte »Parroquia Sta. Cecilia«. Laura las die beiden Sätze, die unter den Kreuzen auf den Schildern standen: HOW GOOD GOD HAS BEEN! und ¡QUÉ BUENO HA SIDO DIOS!

»Sollen wir reingehen?« schlug Jade vor. »Mama geht manchmal mit mich hier hin.«

»Mit mir«, korrigierte Laura automatisch, als sie die schwere Eingangstür aufzogen und an einem Obdachlosen vorbeigingen, der unter einem der Bögen saß und ein Selbstgespräch führte.

Auf den Kirchenbänken saßen nur vereinzelt Menschen. Laura schämte sich, wie lange sie schon keine Messe mehr besucht hatte. Gleichwohl erkannte sie sofort, dass der Priester mitten in der Eucharistiefeier war. Jade und sie gingen leise den Mittelgang entlang und fanden eine leere Kirchenbank, in der sie wie die anderen Kirchenbesucher niederknieten. Ruhe durchströmte Laura, als sie der Gemeinde lauschte, die monoton ihren Text murmelte, während der Pfarrer die große, weiße Hostie in mundgerechte Stücke brach.

»Cordero de Dios, que quitas el pecado del mundo, ten piedad de nosotros.

Cordero de Dios, que quitas el pecado del mundo, ten piedad de nosotros.

Cordero de Dios, que quitas el pecado del mundo, danos la paz.«

Sie fühlte sich besänftigt, als sie im Geiste die spanischen Worte für sich übersetzte. »Lamm Gottes, du erlöst uns von den Sünden der Welt, gib uns Frieden.« *Cordero de Dios.* Lamm Gottes.

103

Nach einem Film im Kino ein gutes italienisches Essen – für Laura war das der Inbegriff einer perfekten Samstagabend-Verabredung. Jedenfalls dann, wenn die richtige Person ihr Gesellschaft leistete.

»Lass mich dir helfen, morgen deine Sachen in die neue Wohnung zu bringen«, drängte Matthew sie, während sie an ihrem Espresso nippten.

Laura nahm das Angebot nur zu gerne an, allerdings mehr, weil sie mit ihm zusammen sein wollte. Seine tatkräftige Unterstützung brauchte sie nicht wirklich. »Wir sollten lieber ein wenig vorsichtig sein«, lachte sie, »sonst haben wir ganz schnell die Nase voneinander voll.«

»Ich von dir bestimmt nicht. Dafür tust du mir zu gut, Laura.« Matthew blickte in ihr schönes Gesicht. Ihr blondes Haar, das weich ihr Gesicht umrahmte, schimmerte sanft im Licht der Kerzen. Ihm fiel auf, dass er den ganzen Tag über kein einziges Valium genommen hatte. Schwungvoll reichte er dem Ober seine American-Express-Karte.

»Sollen wir gehen?«

»Mhm.«

Für Ende Januar war die Nacht ungewöhnlich mild. Sie schlenderten Hand in Hand am glitzernden Lincoln Center vorbei, wo die Wandgemälde Marc Chagalls das Gebäude der Metropolitan Opera zierten. Wie glücklich sie sich schätzen konnten, all dies um sich zu haben!

In einer spontanen Anwandlung wandte sich Laura an Matthew. »Möchtest du mein neues Apartment sehen?«

Auf seinem zufriedenen Gesicht breitete sich ein Lächeln aus. »Ich sterbe vor Neugier.«

Hand in Hand schlenderten sie aus dem Park und steuerten auf Lauras elegantes neues Domizil zu.

Matthew pfiff leise durch die Zähne, als sie aus dem Aufzug stiegen und direkt in die riesige Vordiele traten. Ein Kronleuchter mit Hunderten glitzernder Kristalle leuchtete ihnen den Weg zum Wohnzimmer.

Die wunderschönen Wandleuchten und Porzellanlampen, an denen sorgfältig eingestellte Zeitschaltuhren angeschlossen waren, beleuchteten die warmen roten und blauen Schattierungen des ausladenden Perserteppichs, der den größten Teil des Parketts bedeckte. Ein geschnitzter roter orientalischer Schirm dominierte die eine Wand, ein Matisse-Druck hing an der anderen. Sofas waren geschickt über den Raum verteilt.

»Heiliger Strohsack«, murmelte Matthew. »Als ich neulich zu dieser Party hier war, standen so viele Leute herum, dass ich gar keine Gelegenheit hatte, das alles zu bemerken.«

»Ja, es ist wirklich unglaublich«, stimmte Laura zu. »Und so gar nicht mein Stil.«

»Vielleicht gewöhnst du dich daran?«

»Ich weiß nicht recht.« Laura zuckte skeptisch mit den

Schultern. »Aber etwas will ich hier garantiert nicht ändern.«

Sie nahm seine Hand und führte ihn zu den Fenstern, und zusammen blickten sie hinaus auf die glitzernde und blinkende Skyline.

Es war Lauras erste Nacht in ihrem neuen Zuhause. Sie hatte kein bisschen Angst.

104

Sonntag, 23. Januar

Als Francheska am frühen Sonntagnachmittag zu ihnen stieß, hatten Laura und Matthew schon zwei Fahrten von Lauras altem Apartment und zurück hinter sich. Sie packten gerade Bücher aus und stellten sie in die Regale der Bibliothek, als der Portier ankündigte, dass Miss Lamb auf dem Weg nach oben sei.

Laura stellte Matthew ihre beste Freundin vor und er musterte Francheskas Gesicht mit gerunzelter Stirn.

»Du kommst mir so bekannt vor«, sagte er langsam. »Haben wir uns schon mal irgendwo getroffen?«

»Das kann ich mir nicht vorstellen«, antwortete Francheska mit einem Lächeln. »Ich denke, ich würde mich an dich erinnern, wenn ich dich schon mal gesehen hätte. Ich freue mich wirklich, dich kennen zu lernen, Matthew. Laura hat mir schon so viel von dir erzählt.«

Plötzlich fiel Matthew auf, dass Francheska etwas Schweres in den Armen trug, und er beeilte sich, ihr den Bildschirm abzunehmen. »Wie unachtsam von mir! Tut mir Leid. Lass mich den nehmen! Wo soll er hin?«

»Unser Computerkram soll komplett in die Bibliothek«, rief Laura Matthew hinterher, als er den Korridor hinunterging.

»Er ist süß«, wisperte Francheska, sobald Matthew außer Hörweite war. »Wie läuft's bei euch beiden?«

»So gut, dass ich's gar nicht glauben kann.«

Sie hörten Matthew näher kommen.

»Tja, ich muss gehen«, sagte Francheska und ging zur Tür. »Ich lasse euch allein.« Sie zwinkerte Laura zu.

»Sei nicht albern, Francie. Bleib doch«, drängte Laura. Auch Matthew bat sie zu bleiben.

»Nein, wirklich, ich muss noch einiges erledigen. Hat mich sehr gefreut, dich kennen zu lernen, Matthew. Wir reden später weiter, Laura.« Und weg war sie.

Sie gingen zurück in die Bibliothek, um mit dem Auspacken fertig zu werden. »Ich kenne ihr Gesicht irgendwoher. Francheska Lamb«, grübelte er, doch es wollte ihm nicht einfallen.

»Sie hat mal als Model gearbeitet«, sagte Laura. »Vielleicht hast du sie in irgendeiner Anzeige oder so was gesehen.«

»Ja, das könnte sein.«

105

Der ungewöhnlich warme Januarnachmittag lud zum Aufenthalt im Freien ein und so beschloss Roger Chiocchi, mit seiner sechs Jahre alten Tochter Catherine in den Central Park zu gehen, um ein wenig an die frische Luft zu kommen. Beim Verlassen der Wohnung schnappte er sich eine Frisbeescheibe aus Catherines Spielzeugkiste.

Er hielt ihre kleine Hand fest in seiner und es ging ihm durch den Kopf, was für ein ernstes kleines Wesen Catherine doch war. Sie müsste viel mehr rausgehen und herumtollen, draußen lachen und spielen, so wie er es getan hatte, als er klein gewesen war. Allerdings war er auch nicht in der Stadt aufgewachsen.

Sie überquerten die Central Park West und betraten den Park durch das Women's Gate, den Eingang an der 72. Straße. Viele andere Eltern hatten die gleiche Idee gehabt wie er. Im Park wimmelte es von Familien, Sportwagen und Hunden, die an der Leine geführt wurden.

»Lass uns mal nach einem freien Fleckchen suchen, wo wir Frisbee spielen können«, ermunterte Roger sie. Das kleine Mädchen trottete brav hinter ihm her. Schließlich fanden sie einen freien Platz, an dem der Boden trocken aussah.

Roger zeigte seiner Tochter, wie sie die Plastikscheibe durch eine schnelle Drehung des Handgelenks durch die Luft fliegen lassen konnte. Aber Catherine war im Hinterherrennen besser als im Werfen. Unermüdlich versuchte er es weiter, bis Catherine allmählich den Bogen rausbekam.

»Okay, Liebes«, rief ihr Roger zu und ging ein paar Meter zurück. »Ich werfe sie dir zu und du versuchst sie zu fangen.«

Er warf das Frisbee seiner Tochter zu und sollte es sich später nie verzeihen, dass er sich verschätzte und es zu kräftig wegschleuderte. Die gelbe Scheibe segelte über Catherines Kopf hinweg und flog mitten in einen dichten Brombeerstrauch.

»Ich hol's, Papa«, rief Catherine eifrig und lief schon los, um das Frisbee zu suchen.

»Warte, Spatz. Lass es mich holen. Die Sträucher sind voller Dornen.«

Aber das Mädchen hörte nicht auf ihn. Sie war vor ihm bei den Sträuchern und kniete sich hin, um nach ihrem Spielzeug zu suchen.

Roger sollte niemals den Schrei seines Kindes vergessen, als es einen menschlichen Fuß in einem Stiefel fand.

106

In ihrem Apartment war es ruhig und still. Aber als Francheska eintrat, bemerkte sie beklommen, dass der Wandschrank im Flur offen stand. Sie hätte schwören können, dass sie ihn geschlossen hatte, nachdem sie ihren Mantel herausgenommen hatte und zu Laura gegangen war.

Sie knipste die Lampen im Wohnzimmer an. Alles war so, wie sie es verlassen hatte.

Sie ging zum Kühlschrank und schenkte sich ein Glas Orangensaft ein. An der Bar machte sie kurz Halt, um das Getränk mit einem Schuss Wodka aufzupeppen, und steuerte dann auf das Schlafzimmer zu.

Auch hier standen die Schranktüren offen.

Leonard war da gewesen.

Ihr Herz pochte. Seit sie ihm angekündigt hatte, dass sie ihn verlassen würde, hatte sie nichts mehr von ihm gehört und ihn auch nicht angerufen. Sie wollte ihn nicht sehen, wollte ihre Entschlossenheit nicht verlieren.

Sie fragte sich, ob er bemerkt hatte, dass einige ihrer Kleidungsstücke fehlten. Falls ja, musste es für ihn eine Überraschung gewesen sein, denn ihr war klar, dass er nicht glaubte, dass sie ihre Ankündigung in die Tat umsetzen würde. *Werde ich aber,* dachte sie voller Genugtuung. Endlich tat sie es und sie war stolz auf sich.

Die Türklingel ertönte. Sie reagierte nicht, sondern ging zurück ins Wohnzimmer und wartete.

Sie hörte, wie der Schlüssel ins Schloss gesteckt wurde, beobachtete, wie sich der Türgriff drehte, und wartete mit der Begrüßung, bis sich die Tür langsam öffnete.

»Hallo, Len.«

Sie hatte ihn überrumpelt und der Schreck malte sich auf seinem Gesicht.

»Wo bist du gewesen? Ich habe dich gesucht.«

Sie zog eine Zigarette aus dem Päckchen, das sie auf dem Tisch hatte liegen lassen, zündete sie an und stieß langsam den Rauch aus. »Ich muss dir keine Rechenschaft mehr darüber ablegen, wohin ich gehe oder was ich tue, Len.«

»Schatz, mach die Zigarette aus. Du weißt doch, dass sie dir und deinem umwerfenden Aussehen schadet. Nun komm schon. Meinst du nicht, wir hätten das Spiel weit genug getrieben?«

Als er auf sie zukam, bemerkte Francheska selbstgefällig, dass Leonards Hand zitterte. Gut! Die Geschichte nahm auch ihn mit. Es freute sie, dass es nicht nur sie schmerzte.

Sie zog erneut an ihrer Zigarette. »Wenn du es wirklich wissen willst: Ich habe heute angefangen, meine Sachen in mein neues Apartment zu schaffen.«

Leonard bekam große Augen, aber dann fing er sich und lachte gehässig. »Aber sicher, Francheska. Und wo willst du das Geld für die neue Wohnung hernehmen?«

»Ich ziehe mit Laura zusammen. In das Apartment von Gwyneth Gilpatric. Und wie du weißt, wirkt diese Wohnung hier im Vergleich zu Gwyneth' wie ein Kuhstall.«

Leonards markantes Gesicht wurde rot vor Zorn. Er bewegte sich auf sie zu, spie ihr seine Worte ins Gesicht. »So behandelt mich niemand ungestraft, Francheska. Keiner und du erst recht nicht. Du gehörst mir. Das wirst du bereuen. Ich schwöre dir, das wirst du bereuen!«

Francheska beobachtete, wie die Vene an seiner Stirn pulsierte, und lauschte seiner wütenden Stimme, als er zu seinem letzten vernichtenden Schlag ausholte.

»Nur zu, Francheska. Versuch doch, da draußen klarzukommen. Aber du wirst auf allen Vieren zurückgekrochen kommen, das weiß ich! Denn du wirst immer die ‚Nebenfrau' für jemanden sein. Du bist nicht die Art Frau, die man heiratet. Und noch was, Schatz! Du wirst nicht immer so schön sein wie heute. Ich kann dir sagen, wie du in zehn Jahren aussehen wirst. Das kann ich an deiner Knochenstruktur erkennen. Ich habe es Dutzende Male gesehen. Dein Gesicht wird zusammenfallen«, zischte er. »Und tatsächlich habe ich schon bemerkt, dass dein niedlicher Hals ein wenig dicker wird.«

Er drehte sich um und verließ das Apartment mit lautem Türenknallen. Zurück blieb eine Francheska, die sich weinend auf dem roten Sofa zusammenrollte.

107

Montag, 24. Januar

Matthew war anderweitig bei »Hourglass« beschäftigt und Laura war froh, dass sie Felipe und Marta Cruz allein interviewen konnte. Er sollte nicht glauben, dass er ständig ihren Babysitter spielen musste.

Nicht, dass sie seine Fürsorge und Aufmerksamkeit während der Arbeit nicht schätzte. Aber wenn ihre Beziehung gleichberechtigt sein sollte, musste sie sich seinen Respekt verdienen, indem sie sich als Profi erwies.

Es gab noch einen weiteren Grund, warum sie froh war, dass Matthew nicht mit zu dem Interview kam. Sie wollte die Gelegenheit nutzen, anschließend bei ihrem Vater vorbeizuschauen und mit ihm unter vier Augen zu reden. Die Kameraleute könnten sie bei ihrem Vater absetzen und sie würde mit öffentlichen Verkehrsmitteln in die Stadt zurückkommen.

Felipe Cruz begrüßte sie höflich an seiner Haustür und bat sie hinein. Marta Cruz erwartete sie mit ernster Miene in dem bescheidenen, aber makellosen Wohnzimmer.

Wie schrecklich es für sie sein muss, dachte Laura, während die Kameraleute ihre Ausrüstung auspackten und aufstellten. Sie bewunderte die stille Courage, mit der das Paar geduldig darauf wartete, dass es losging.

»Ich möchte Ihnen vielmals dafür danken, dass Sie sich zu diesem Interview bereit erklärt haben, Mr. und Mrs. Cruz.«

»Wir hoffen, dass es ein wenig helfen wird, Laura«, antwortete Felipe sanft.

»Zunächst«, begann Laura, »habe ich mit einem Polizeibeamten gesprochen, der damals, als Tommy verschwand, an dem Fall arbeitete. Edward Alford. Erinnern Sie sich an ihn?«

Das Paar nickte ernst. »Selbstverständlich erinnern wir uns an Officer Alford«, antwortete Marta. »Er war sehr nett zu uns. Ich weiß, dass er alles versucht hat, um Tommy zu finden. Sogar Jahre später noch, als alle Tommy vergessen zu haben schienen und niemand mehr ein Wort über ihn verlor, hat uns Officer Alford immer mal wieder angerufen. Er wollte wissen, wie es uns ging.«

Guter Gott, was müssen diese Leute durchgemacht haben! Laura versuchte, keine Gefühlsregungen zu zeigen, während sie fortfuhr.

»Officer Alford hat mir erzählt, dass er Tommy nie für einen Ausreißer gehalten hat. Wie er sagte, gingen Sie in Ihrer Familie so liebevoll miteinander um und waren so fürsorgliche Eltern, dass er einfach nicht an die Theorie glauben konnte, dass Tommy von zu Hause weggelaufen war.«

Felipe nickte ernst. »Das hat uns sehr verletzt, als jeder sagte, Tommy sei vielleicht weggelaufen. Wir kannten unseren Sohn. Er war ein guter Junge. Er wäre niemals von uns weggelaufen.« Felipe schaute hinüber zu seiner Frau und als er Tränen in ihren braunen Augen bemerkte, ergriff er ihre Hand.

»Officer Alfords Theorie war, dass Tommy in dem Vergnügungspark etwas zugestoßen sein könnte«, sagte Laura.

»Das wissen wir«, flüsterte Marta. »Er hat es uns gesagt.«

»Und was glauben Sie?«, drängte Laura.

»Wir wissen nicht, was wir glauben sollen«, antwortete Felipe gequält. »Und was für einen Unterschied macht es schon? Unser Junge ist tot. Das wissen wir nun mit Sicherheit.«

Laura starrte auf ihr Notizbuch und versuchte sich zu sammeln. Sie wollte das Interview beenden und diesen armen Menschen nicht noch mehr Schmerz zufügen. Aber sie wusste, dass sie noch ein paar Fragen stellen musste, um eine gute Story daraus zu machen.

»Kennen Sie den derzeitigen Stand der Ermittlungen? Hat die Polizei Ihnen gesagt, ob sie irgendwelche neuen Spuren verfolgt?«

Felipe und Marta schauten einander an.

»Die Polizei hat uns angewiesen, den Mund zu halten, solange die Ermittlungen im Gange sind«, antwortete Mr. Cruz.

Marta ließ die Hand ihres Mannes los. »Felipe, die Polizei

hat diesen Fall dreißig Jahre lang nicht aufklären können. Wieso sollten sie ihn jetzt lösen?«

Sie stand auf und ging zu der frisch polierten Ahornkommode, die dicht an der Wand stand. Sie zog eine kleine Schublade auf und nahm etwas heraus.

»Marta!«, warnte ihr Mann.

»Es tut mir Leid, Felipe. In den mehr als vierzig Jahren, die wir verheiratet sind, habe ich immer auf dich gehört«, sagte sie bestimmt. »Aber wenn ich irgendwie helfen kann, denjenigen zu finden, der unserem Tommy wehgetan hat, dann muss ich es tun. Das bin ich anderen Eltern schuldig.«

Sie überreichte Laura das Hochglanzpapier. »Das ist das Bild einer Kette, die sie bei Tommys Leiche gefunden haben. Die Polizei sagt, sie glauben, dass sie eventuell jemandem vom Hals gefallen ist, der ihn begraben hat. Ich habe die Polizei um dieses Bild gebeten. Ich möchte alles haben, was irgendwie in Zusammenhang mit dem steht, was Tommy zugestoßen ist.«

Laura betrachtete das Bild mit dem Kreuz und der Kette eingehend. Das Kreuz war ziemlich ungewöhnlich. Ihr wurde eng ums Herz, als ihr bewusst wurde, dass sie eine ähnliche Kette schon mal gesehen hatte.

108

Kitzi Malcolms Ermordung nahe ihrem Apartment fiel in den Zuständigkeitsbereich eines anderen Bezirks. Alberto Ortiz hatte jedoch Informationen mit der East-Side-Mordkommission ausgetauscht und diese mit ihm.

Delia Beehans Ermordung fiel in Ortiz' Zuständigkeitsbereich. In der Tasche ihres abgewetzten Wintermantels hatte man einen zerknüllten Kreditkartenbeleg mit ihrer Unterschrift gefunden, des weiteren einen Schlüsselbund, mit dem sich zweifellos die Türen zu Gwyneth Gilpatrics Apartment öffnen ließen.

Obwohl Ortiz sich sicher war, dass es sich um Delias Leiche handelte, suchten sie nach ihren nächsten Angehörigen, um sie eindeutig zu identifizieren. Bislang hatten sie niemanden ausfindig machen können.

Ortiz blätterte in seinem Notizbuch, bis er fand, wonach er suchte. Er nahm den Telefonhörer und rief bei KEY News an.

109

Als das Interview beendet war, packten die Kameraleute ihre Ausrüstung in den Kofferraum des Wagens, der vor dem Haus der Cruz' stand, und Laura holte ihr Handy hervor.

Bei Emmett hob niemand ab.

Als Nächstes hörte sie ihre Mailbox ab.

»Miss Walsh? Detective Alberto Ortiz. Könnten Sie mich bitte zurückrufen? Es ist dringend.« Dann folgte seine Telefonnummer.

Sie stand im kalten Wind und hatte Angst vor dem, was sie erfahren würde, zwang sich jedoch, ihn zurückzurufen. Während sie den sachlichen Worten des Detective lauschte, verdüsterte sich ihre Miene immer mehr.

»Ich werde in ungefähr einer Stunde da sein«, antwortete sie, klappte ihr Handy zu und ließ es in die Tasche gleiten.

»Wohin als Nächstes, Laura?«, fragte der Kameramann, als sie in den Wagen stiegen.

»Zurück zum Sendezentrum«, sagte sie grimmig. »Aber ich möchte unterwegs abgesetzt werden.«

110

Es war bereits Nachmittag, als Laura bleich und erschöpft ins Sendezentrum zurückkehrte. Sie ging direkt in Matthews Büro.

»Hallo, *Stranger*!« Er lächelte sie warm an. »Wo bist du gewesen?« Sein freudiges Lächeln wich einem Ausdruck tiefer Besorgnis, als er sie näher betrachtete. »Ist irgendwas nicht in Ordnung? Was ist passiert?«

Sie ließ sich in einen Stuhl sinken und knöpfte langsam ihren Mantel auf.

»Ich komme gerade von der Leichenhalle.«

»Was?«

»Ich habe soeben Gwyneth' Haushälterin identifiziert. Delia Beehan. Sie wurde gestern tot im Central Park aufgefunden.«

»Mein Gott, Laura, wie schrecklich!« Matthew nahm ihre kalten Hände in seine und rieb sie zärtlich. »Das tut mir so Leid, Liebes.« Er presste ihre zitternden Hände an seine Lippen.

Die ganze Taxifahrt über von der Leichenhalle bis ins Sendezentrum hatte sie ihre Tränen zurückgehalten, aber nun, unter Matthews zärtlicher Berührung, begannen sie zu fließen. Er nahm sie in die Arme, hielt sie fest, während sie schluchzte, und redete leise auf sie ein, dass alles gut werden würde.

»Sieh es doch mal so«, sagte er in dem Versuch, ihre Verzweiflung durch einen Witz zu mildern. »Jetzt hat Joel seinen Aufmacher für die morgige Abendsendung.«

111

Dienstag, 25. Januar

»Warum kündigst du diesen verdammten Job nicht?«, wollte Francheska wissen. »Er ist einfach zu stressig. Und nach allem, was geschehen ist, brauchst du ihn doch gar nicht mehr. Auf das Gehalt bist du weiß Gott nicht mehr angewiesen, Laura.«

Francheska war früh bei ihr eingetroffen, im Schlepptau einen riesigen Koffer auf Rollen, der einige ihrer Habseligkeiten enthielt. Sie fand Laura in der Küche, betrübt in ihren Frühstückskaffee starrend.

»Ach, Francie, eine Kündigung würde meine Probleme auch nicht lösen«, sagte sie resigniert. »Drei Frauen, die alle irgendwie mit mir in Verbindung standen, sind ermordet worden.«

»Die alle irgendwie mit *Gwyneth Gilpatric* in Verbindung standen«, korrigierte Francheska. »Ich sag's dir, Laura, sieh zu, dass du aus dieser verrückten Fernsehwelt rauskommst. Die ist nicht gesund.«

»Ich muss zur Arbeit«, verkündete Laura entschieden, um der Diskussion einen Riegel vorzuschieben. Sie stand mit der Tasse in der Hand auf und schüttete den Rest des lauwarmen Kaffees in den Ausguss. »Und was hast *du* für heute vor?«, fragte sie sarkastisch.

Das war gemein. Laura bereute ihre Worte und ihren Tonfall, sobald ihr die Frage entschlüpft war. Francheska hatte mit der Trennung von Leonard zu kämpfen. Es war absolut überflüssig, sie an ihre Ziellosigkeit zu erinnern. Falls Francheska verletzt war, zeigte sie es jedoch nicht.

»Ich werde mehr von meinem Krempel rüberbringen. Immerhin möchte ich nächste Woche hier schlafen, sobald ich von dem Besuch bei meinen Eltern zurück bin.«

»Gut«, verkündete Laura und umarmte ihre Freundin. »Ich freue mich schon drauf. Das wird großartig, wieder zusammenzuwohnen.« Ehe sie aus der Küche ging, drehte sie sich noch einmal um. »Und vergiss nicht: Du hast mir versprochen, morgen Abend mit zur Spendenfeier für das Palisades-Park-Museum zu kommen.«

Francheska stöhnte übertrieben auf. »Muss ich wirklich? Mein Flug nach San Juan geht am Morgen darauf.«

Laura lächelte zum ersten Mal seit gestern. »Ja. Du musst wirklich. Ich habe Emmett erzählt, dass du kommst. Er ist so stolz darauf, dass sein Mini-Park im Mittelpunkt der Aktion steht. Du kannst ihn einfach nicht enttäuschen.«

112

Ricky Potenza zeigte seiner Mutter den Zeitungsartikel über die Aktion für das Palisades-Park-Museum und sie war sprachlos, weil er unbedingt hingehen wollte.

Seit er das Interview bei KEY News geführt hatte, war er sehr still gewesen, was allerdings nicht ungewöhnlich für ihn war. Rose gestand sich ein, dass sie irgendeine Art von Durchbruch erhofft hatte, aber es hatte – wie alles andere vorher – nichts geholfen.

Dass Ricky nun darauf bestand, zur Spendenfeier für das Palisades-Park-Museum zu gehen, überraschte sie. War das ein gutes Zeichen? Versuchte er auf irgendeine Art, mit seiner Kindheit ins Reine zu kommen – mit einer Kindheit, die aus vielen im Vergnügungspark verbrachten Stunden bestanden hatte?

Es war einen Versuch wert. Sie konnte die Eintrittskarten von dem Geld bezahlen, das sie Monat für Monat sorgsam auf die Seite gelegt hatte. Wenn sie damit ihrem Sohn helfen konnte, der selten Begeisterung für irgendwas zeigte, würde sie gern auf die Busfahrt mit ihrer Kirchengruppe zu den Pocanos verzichten, für die sie gespart hatte. Wenn sie damit nur Ricky helfen konnte.

Bitte, lieber Gott, mach, dass es ihm wieder gut geht. Aber noch während ihres Gebets bereitete Rose sich innerlich auf die harte Realität vor. Ihre Bitten würden sehr wahrscheinlich nicht erhört werden.

113

Delia Beehans Tod würde an diesem Abend der Aufmacher von »Hourglass« sein, aber Laura wollte mit der Produktion nichts zu tun haben. Da die Palisades-Park-Story schon in bereits einer Woche gesendet werden sollte, hatte sie eine Entschuldigung.

Sie steuerte auf die Bibliothek und dort auf die Mappe mit den Zeitungsausschnitten zu. Sie zog Gwyneth' Mappe aus dem Regal und durchstöberte sie von vorn bis hinten, bis sie fand, wonach sie gesucht hatte.

Gwyneth Gilpatrics Foto aus dem Jahrbuch ihrer Oberschule. Mit zusammengekniffenen Augen musterte sie die Kette an Gwyneth' jungem Hals. Das auffällige Kreuz aus Markasit war dasselbe wie das auf dem Foto von Marta Cruz.

Was hat das zu bedeuten?, fragte sie sich. Gwyneth Gilpatric konnte unmöglich Tommy Cruz begraben haben. Das konnte sie einfach nicht glauben. Sie versuchte sich den bohrenden Gedanken aus dem Kopf zu schlagen.

Aber es gelang ihr nicht. Das alles wäre absolut undenkbar, wäre da nicht Emmett. Gwyneth' Beziehung zu ihrem Vater.

Die Schecks bewiesen, dass da etwas gewesen sein musste. Die Verbindung zwischen Gwyneth, ihrem Vater und dessen geliebtem Palisades-Park. Wenn Gwyneth irgendetwas mit Tommy Cruz' Verschwinden zu tun hatte, könnte das bedeuten, dass auch Emmett darin verwickelt war.

Hatte Gwyneth ihrem Vater Geld geschickt, damit er seinen Mund hielt?

Laura blätterte die Zeitungsausschnitte sorgfältig durch, ohne zu wissen, wonach sie suchte. Sie betrachtete ein Foto von Gwyneth, auf dem diese eine journalistische Auszeichnung erhielt. Es zeigte sie als selbstbewusste Karrierefrau, die ihr Ziel erreicht hatte. Das war keine Frau, die in einen Mord verwickelt sein konnte.

Sie wollte die Akte gerade schließen, als ihr eine Story ins Auge fiel, in der Gwyneth an der Beerdigung des Informanten für eine »Hourglass«-Story teilnahm. Sie war Laura nur am Rande aufgefallen, als sie Material für Gwyneth' Nachruf sammelte, und sie hatte sie nicht für wichtig genug gehalten, um sie im Rahmen von Gwyneth' Biografie zu erwähnen. Jetzt wurde ihr klar, dass dies die Story war, wegen der Mike Schultz seinen Job verloren hatte.

Laura las die Beschreibung von der Beerdigung Jaime Corderos fasziniert durch. Es ging um den jungen Spanier, der mutig den Drogenhandel in seiner Nachbarschaft in East Harlem aufgedeckt hatte und als Belohnung dafür brutal und bestialisch ermordet worden war.

Auf dem Bild war Gwyneth Gilpatric zu sehen, wie sie Jaime Corderos weinender Mutter die Arme entgegenstreckte. Eine jüngere Frau hielt Mrs. Corderos rechten Arm. Sie hielt den Kopf gesenkt und führte eine schwarze, lederbehandschuhte Hand zu ihrem Gesicht; dieses war zum Teil verdeckt und dennoch hatte das unbeirrbare Auge der Kamera genug von ihm eingefangen.

Lauras Augen konzentrierten sich auf diese Person am linken Bildrand. Sie las die Bildunterschrift wieder und wieder:

KEY-NEWS-KORRESPONDENTIN GWYNETH GILPATRIC TRÖSTET JUANITA CORDERO, DIE MUTTER DES ERMORDETEN HELDEN AUS EAST HARLEM, JAIME CORDERO. MRS. CORDEROS TOCHTER, FRANCITA CORDERO, LINKS, STÜTZT IHRE MUTTER.

Francita Cordero. *Cordero de Dios. Lamb of God.* Francheska Lamb!

114

»Ich wusste, dass ich sie schon mal gesehen hatte!«, rief Matthew aus, als Laura ihm den Zeitungsartikel aus der Mappe mit den Ausschnitten zeigte, die sie aus der Bibliothek geschmuggelt hatte. »Nämlich bei der Beerdigung von Cordero!«

Laura schüttelte ungläubig den Kopf, während sie auf Francheskas Gesicht starrte, das auf der Fotografie nur sehr grobkörnig abgebildet war. »Ich verstehe das nicht. Warum hat sie mir nie davon erzählt? Ich dachte, wir wären gute Freundinnen.« Sie verstummte enttäuscht.

Matthew sagte nichts. Das musste Laura mit ihrer Freundin ausmachen.

»Ich habe heute alles für das Interview mit Officer Alford in die Wege geleitet«, versuchte Matthew sie abzulenken. »Am Freitag fliege ich zu ihm.«

Sie waren übereingekommen, dass Matthew nach Florida fliegen würde, um das Interview zu führen, während Laura in New York bleiben würde, um hier nach dem Rechten zu sehen, denn der Sendetermin rückte unaufhaltsam näher.

»Na super!«, sagte sie niedergeschlagen, während sie sich an die andere Sache erinnerte, die sie in der Mappe mit den Zeitungsausschnitten gefunden hatte.

Sie erzählte ihm von der Kette, die bei Tommy Cruz' Leiche gefunden worden war, und zeigte ihm das Foto von Gwyneth. »Es ist dieselbe.«

Matthew pfiff leise durch die Zähne. »Du hast soeben unseren ursprünglichen Aufmacher begraben!«

Er studierte das Foto von Gwyneth eingehend. Dann nahm er das rote Sammelalbum aus seinem überladenen Bücherregal. Er schlug das Album von hinten auf und blickte mit zusammengekniffenen Augen auf das Bild, das Emmett Walsh und seine Freundin zeigte, Arm in Arm vor dem Zyklon. Es war das Mädchen mit den langen dunklen, in der Mitte gescheitelten Haaren. Bingo!

115

Es war ein Kinderspiel gewesen. Der kleine Pappkarton von der Post war in braunes Papier gewickelt, als er mit der Nachmittagspost ankam. Niemand würde erraten, was er enthielt.

Er war als Brief verschickt worden. Der Erhalt des Päckchens musste nicht quittiert werden. Der Inhalt: Ein versiegelter Sicherheitsbehälter aus Kunststoff, ein Messlöffel und ein Beipackzettel mit der Warnung: BEI UNSACHGEMÄSSEM GEBRAUCH ODER BEI GLEICHZEITIGER EINNAHME ANDERER BERUHIGUNGSMITTEL KANN ES DURCH GHB ZU LEBENSBEDROHLICHEN KOMPLIKATIONEN KOMMEN. IN VERBINDUNG MIT ALKOHOL KANN BEREITS EINE NORMALDOSIS VON GHB ZU

EINER ÜBERDOSIERUNGSREAKTION MIT KOMAÄHNLICHEM ZUSTAND FÜHREN. IN DEN USA IST ES IN ZUSAMMENHANG MIT DER EINNAHME VON GHB ZU TODESFÄLLEN GEKOMMEN.

Aber es war gar nicht nötig, GHB zusammen mit Alkohol zu verabreichen, damit das Ergebnis tödlich wäre. Das junge Mädchen aus dem Zeitungsartikel hatte bloß Mountain Dew getrunken.

Alles, was man zur Einnahme wissen musste, stand auf dem Beipackzettel. Da stand ganz genau, wie viel Pulver man abmessen musste. Gerade so, als würde man sich an das Rezept eines Kochbuches halten, gerade so, als würde man einen Kuchen backen. Ein Rezept für den Tod.

116

Francheska war überrascht, als sie die Wohnungstür öffnete und Laura davor stand.

»Hallo, Freundin«, lächelte sie zur Begrüßung. »Komm doch rein.«

Laura betrat mit ernster Miene die Wohnung. Ohne ihren Mantel abzulegen, kam sie direkt zum Punkt.

»Warum hast du mir nichts davon erzählt, Francie?«, fragte sie gequält. »Warum hast du mir nicht von deinem Bruder erzählt?«

Francheska wurde aschfahl im Gesicht. Sie drehte sich um und ging in die Küche. Laura folgte ihr.

»Möchtest du etwas trinken?«, fragte sie und ließ Eiswürfel in ein Glas fallen.

»Nein. Ich möchte nichts trinken. Ich möchte wissen, warum du mir das verheimlicht hast. Ich dachte immer, wir würden uns alles erzählen. Und das, das ist so ...« – sie suchte nach dem passenden Wort – »... *ungeheuerlich!* Du hast deinen Bruder verloren, Francheska, auf eine äußerst brutale und entsetzliche Art. Ich kann nicht verstehen, warum du dich mir nie anvertraut hast.«

»Es tut einfach zu weh, über manche Dinge zu reden, Laura«, sagte sie leise.

»Sogar mit mir, Francie?«

»Egal mit wem.«

»Aber ich bin doch nicht irgendwer. Ich bin deine beste Freundin.«

»Es tut mir Leid, Laura. Ich wollte Jaimes Tod einfach hinter mir lassen. Manchmal ertappte mich Leonard, wie ich im Bett weinte, und fragte mich, warum. Aber darüber konnte ich nicht mit anderen sprechen. Kannst du das nicht verstehen?«

Laura stand schweigend da. Ja, sie konnte das verstehen. Sie wusste zwar nicht, wie es sein mochte, einen Bruder zu verlieren, aber sie konnte sich nur zu gut daran erinnern, wie es gewesen war, ihre Mutter zu verlieren. Es fiel ihr immer noch schwer, darüber zu sprechen. Dennoch hatte sie mit Francheska darüber geredet, mehrmals sogar. Es tat weh, dass Francheska nicht in der Lage war, ihren eigenen schmerzhaften Verlust mit ihr zu teilen.

»Und die Namensänderung? Wozu war die nötig?«

Francheska zuckte mit den Schultern. »Meine Eltern sind zurück nach Puerto Rico gezogen, weil sie von dem, was hier geschehen war, wegkommen wollten. Wer konnte schon wissen, ob diese Drogenbestien es nicht auch auf den Rest der Familie abgesehen hatten wegen dem, was Jaime getan hatte. Ich hatte angefangen, als Model zu arbeiten. ›Francheska Lamb‹ klang meiner Meinung nach besser als ›Francita Cordero‹. Ich wollte mit dem neuen Namen von vorne anfangen. Das ist schließlich kein Verbrechen. Das tun viele.«

117

Mittwoch, 26. Januar

Kaum war Laura bei »Hourglass« angekommen, lief sie Joel Malcolm über den Weg.

»Haben Sie die Einschaltquoten für die Show gestern Abend gesehen?« schwärmte er. »Einfach phänomenal! Das hat's noch nie gegeben!«

»Meinen Glückwunsch!« Sie lächelte matt.

»Das setzt Sie ganz schön unter Druck, Kindchen. Sorgen Sie dafür, dass Ihre Story nächste Woche gut ist und die Quoten nach oben treibt. Ich verlasse mich darauf. Enttäuschen Sie mich nicht.«

Laura heftete ihren Blick auf Joels Rücken, als der sich umdrehte und den Gang hinunterstolzierte. Wie würde er es aufnehmen, wenn sich herausstellte, dass Gwyneth für Tommy Cruz' Tod verantwortlich war?

Wahrscheinlich nicht allzu schlecht, entschied sie. Denn die Veröffentlichung dieser leidigen Angelegenheit würde die Einschaltquoten auf einen historischen Gipfelpunkt treiben.

118

Laura trug dasselbe blaue Samtkleid wie bei Gwyneth' Silvesterfeier. Sie stand auf dem Zugangsweg zum Palisadium, dem Restaurant, dem Ort der Spendenfeier für das geplante Museum, mit dem der Vergnügungspark gewürdigt werden sollte, der sich einst in der Nähe befunden hatte. Das Restaurant war auf den Felsen über dem Hudson erbaut worden und durch die Fensterwände hatte man einen atemberaubenden Blick auf das glitzernde und schillernde Manhattan auf der anderen Seite des Flusses.

Soweit sie sehen konnte, würde die Aktion ein großer Erfolg werden. Das Restaurant war bereits gut gefüllt und ständig kamen neue Gäste hinzu. Einige davon erkannte sie. Malcolm hatte sich aus der Stadt hierhergequält. Maxine Bronner und ihr Mann Alan waren da. Sogar Ricky Potenza und seine Mutter waren gekommen.

Emmetts Mini-Vergnügungspark stand gut sichtbar mitten im Speisesaal. Ihr Vater stand stolz daneben und strahlte über das Lob der Partygäste, die auf die Karussells und Attraktionen zeigten, an die sie sich lebhaft erinnern konnten.

Wie wunderschön dieser Abend für Emmett war! Und wie bitter es später sein würde, wenn sie ihn mit dem konfrontieren würde, was inzwischen mehr war als bloß ein Verdacht.

Jemand klopfte Laura auf die Schulter. Als sie sich umdrehte, erblickte sie Mike Schultz.

»Was machst du denn hier?«, fragte sie überrascht.

»Ich hab Nancy hierhergeschleift. Sie wollte nicht kommen, aber ich hab keine Widerrede geduldet. Wir müssten viel öfter ausgehen und uns ein wenig amüsieren. Als Kinder sind wir beide oft in den Park gegangen und ich dachte mir, warum sollten wir nicht zu dieser Party gehen?«

»Wo ist Nancy?«

»Auf der Toilette.«

»Sag ihr, dass ich mich später noch mit ihr unterhalten werde«, sagte Laura. »Ich muss erst noch ein wenig arbeiten. Matthew ist schon drinnen und versucht, an Interviews zu kommen, und dabei sollte ich ihm wirklich helfen.«

Laura und Matthew zogen mit ihrem Kamerateam durch

die Menge und entlockten den glücklichen Gästen Erinnerungen und Geschichten.

»Hier bekommen wir wirklich gutes Material«, übertönte Matthew den Lärm der Rock-'n'-Roll-Oldies und Lieder aus dem Palisades-Park, die aus der Musikanlage dröhnten.

»Na Gott sei Dank!«, rief Laura.

Während sie sich weiter durch die Menge arbeiteten, erspähte sie an der Bar Francheska, die sich mit einem Mann unterhielt. Sie stöhnte innerlich auf, als sie ihn erkannte. Was zum Teufel hatte Leonard Costello hier zu suchen?

119

Es klappte nicht. Als er sie am Nachmittag angerufen hatte, schien sie glücklich, weil sie ihm erzählen konnte, dass sie heute Abend ausgehen würde. Stolz darauf, dass sie mit Laura Walsh und deren Kamerateam zu einer Spendenaktion gehen würde. Ihr Leben wieder in die eigenen Hände nehmen, nannte sie das. Ein Leben, das auch ohne ihn interessant und schön sein würde.

Leonard hatte in letzter Minute eine Eintrittskarte ergattert. Er hatte gehofft, dass Francheska aus seinem Erscheinen auf der Party schließen würde, wie viel ihm an ihr gelegen war, und er sie überreden könnte, bei ihm zu bleiben. Aber sie wollte nichts davon wissen. Sie war begeistert von der Aussicht, mit ihrer besten Freundin im Luxus zu leben, sie freute sich auf den Neuanfang.

Als er Francheska über die Schulter blickte, sah er Laura, die mit einem Mikrofon in der Hand einem dicken Kerl mit schütter werdendem Haar aufmerksam zuhörte, der ohne Ende über den dämlichen Vergnügungspark palaverte.

Im Stillen verfluchte er Laura Walsh. Wenn sie nicht wäre, würde Francheska bei ihm bleiben, genau da, wo sie hingehörte.

120

An der Bar wurde eine Cola bestellt und in eine Ecke des überfüllten Saales getragen. Tänzer wirbelten zur rhythmischen Sechziger-Jahre-Musik im Saal herum, und niemand bemerkte, dass das weiße, leicht klumpige Pulver in das dunkle Getränk geschüttet wurde.

Ein gestresster Kellner wurde gebeten, der blonden Frau im blauen Kleid das Erfrischungsgetränk zu bringen. Derjenigen, die zusammen mit ihren Kameraleuten so hart arbeitete.

121

Laura spürte, wie sie jemand am Ärmel zog.

»Ich gehe jetzt nach Hause«, schrie Francheska ihr ins Ohr. »Mein Flug geht morgen früh und ich habe noch nicht mal gepackt.«

»Ich kann noch nicht gehen, Francie. Wir sind noch nicht mit unseren Aufnahmen fertig.«

»Ist in Ordnung. Ich habe eine Mitfahrgelegenheit.«

Laura warf ihrer Freundin einen angewiderten Blick zu. »Bitte erzähl mir nicht, dass du zu deinem Doktor zurückgehst. Ich hab euch beide gesehen, wie ihr an der Bar die Köpfe zusammengesteckt habt.«

»Nein, keine Angst, Schätzchen«, sagte Francheska triumphierend. »Ich habe Leonard einen Korb gegeben. Aber ich bin deinem Chef über den Weg gelaufen. Joel nimmt mich mit in die Stadt zurück.«

Laura stöhnte. »Francheska, der ist auch ein Mistkerl. Pass auf dich auf, okay?«

»Keine Angst. Ich bin schon ein großes Mädchen. Ich kann auf mich selbst aufpassen.«

122

Die Cola hatte zwar ein wenig salzig geschmeckt, aber Laura hatte sie durstig hinuntergestürzt. Fünfzehn Minuten später begann sie eine leichte Übelkeit zu spüren.

Sie waren fast fertig. Nur noch ein oder zwei Interviews und sie würden jede Menge Material zur Auswahl haben.

Als Laura sich von einem weiteren Interviewpartner dessen Namen buchstabieren ließ, fing der Saal an, sich Schwindel erregend um sie herum zu drehen. Sie streckte die Hand aus, um sich an Matthews Arm fest zu halten, und fiel zu Boden.

123

Donnerstag, 27. Januar

Emmett saß im Warteraum der Notaufnahme des Palisades Medical Center und betete. *Bitte, lieber Gott. Bitte, nimm mir nicht auch noch Laura.* Allerdings wusste er nicht recht, warum Gott seine Gebete erhören sollte. Er war ihm kein treuer Diener gewesen.

Lauras Freund Matthew kam mit großem Ernst auf ihn zu und hielt ihm eine Tasse Kaffee entgegen.

»Hier, Mr. Walsh. Trinken Sie das.«

Dankbar nahm Emmett den Kaffee an. »Vielen Dank, dass Sie sich um mein Mädchen gekümmert haben«, sagte er nur.

»Sie wird es schaffen«, flüsterte Matthew und legte seine Hand auf den Arm des älteren Mannes. »Ganz sicher.«

Die Minuten krochen dahin und während sie zusammen auf eine Nachricht über Lauras Zustand warteten, legte Emmett einen Schwur ab.

Wenn Laura das hier überlebt, dann schwöre ich, dass ich alles erzählen werde, was in jener Nacht im Palisades-Park geschah. Lieber Gott, das verspreche ich.

124

Laura lag in komaähnlichem Schlaf auf dem Rolltisch, ohne etwas von der Aufregung um ihren reglosen Körper herum wahrzunehmen.

Sie fühlte nicht, wie sich der kalte Schlauch ihre Kehle hinunterschlängelte, und würde sich nicht daran erinnern können, wie es sich anfühlte, den Magen ausgepumpt zu bekommen. Sie sah auch die dicke, körnige, kohlehaltige Masse nicht, die tief in ihr ausgeschüttet wurde, um die Giftstoffe aufzusaugen.

Es war das raue Husten, an das sie sich als Erstes verschwommen erinnern würde, als der Schlauch schmerzhaft durch ihre Speiseröhre herausgezogen wurde. Das Atmen tat ihr weh, ihr Brustkorb war – wie sie später erfahren würde – wegen der Wiederbelebungsmaßnahmen, die Matthew durchgeführt hatte, empfindlich und wund.

Sie war müde. Sehr, sehr müde. Alles, was sie wollte, war schlafen.

125

Francheska schnallte sich an, als sie spürte, wie sich das Flugzeug auf dem Terminal La Guardia langsam in Bewegung setzte. Sie freute sich nicht besonders auf die Reise, die vor ihr lag.

Der Jahrestag von Jaimes Tod stand bevor und sie wollte ihre Eltern nicht allein lassen. Sie wusste, dass ihre Anwesenheit ihnen ein Trost sein würde.

Sie waren so gut, so einfach. Niemals zeigten sie Wut wegen der schrecklichen Umstände, unter denen Jaime zu Tode gekommen war. Sie akzeptierten seinen Tod und hielten ihren Sohn für einen Held.

Sie wünschte, sie könnte den tiefen religiösen Glauben ihrer Eltern teilen, ihre Überzeugung, dass Gottes Wege unergründlich sind. Dann wäre alles so viel einfacher.

126

Es war später Nachmittag, als Matthew eine geschwächte Laura nach Hause in ihr neues Apartment geleitete. Sowohl Matthew als auch Emmett waren erbost über die Weigerung des Krankenhauses, sie länger dazubehalten. Aber so lief das eben in der neuen Welt der reformierten Krankenpflege: behandeln und nach Hause schicken.

Der Notarzt vermutete, dass GHB, die so genannte *date-rape*-Droge, in Lauras Getränk gegeben worden war. Die chemische Verbindung zersetzte sich rasch im Körper und ließ sich nur sehr schwer nachweisen. Nur wenige Labors in dem Gebiet der angrenzenden drei Staaten verfügten über die Ausstattung, um GHB nachzuweisen, und das Labor des Palisades Medical Center gehörte nicht dazu. Aber die Ärzte im ganzen Land waren wegen des zunehmenden Gebrauchs der Droge alarmiert worden. Denn die Zahl derer, die in die Notaufnahmen gerollt wurden, stieg ständig.

Matthew und Emmett hatten entsetzt und zutiefst erschrocken zugehört, als der Arzt Laura seinen Verdacht mitteilte. Das hieß, dass einer aus der Menge von mehreren hundert Leuten auf der Spendenfeier versucht hatte, sie zu töten.

Die Ärzte im Krankenhaus hatten auch der Polizei von Cliffside Park ihren Verdacht mitgeteilt. Die Polizei würde die Liste derjenigen durchgehen, die eine Eintrittskarte gekauft hatten, und das Personal des Restaurants Palisadium befragen, das während der Party Dienst hatte. Aber die Polizei wusste auch, dass viele Gäste die Eintrittsgebühr am Eingang gezahlt hatten und deshalb niemals ausfindig gemacht werden konnten.

Erst als der Polizeibeamte Laura um eine Liste aller Leute auf der Feier bat, die sie persönlich kannte, bekam sie es so richtig mit der Angst zu tun.

»Sie meinen, es war jemand, den ich kenne?«, fragte sie erschrocken.

»In einem Fall wie diesem ist das normalerweise so, Miss«, entgegnete der Polizist. »Es wird kaum jemand wahllos herumgegangen sein und aus einer Laune heraus ausgerechnet *Ihr* Getränk vergiftet haben.«

Emmett hatte sie zu überreden versucht, mit ihm nach Hause zu kommen und bei ihm zu übernachten, aber Laura hatte darauf bestanden, zurück in ihr Apartment zu gehen und in ihrem eigenen Bett zu schlafen.

Sie zog sich vorsichtig aus, um ins Bett zu gehen. Ihr Körper schmerzte und fühlte sich wund an. Ihre Kehle war trocken. Der Arzt hatte sie darauf hingewiesen, dass sie sich noch einige Tage wie ausgedörrt fühlen würde.

»Könntest du mir bitte noch einen Tee machen, bevor du gehst?«, bat Laura Matthew und schlüpfte dankbar zwischen die sauberen, frischen Laken.

»Ich mache dir sehr gerne einen Tee, aber ich werde bestimmt nicht gehen«, sagte er und strich über ihr weiches Haar. »Ich will bei dir bleiben.«

»Matthew, bitte, mach es mir nicht schwer und behandle mich nicht wie ein Baby. Ich habe nicht die Kraft, mit dir zu streiten. Du musst gehen. Du musst morgen dieses Interview mit Ed Alford in Florida machen.«

»Zum Teufel mit dem Interview. Ich bleibe bei dir«, wiederholte er bestimmt.

»Jetzt hör mal zu. Alles, was ich tun werde, ist schlafen. Mehr will ich nicht. Ich möchte einfach allein sein, um mich auszuruhen. Wenn du bleibst, habe ich das Gefühl, aufstehen und mich mit dir unterhalten zu müssen. Ich möchte wirklich lieber für mich sein. Keiner wird hier an mich rankommen. Das Gebäude ist absolut sicher«, verkündete sie, und klang dabei tapferer, als sie sich fühlte. »Und außerdem will ich, dass du dieses Interview machst. Wir brauchen es für unseren Beitrag.«

127

»Hören Sie, es wäre keine gute Idee, Ihnen meinen Namen zu nennen«, flüsterte die raue Stimme. »Aber da gibt es etwas, das Sie überprüfen sollten, Detective Ortiz. Schicken Sie das FBI mit einem Durchsuchungsbefehl zum Internet-Provider PDQ.com und finden Sie heraus, wer die monatlichen Raten für Casper's Ghostland zahlt. Es ist vielleicht etwas an den Haaren herbeigezogen, aber eventuell führt es Sie zum Mörder Gwyneth Gilpatrics.«

Ortiz überprüfte, von wo aus er angerufen worden war. Der Anruf kam von KEY News.

128

Freitag, 28. Januar

Während Emmett draußen vor dem Gebäude der Polizei von Cliffside Park stand, fielen ein paar Zentimeter pulvriger, weißer Schnee. Er wollte nicht hineingehen.

Aber er musste. Er hatte es geschworen und zumindest dieses eine Mal in seinem Leben würde er sein Versprechen halten.

Er wusste nicht, wie es mit ihm weitergehen würde. Das war ihm aber inzwischen auch egal. Laura ging es gut. Das war das Einzige, was zählte.

Er klopfte den Schnee von seinen Schuhen, zog die schwere Stahltür auf und ging direkt auf den Polizeischalter zu.

129

Laura wachte vom Klingeln des Telefons auf.

»Hallo?«, fragte sie schwach.

»Laura? Ich bin's, Joel. Joel Malcolm. Wie geht's dir?«

»Besser, danke. Aber ich bin furchtbar müde.«

»Das tut mir wirklich Leid, Kindchen. Aber ich bin froh, dass du okay bist. Ich hasse es, dich das fragen zu müssen«, fuhr er fort, ohne auch nur eine Sekunde zu verlieren, »aber wirst du die Story zu Ende bringen können?«

Laura wusste genau, dass er es ganz und gar nicht hasste, sie danach zu fragen. Die Story für die Zählung der Einschaltquoten war das Einzige, wofür er sich wirklich interessierte. Dieser Mistkerl.

»Keine Sorge, Joel«, beruhigte sie ihn müde. »Die Story wird rechtzeitig fertig. Wenn's nötig sein sollte, komme ich morgen und den Rest des Wochenendes zur Arbeit, um sie fertig zu machen.«

Sie legte auf, stand auf und ging langsam ins Badezimmer. Sie starrte in ihr Gesicht, das ihr in der unbarmherzigen Beleuchtung, die Gwyneth rund um den riesigen Spiegel hatte anbringen lassen, bleich und fahl entgegenblickte.

Jemand hatte versucht, sie umzubringen.

Sie wollte nicht sterben.

Emmett ging wieder nicht an den Apparat, als Laura nun schon zum dritten Mal versuchte, ihn zu erreichen. Sie war wütend. Er hatte sich nicht einmal die Mühe gemacht, sie anzurufen und zu fragen, wie es ihr ging.

Sie lag still auf dem großen Bett, konnte aber nicht wieder einschlafen. Sie musste ihren Vater mit dem konfrontieren, was sie wusste, musste herausfinden, in welcher Beziehung er zu Gwyneth gestanden hatte, was er und sie möglicherweise mit dem Tod von Tommy Cruz zu tun hatten.

Es gab so viel zu tun. Der Beitrag war noch nicht einmal geschrieben, geschweige denn der Film geschnitten. Aber bevor sie zu schreiben anfing, musste sie mit Emmett sprechen. Womöglich könnte das, was er ihr erzählen würde, das Geheimnis um Tommys Verschwinden lüften.

Wenn das zutraf, würde die Sendung ein Knüller werden. Ein dreißig Jahre altes Geheimnis, von »Hourglass« gelöst. Joel wäre entzückt. Die Einschaltquoten wären gigantisch.

Aber in dem Fall wäre ihr Vater ein Mörder.

130

Es gab Neuigkeiten im Fall Tommy Cruz.

Felipe und Marta Cruz betraten eine halbe Stunde, nachdem sie den Anruf erhalten hatten und gebeten worden waren zu kommen, Hand in Hand das Polizeigebäude. Ein junger Streifenpolizist begleitete das Paar zum Büro des Polizeipräsidenten.

»Sie haben Neuigkeiten für uns?«, fragte Felipe zaghaft.

Der Polizeipräsident räusperte sich nervös. »Ja, Mr. und Mrs. Cruz. Es ist jemand auf uns zugekommen, der Informationen zu Tommys Tod hat.«

Das Paar wartete.

»Laut dieser Quelle geschah in jener Nacht ein Unfall. Ein tragischer, schrecklicher Unfall.«

Marta schloss die Augen und faltete die Hände in ihrem Schoß, während sie den Ausführungen des Polizeipräsidenten zuhörte.

»Offenbar haben sich Tommy und sein Freund Ricky

Potenza in jener Nacht in den Vergnügungspark geschlichen, nachdem dieser geschlossen hatte, um eine Belohnung abzuholen.«

»Eine Belohnung«, unterbrach Felipe verwirrt. »Was für eine Belohnung? Ich verstehe nicht.«

Der Polizeipräsident war geduldig. Er hatte selbst zwei Kinder. »Sie hatten den ganzen Sommer über Botengänge für den Mann erledigt, der die Achterbahn bediente. Er versprach ihnen als Belohnung Freifahrten, wenn der Park geschlossen hätte.« Er wartete, aber Mr. und Mrs. Cruz blieben stumm.

»Wie auch immer. Tommy und Ricky kamen in jener Nacht, um ihre Freifahrten einzulösen. Es scheint, als hätten sie sich gegenseitig provoziert, während der Fahrt aufzustehen, als der Holzwagen auf die höchste Stelle zufuhr. Durch die Wucht der plötzlichen Abwärtsfahrt hat Tommy das Gleichgewicht verloren und ist aus dem Wagen geschleudert worden.«

»Aber ich verstehe nicht«, rief Marta. »Was geschah dann mit Tommy? Wie kommt es, dass er begraben wurde?«

»Der Bursche, der die Achterbahn bediente, und seine Freundin trugen Tommys Leiche aus dem Park und begruben sie. Das Kreuz, das wir bei der Leiche fanden, war der Halsanhänger der Freundin.«

Also war alles letztendlich ganz einfach, dachte Marta, und ein seltsames Gefühl von Frieden durchströmte sie allmählich. Ein Unfall. Die Angst, die Tommy verspürt haben musste, hatte zum Glück nur einen Augenblick gedauert. Niemand hatte ihn gefoltert oder sexuell missbraucht. Keines der Furcht erregenden Szenarien, die sie sich über all die Jahre hinweg ausgemalt hatte, war tatsächlich zutreffend.

Gott war gnädig.

131

Sie hasste es, ihre Stunde mit Jade abzusagen, aber es ging nicht anders. Sie musste ins Büro. Matthew würde sich dort mit ihr treffen.

Als sie ihre Siebensachen in ihre Leinentasche packte, summte die Gegensprechanlage und der Portier kündigte einen Besucher an. Erstaunt antwortete Laura: »Schicken Sie ihn herauf.« Sie erwartete ihren Vater vor den sich öffnenden Aufzugstüren.

»Ich habe versucht, dich anzurufen, Paps.«

»Es tut mir Leid, Munk. Ich war beschäftigt.«

»Komm rein.« Sie bedeutete ihm einzutreten. »Wir müssen reden.«

Emmetts Augen wanderten im Zimmer umher, aber er machte keine Bemerkung über die luxuriöse Umgebung, sondern ließ sich auf dem von Laura angebotenen Sessel nieder.

»Geht es dir besser, Munk?«

»Gut genug, um arbeiten zu gehen. Ich muss meine Story fertig kriegen.«

»Genau deshalb bin ich gekommen, Kleines. Ich muss mit dir über diese Story reden.«

Still hörte sie ihm zu, als er sich langsam die Geschichte von den Ereignissen von der Seele redete, die sich vor so vielen Jahren in jener Spätsommernacht ereignet hatten.

»Und Gwyneth?«, fragte Laura, als er zum Ende kam.

»Ob du es glaubst oder nicht, Munk, aber Gwyneth fand deinen alten Vater damals recht attraktiv. Ich nehme an, es war der Kitzel, sich mit jemandem zu treffen, mit dem ihre Eltern nicht einverstanden waren.« Er zuckte mit den Schultern. »Sobald sie ins College gegangen wäre, hätte sie mich vergessen, wenn da nicht unser Geheimnis gewesen wäre.

Aber später, als GiGi immer erfolgreicher wurde, fing sie an, mir Geld zu schicken. Sie sagte, sie wolle mir helfen, weil ich dich ganz allein großziehen musste und so. Aber, weißt du, irgendwie war es wohl doch eine Art Versicherung für sie. Damit ich den Mund hielt.«

»Wusste Mama das alles?«, fragte Laura, als sie sich an die geflüsterte Unterhaltung erinnerte, die ihre Eltern geführt hatten, als ihre Mutter auf dem Sterbebett lag.

»Von dem Geld wusste sie nichts. Das fing ja auch erst später an«, antwortete Emmett traurig. »Aber sie wusste, was damals im Park geschehen war, Gott hab sie selig. Sie wollte, dass ich es der Polizei erzählte, aber ich habe mich geweigert.«

»Du hättest es tun sollen«, flüsterte Laura mit schwerem Herzen.

132

In den »Hourglass«-Büros war es an dem Samstagmorgen ruhig. Als Laura eintraf, waren nur Matthew und der Cutter, den er hatte kommen lassen, da und schauten sich die Filmaufnahmen an.

Auf dem Bildschirm war ein gut aussehender älterer Mann zu sehen; er redete, während Matthew den Text des Interviews in den Computer eintippte.

»Ed Alford?«, fragte Laura.

»Mhm.« Matthews Finger flogen über die Tastatur.

Laura sah dem pensionierten Polizisten zu, der seine Erinnerungen an die damaligen Ereignisse erzählte, und instinktiv merkte sie sich den Ausschnitt, den sie für ihren Beitrag verwenden wollte. »Tommy Cruz passte nicht in das Bild eines Ausreißers. Ich war mir sicher, dass diesem Jungen etwas zugestoßen war, etwas, worüber er keine Kontrolle hatte. Und mein Instinkt sagte mir, ohne dass ich es hätte beweisen können, dass es mit dem Palisades-Vergnügungspark zu tun hatte.«

»Er hatte Recht«, flüsterte Laura.

Matthew blickte Laura aufmerksam an und sie bedeutete ihm, ihr aus dem Schneideraum zu folgen, damit sie unter vier Augen sprechen konnten. Als sie zusammen den Flur entlanggingen, gab Laura leise die Geschichte wieder, die Emmett ihr erzählt hatte.

»Ich sollte vor Freude an die Decke springen. Unsere Sendung wird ein Hit«, schloss sie ironisch und Bitterkeit schlich sich in ihre Stimme. »Wir haben unseren Clou. Das Geheimnis ist gelüftet.«

133

Es war beinahe zwanzig Uhr, als sie zufrieden darüber, wie viel sie erreicht hatten, Schluss machten. Laura und Matthew hatten einen groben Entwurf ihres Skripts fertig gestellt. Sie wussten auch schon, wo sie die diversen Ausschnitte, die sie während des letzten Monats durch ihre Interviews zusammengetragen hatten, einflechten würden. Sie hatten festgelegt, an welchen Stellen sie die Bilder und alten Filme vom Vergnügungspark einfügen und wann sie die verschiedenen Lieder vom Palisades-Park anklingen lassen würden.

Am Montag würden sie Joel das Skript zeigen, wobei sie nur zu gut wussten, dass der Chefproduzent ihre Arbeit kritisch zerpflücken und Änderungen fordern würde. So funktionierte das System und sie würden versuchen, Joels Kritik nicht persönlich zu nehmen.

Sie malten sich aus, wie Joel reagieren würde, wenn er erfuhr, dass Gwyneth Gilpatric geholfen hatte, Tommy Cruz zu begraben, und sie waren sich einig, dass für Malcolm schließlich nur das sensationelle Ergebnis zählen würde. Einschaltquoten, Einschaltquoten, Einschaltquoten.

»Du siehst fix und fertig aus, Schatz«, sagte Matthew, während sie im Aufzug zur Eingangshalle des Sendezentrums hinunterfuhren. »Wie wär's, wir lassen uns chinesisches Essen kommen und entspannen uns?«

Laura schüttelte den Kopf. »Danke, Matthew. Das ist lieb von dir, aber wie du richtig bemerkt hast, bin ich total erledigt. Ich möchte einfach nur nach Hause und schlafen. Tut mir Leid, aber du verstehst das, nicht wahr?«

Er drückte ihr zärtlich einen Kuss auf die Stirn. »Natürlich verstehe ich das.«

Um einundzwanzig Uhr schlief Laura bereits in Gwyneth' Bett.

134

Nach einer nervenaufreibenden Verzögerung rollte der Jet endlich auf die Startbahn des Flughafens von San Juan.

Francheska war froh, dass sie ihre Buchung hatte ändern können und einen früheren Flug nehmen konnte. Sie mochte es nicht, weg von New York zu sein.

Sie hasste es zwar, ihre Eltern zu enttäuschen, indem sie sie so früh wieder verließ, aber sie hielt es keine Minute länger aus, den Erinnerungen ihres Vaters über Jaime zuzuhören. Ebenso wenig konnte sie es länger ertragen, von ihrer Mutter zur Messe geschleift zu werden, um für ihren toten Bruder zu beten.

Als sich das Flugzeug in die Lüfte erhob, schaute Francheska aus dem Fenster und dachte, dass es keinen Sinn hatte zurückzublicken.

Sie wollte nach Hause, nach New York. Ihr Leben war dort.

135

Sonntag, 30. Januar

Laura öffnete die Augen und versuchte die Leuchtanzeige des Weckers auf dem Nachttisch zu lesen. 2:15 Uhr.

Sie lag in dem dunklen Zimmer, ihre Gedanken rasten. Was würde nun mit Emmett geschehen? Welche Konsequenzen würden seine Handlungen von vor dreißig Jahren für ihn haben? So todunglücklich sie auch über das war, was ihr Vater getan hatte, sie wollte ihn doch nicht ins Gefängnis wandern sehen. Wie sollte er es dort aushalten?

Sie wälzte sich im Bett hin und her in der Hoffnung, wieder einschlafen zu können, aber inzwischen war sie hellwach.

Laura knipste das Licht an, ging in die Küche und setzte Wasser auf. Sie zog einen Beutel teeinfreien Tees aus dem Behälter auf der Küchentheke.

Mit der Tasse in der Hand schlenderte sie in die Bibliothek. Vielleicht würde ein gutes Buch ihr helfen sich abzulenken. Als sie zur Bücherwand ging, fiel ihr Blick auf den Stapel, den Francheska in der Ecke zurückgelassen hatte. Rechner, Bildschirm und Drucker ihrer neuen Mitbewohnerin warteten darauf, in ihrem neuen Zuhause angeschlossen zu werden.

Wieso nicht? Francheska wäre begeistert, wenn diese lästige Aufgabe bei ihrer Rückkehr bereits erledigt wäre. Laura wusste, wie schwer der Besuch bei den Eltern für ihre Freundin war. Es wäre eine angenehme Überraschung für sie, wenn sie hier eintraf und ihren Computer einsatzbereit vorfand, zumal sie an einigen Kursen teilnehmen wollte, die ihr bei der Suche nach einem anständigen Job nützlich sein würden.

Laura hob die Computerteile vorsichtig an. Ihr Körper schmerzte noch immer. Sie stellte die Teile auf den kleinen Schreibtisch, den sie aus einem anderen Zimmer hierher gebracht hatten, damit sie beide in der wunderschönen Bibliothek würden arbeiten können. Sie war zufrieden mit sich, nachdem sie die diversen Kabel in die entsprechenden Anschlussbuchsen gesteckt hatte. Francheskas Computer war nun mit dem Bildschirm, der Maus, einem Paar kleiner Lautsprecher und ihrer eigenen Drucker-Kopierer-Faxgerät-Kombination verbunden.

Jetzt der Test. Laura schaltete den Computer ein.

Wunderbar, dachte sie, als der kurze, beruhigende Windows-Start-Jingle ertönte und Francheskas Desktop-Oberfläche auf dem Bildschirm erschien.

Laura wollte den Computer gerade wieder herunterfahren, als ihr einfiel, dass es eine nette Idee wäre, ein kleines Willkommensschild auszudrucken und es Francheska auf den Bildschirm zu kleben. Sie nahm die Maus, doppelklickte auf das Zeichen für *Microsoft Word* und beobachtete, wie das Programm startete und ein neues Dokument aufrief. Sie tippte den Text in einer großen, ausgefallenen Schriftart und zentrierte beide Zeilen.

WILLKOMMEN ZU HAUSE, FRANCHESKA!
DU BIST ANGESCHLOSSEN!

Sie bewegte die Maus hinauf zum oberen Rand des Bildschirms und klickte auf DATEI, um die Seite auszudrucken. Sie wollte gerade DRUCKEN wählen, als sie am unteren Ende des Pull-down-Menüs die Liste bemerkte, die die meisten Textverarbeitungsprogramme automatisch anzeigen: die Liste der letzten vier Dokumente, die bearbeitet worden waren.

GHOSTLAND-RASTER
FORDHAM
REZEPT
MAMA Y PAPA

Schuldbewusst schob sie die Maus auf dem Mauspad hinunter und öffnete das erste Dokument aus der Liste.

136

Francheska fühlte sich schmutzig und war gereizt, als sie am Flughafen La Guardia zusammen mit unzähligen anderen Passagieren ihres verspäteten Fluges auf ein Taxi wartete.

Als sie endlich an der Reihe war, blaffte sie dem Taxifahrer ihr Fahrtziel an der Central Park West entgegen.

Sie lehnte sich in ihren Sitz zurück und schloss die Augen. Nun würde es nicht mehr lange dauern, bis sie in Gwyneth Gilpatrics Bett schlafen konnte.

137

Laura starrte ungläubig auf den Bildschirm.

Nachdem sie die Datei GHOSTLAND-RASTER geöffnet

hatte, saß sie vor etwas, das wie ein Arbeitsblatt aus einem Tabellenkalkulationsprogramm aussah. In der linken Spalte waren einhundert Namen alphabetisch geordnet aufgelistet, und neben jedem Namen stand für jeden Monat des Jahres eine andere E-Mail-Adresse.

Als Laura nach unten scrollte, erkannte sie, dass es sich fast nur um Namen hochkarätiger Leute aus der Zeitungs- und Fernsehnachrichten-Branche handelte. Sie fragte sich, wie viel Macht – und Geld – jeder Name repräsentierte.

Nach ungefähr dem ersten Drittel der Liste wurde ihre Aufmerksamkeit auf den Namen GWYNETH GILPATRIC gelenkt. Sie bemerkte, dass neben Gwyneth' Namen anstelle einer E-Mail-Adresse ein einziges Wort stand: CASPER.

Laura versuchte zu verstehen, was sie da vor sich hatte. Sie dachte an die Abende zurück, an denen sie und Francheska, als sie noch ein Apartment teilten, gemeinsam ihrem Vater Besuche abstatteten. Sie erinnerte sich daran, wie hartnäckig Francheska darauf bestanden hatte, in den Keller zu gehen, um sich den Mini-Park anzuschauen, und wie sehr es ihr Casper's Ghostland mit seinen angemalten Comic-Figuren Casper, Wendy und Spooky angetan hatte.

Was hatte das alles zu bedeuten? Sie beschloss, zurück zur Liste der vier zuletzt geöffneten Dokumente zu gehen, die sie im Menü DATEI entdeckt hatte. Sie ignorierte die Datei FORDHAM, weil es sich dabei wahrscheinlich bloß um einen Brief handelte, in dem es um Zulassungsbedingungen ging, und klickte auf die dritte Datei in der Liste.

Das Blut rauschte ihr in den Ohren und ihr Gesicht fing an zu glühen, als sie den Inhalt des Dokuments REZEPT las. Es ließ keinen Zweifel daran, dass Francheska Lamb, ihre getreue Freundin, nicht die Frau war, für die sie sie gehalten hatte.

Francheska hatte Gammahydroxybuttersäure-Pulver bestellt. Und sie hatte die Anweisungen, wie man die Inhaltsstoffe für eine Substanz namens *Liquid G* zusammenmischte, heruntergeladen und dann gespeichert.

Francheska hatte versucht, sie umzubringen!

Die Gedanken wirbelten ihr im Kopf herum, während sie versuchte, sich an die Ereignisse vor ihrem Zusammenbruch auf der Spendenfeier zu erinnern. Francheska war gegangen, bevor ihr selbst schlecht geworden war, also wusste sie nicht, dass das Gift ihre Freundin nicht getötet hatte. Laura fühlte, wie sich ihr Magen zusammenzog, als ihr klar wurde, dass Francheska in dem Glauben nach Puerto Rico geflogen war, dass Laura tot sein würde, wenn sie zurückkäme.

Ein Puzzleteil fügte sich nun zum anderen. Laura erkannte, dass Francheska Grund hatte, Gwyneth zu töten, die sie für den Tod ihres Bruders verantwortlich machte. Francheska hatte Grund, Kitzi Malcolm zu töten, die Augenzeugin ihres Verbrechens. Francheska könnte auch Delia getötet haben, wenn sie vermutete, dass das Hausmädchen sie kurz vor Gwyneth' Tod gesehen hatte.

Ihr Entsetzen über diesen Verrat, den sie gerade entdeckt hatte, beschäftigte Laura so sehr, dass sie nicht hörte, wie die Aufzugtüren im Flur auseinanderglitten, als sie zum Telefon griff, um Matthew anzurufen – mochte es nun drei Uhr morgens sein oder nicht.

138

»Laura, beruhig dich. Ich kann dich nicht verstehen, Liebling«, sagte Matthew eindringlich und rieb sich die Augen.

»Es war Francheska! Ich glaube, sie hat mein Getränk vergiftet. Ich glaube, sie hat auch Gwyneth und die anderen getötet!« sprudelte Laura aufgeregt hervor.

»Laura, du musst dich beruhigen, Schatz. Dir ging es nicht gut. Es war alles zu viel für dich«, sagte Matthew sanft.

»Red nicht mit mir wie mit einer Verrückten. Ich weiß, wovon ich spreche. Ich habe Beweise ...«

Matthew hörte ein Klicken. Es lief ihm kalt den Rücken hinunter. Die Leitung war tot.

139

Der Finger mit dem Smaragdring drückte den Knopf auf dem Telefon und beendete auf diese Weise abrupt Lauras Gespräch.

»Was für Beweise, Laura?«

Laura blickte hoch und sah über sich Francheska, ein glitzerndes Küchenmesser in der Hand. »Francheska, wie konntest du nur?«, flüsterte sie.

»Das Leben ist hart, Laura. Man tut, was man tun muss. Es war nur eine Frage der Zeit, bis du zwei und zwei zusammengezählt hättest. Dir wäre aufgegangen, dass ich einen Grund hatte, Gwyneth umzubringen. Du hättest angefangen, Fragen zu stellen, woher ich das Geld habe, ohne arbeiten zu gehen – und ich habe nicht vor, arbeiten zu gehen, Laura.« Sie schob trotzig ihr Kinn vor. »Ich kenne dich zu gut. Wenn du mal Lunte gerochen hast, bist du wie ein Hund, dem man einen Knochen vor die Nase gehalten hat. Du kannst den Dingen nicht einfach ihren Lauf lassen und ich kann es mir nicht leisten, dich hinter meine kleinen Geheimnisse kommen zu lassen.«

»Aber Mord?«, fragte Laura ungläubig.

»Soll vorkommen. Erinnerst du dich? Deine Freundin Gwyneth hat mir dabei auf die Sprünge geholfen.«

Laura schwieg. Wie konnte sie nur heil aus dieser Sache herauskommen?

»Steh auf«, befahl Francheska und schubste Laura mit dem Knie an. »Dein heiß geliebter Matthew ist vermutlich schon auf dem Weg hierher. Gehen wir ins Wohnzimmer.«

Laura stand von ihrem Sessel auf und Francheska bewegte sich hinter ihr. Sie spürte die kalte Klinge an ihrem Hals, während sie langsam den Flur entlangging.

Denk nach! Denk nach! Laura rechnete sich keine guten Chancen aus, wenn sie sich jetzt umdrehte und auf Francheska losging. Nicht mit dem Messer in deren Hand.

»Francheska«, flehte sie. »Es muss doch irgendeine Lösung geben.«

Ihre Freundin lachte kalt. »Ja, klar! Für ein schlaues Mädchen gibst du einen ganz schönen Quatsch von dir. *Imbécil!* Hat dir deine kleine Jade das Wort auch beigebracht? Nein, es gibt keine Lösung. Ich werde nicht für den Rest meines Lebens ins Gefängnis gehen oder Schlimmeres. Ich habe mehr Geld, als ich jemals ausgeben kann, und ich habe vor, das auch zu genießen.«

Sie waren im Wohnzimmer angekommen. Die Skyline Manhattans funkelte vor den Terrassenfenstern.

»Aber du hast selbst gesagt, dass Matthew in diesem Augenblick hierher unterwegs ist, Francie. Bitte, nimm das Messer runter und dann überlegen wir, was zu tun ist.«

»Ich habe bereits überlegt, was zu tun ist, Laura. Wenn Matthew hier eintrifft, bist du bereits tot. Du warst so außer dir, dass du gesprungen bist. Und ich werde schon lange ganz woanders sein.

»Aber der Computer ...« Laura verstummte.

Francheska zuckte die Schultern. »Matthew wird den

Computer nicht überprüfen. Zumindest nicht heute Nacht. Und bis morgen werde ich die Dateien, die ich idiotischerweise vergessen hatte, ganz sicher gelöscht haben.«

140

Wo zum Teufel war ein Taxi? Matthew stand verzweifelt an der Ecke der Third Avenue und wartete – wie ihm schien, eine Ewigkeit. Laura hatte so außer sich geklungen. Er fragte sich, ob er die Polizei rufen sollte.

Nein, entschied er, während er gen Westen in Richtung Park Avenue lief in der Hoffnung, dort mehr Glück zu haben. Die Polizei war nicht nötig. Es würde ihm schon gelingen, Laura zu beruhigen.

141

Laura stand im Nachthemd auf der offenen Terrasse, aber sie spürte die Kälte nicht. Eines war sicher. Sie würde nicht kampflos aufgeben. Aber was sollte sie tun?

»Spring einfach, Laura«, flüsterte Francheska eindringlich und drückte das Messer gegen Lauras Halsschlagader. »Mach es dir leicht.«

Lenk sie ab. Laura drehte sich zu ihrer Angreiferin um.

»Was glaubst du, wie sich deine Eltern fühlen würden, Francheska, wenn sie wüssten, was du getan hast und was du jetzt gerade tust? Sie mussten bereits ihren Sohn beerdigen, aber ich wette, dass sie das lieber noch hundert Mal tun würden, als zu wissen, dass ihre Tochter eine Mörderin ist!«

Für den Bruchteil einer Sekunde senkte Francheska den Blick und gab Laura damit ihre Chance.

Sie rannte zur anderen Seite des Fernrohrs, das am Rand der Terrasse montiert war, und schlug das schwarze Rohr mit der Kraft des Adrenalinstoßes, der einen in Momenten höchster Panik durchflutet, mitten in Francheskas wunderschönes, wutverzerrtes Gesicht.

Kehraus

142

Dienstag, 1. Februar

Die Sondersendung von »Hourglass« begann mit der Neuigkeiten, dass die Polizei die Frau festgenommen hatte, die des Mordes an Gwyneth Gilpatric verdächtigt wurde. Francheska Lamb lag unter polizeilicher Bewachung im Krankenhaus Mt. Olympia. Lamb wurde außerdem der Morde an Kitzi Malcolm und an Gilpatrics Haushaltshilfe verdächtigt, aber die Polizei würde sie erst dann vernehmen können, wenn sie sich von den Kopfverletzungen erholt hätte. Die hatte sie bei einem Kampf mit der KEY-News-Produzentin Laura Walsh erlitten, die Lambs Verwicklung in die Mordfälle aufgedeckt hatte.

Der letzte Beitrag von »Hourglass« befasste sich mit Gwyneth Gilpatrics Rolle im Todesfall Tommy Cruz im alten Palisades-Vergnügungspark.

Als sich Eliza Blake verabschiedete, starrte Laura auf den Bildschirm, über den ihr erster Nachspann für »Hourglass« lief. Dieser Augenblick war ganz und gar nicht so, wie sie ihn sich vorgestellt hatte.

Der Triumph, ihr Ziel erreicht und herausgefunden zu haben, was Tommy Cruz in jenem Sommer im Palisades-Park zugestoßen war, wurde dadurch überschattet, dass beim Tod des Jungen auch ihr eigener Vater eine Rolle gespielt hatte. Und die Tatsache, dass ihre beste Freundin eine Mörderin war – und sogar versucht hatte, sie umzubringen –, hatte sie tief verunsichert und ließ sie jetzt an ihrer Menschenkenntnis zweifeln.

Aber die Einschaltquoten würden nichts zu wünschen übrig lassen.

143

Rose Potenza schaltete den Fernseher aus und ging hinüber zu ihrem Sohn, um ihm einen Kuss zu geben.

»Geht es dir gut, Ricky?«, fragte sie sanft, und ihre Augen verrieten tiefe Besorgnis. »Ricky?«

»Ich möchte nicht darüber reden, Mama. Lass mich allein.«

Er hatte soeben die aufwühlendste Stunde Fernsehen hinter sich, die er jemals erlebt hatte, und er war sich nicht sicher, wie es ihm ging. Gerade mal vor einem Monat war er froh darüber gewesen, dass Gwyneth Gilpatric tot war. Und er war voller Missgunst, dass nicht er sie umgebracht – oder zumindest zur Rede gestellt – hatte, wie in der Nacht ihrer Party geplant.

Aber nachdem er sich an diesem Abend »Hourglass« angeschaut hatte, sah er die Dinge in einem etwas anderen Licht.

Es war alles ein Unfall gewesen. Gwyneth war nur fünf Jahre älter gewesen als er selbst, als Tommy zu Tode gestürzt war. Sie war auch in Panik geraten. Der Unterschied zwischen ihnen war, dass Gwyneth ein unglaublich erfolgreiches Leben geführt hatte, während er nur dagesessen und ihr Lächeln Woche für Woche auf dem Bildschirm verfolgt hatte. Das wurmte ihn ungemein.

Gwyneth hätte zur Polizei gehen sollen. Aber das hätte er selbst natürlich auch tun können. Keiner von ihnen hatte es getan.

War er auch nur einen Deut besser als sie? Vielleicht könnte er jetzt endlich mit dem Arzt im Rockland-Psychiatriezentrum darüber sprechen.

144

Mittwoch, 2. Februar

Am Morgen nach der ersten »Hourglass«-Sendung während der Februarzählungen versuchten Lauras Kollegen, sie zu ihrer Arbeit zu beglückwünschen, aber es fiel ihnen schwer, die richtigen Worte zu finden.

»Großartige Sendung, aber ich weiß, dass es hart für dich sein muss.«

»Gute Arbeit, Laura, aber wie ist es, seinen eigenen Vater ans Messer zu liefern?«

»Mensch, wenn mir das passiert wäre, hätte ich einen Nervenzusammenbruch gehabt. Aber es schadet bestimmt nicht, ein paar Millionen zu erben und in Gwyneth' Apartment zu wohnen.«

»Ich habe dich nie für quotengeil gehalten, Laura, aber das muss man dir lassen: Du weißt wirklich, wie man eine gute Story macht.«

»Hey, Laura, Zeit für nen Emmy! Herauszufinden, wer Gwyneth getötet hat, *und* die Sache mit dem Palisades-Park zu lösen! Du kannst wirklich nach den Sternen greifen, wenn du deinen nächsten Vertrag aushandelst.«

Wirklich taktvoll, diese Nachrichtenmenschen. Laura versteckte sich in ihrem Büro und überlegte, ob sie ihre Kündigung einreichen sollte.

»Nicht gerade leicht heute Morgen, hmm?«

Matthew stand in der Tür.

»Das ist die Untertreibung des Jahres«, sagte sie bedrückt.

Er kam herein und setzte sich. »Ich hoffe, du hast nichts dagegen, dass ich wegen deines Vaters einen guten New Jerseyer Anwalt angerufen habe.«

»Was dagegen haben? Ganz im Gegenteil: Ich finde das wunderbar! Ich habe schon überlegt, dass ich das wohl tun sollte, aber …«

»Du musst mir nichts erklären«, unterbrach Matthew sie. »Es war zu viel auf einmal. Ich werde es mir selbst nie verzeihen, dass ich Detective Ortiz nicht früher wegen meines Verdachts hinsichtlich Casper's Ghostland angerufen habe. Lass mich dir wenigstens bei dieser Angelegenheit hier helfen, Laura. Bitte!«

Laura sah ihn dankbar an und spürte, wie ihre Augen sich mit Tränen füllten. »Was hat der Anwalt gesagt?«, fragte sie gespannt und hielt den Atem an.

»Nun, es sieht besser aus, als wir dachten. Er sagt, dass er es sich nicht vorstellen kann, dass irgendein Staatsanwalt diesen Fall aufgreifen wird. Es ist zwar richtig, dass Emmett den Kindern keine Fahrten hätte erlauben dürfen, als der Park geschlossen war, aber er hat Tommys Tod nicht verursacht. So traurig das auch ist, der Junge war selbst schuld. Und es sieht so aus, als könnte man Emmett nicht mehr für sein Verschleierungsmanöver belangen, weil es schon längst verjährt ist. Eine Strafverfolgung hätte spätestens fünf Jahre nach Tommys heimlicher Beerdigung eingeleitet werden müssen. Also wird Emmett dafür keine Gefängnisstrafe verbüßen müssen.«

Gott sei Dank! Was Emmett getan hatte, war ganz schrecklich falsch gewesen und er würde dafür zahlen müssen. Aber den Gedanken, dass er den Rest seines Lebens in einem staatlichen Gefängnis verbringen müsste, hätte sie nicht ertragen.

»Und?«

»Und was ein mögliches Zivilverfahren anbelangt – selbst wenn die Familie Cruz sich entschließen sollte, eines anzustreben: Aus einem trockenen Brunnen bekommt man kein Wasser. Emmett hat nichts, was er ihnen geben könnte.«

Laura dachte an Gwyneth' Geld, das jetzt ihr gehörte.

»Ich habe Geld.«

»Ja, aber das gehört dir, nicht Emmett. Die Familie Cruz kommt da nicht ran.«

Sie dachte an die armen Cruz'. Ihr Leben war zerstört und man ließ sie allein die Scherben auflesen, ohne Schadenersatz oder Wiedergutmachung. Es war nicht fair.

»Es sei denn, ich gebe es ihnen.«

145

Laura war in ihrem Apartment und wanderte von einem Zimmer zum anderen, sorgsam darauf bedacht, nicht zur Terrasse zu schauen. *Das hier wird immer Gwyneth' Wohnung sein. Es wird sich niemals wie meine anfühlen.* Sie wusste, dass es die richtige Entscheidung gewesen war, Roberta Golubock vom Immobilienbüro Sotheby's International Realty anzurufen, um einen Termin mit ihr zu vereinbaren. Sie sollte herüberkommen und das Penthouse in ihre Verkaufsliste aufnehmen.

Laura war sich nicht ganz sicher, wie viel das Luxusapartment einbringen würde, aber sie wusste, dass es ein Millionenbetrag sein würde. Mit diesem Ertrag und dem Rest, den Gwyneth ihr hinterlassen hatte, würde sie eine wirklich wohlhabende Frau sein – und in der beneidenswerten Position, tun zu können, was immer ihr auch in den Sinn kam.

Sie könnte alles der Familie Cruz vermachen. Oder etwas von dem Geld behalten und investieren – und damit die Möglichkeit haben, andere gute Dinge zu tun, anderen Menschen zu helfen. Die fröhliche Jade kam ihr in den Sinn und Laura war sich sicher, dass sie genug zur Seite legen würde, um dem Kind eine Collegeausbildung zu ermöglichen.

Und was war mit Ricky Potenza? Er war nur ein Kind gewesen, er war sich nicht bewusst, etwas Falsches zu tun – auch sein Leben und das seiner Familie waren verpfuscht durch das, was in jener längst vergangenen Nacht im Palisades-Park geschehen war. Vielleicht könnte sie Ricky und seiner Mutter jetzt helfen.

Laura holte einen Block hervor und begann zu schreiben. Sie listete auf, was sie mit ihrem Geld tun könnte, um die Dinge zu verbessern und auf ihre Art irgendwie die Ungerechtigkeiten des Lebens wiedergutzumachen. Als ihr Bleistift über die gelben Seiten flog, spürte sie, wie sich ihre Lebensgeister wieder zu regen begannen.

Sie hatte genug Geld, um eine Menge Gutes zu tun.

Danksagung

Der allererste Bericht, mit dem ich je bei CBS News betraut wurde, war ein Nachruf auf Rose Kennedy, in Auftrag gegeben, über 15 Jahre bevor sie tatsächlich starb. Ich war sehr stolz darauf, an meinem ersten »Stück« zu basteln. Meinen Freunden und meiner Familie, die es makaber fanden, dass ein Bericht über den Tod eines Menschen zusammengestellt wurde, lange bevor der Betreffende tatsächlich seinen letzten Atemzug getan hatte, schenkte ich nicht viel Aufmerksamkeit.

Mit der Zeit aktualisierte ich Mrs Kennedys Nachruf mehrere Male und arbeitete auch an vielen anderen. Ich setzte darauf, dass hohes Alter oder Krankheit bedeutete, dass jemand höchstwahrscheinlich bald sterben würde und wir besser einen Video-Lebensbericht zum Senden bereithalten sollten. Aber einige Male hatte ich Nachrufe von Personen fertig, als niemand wirklich mit deren Tod rechnete. Ich hatte die Berichte aus Vorahnung gemacht … Gefühle, die sich auszahlten.

Aus jenen Erfahrungen entstand dieses Buch.

Um von der Idee zu dem Buch zu gelangen, das Sie jetzt in Händen halten, war die Hilfe mehrerer kenntnisreicher Personen nötig, denen ich danken möchte.

Der begabte Musiker Russ Di Filippis wuchs gleich um die Ecke des alten »Palisades«-Vergnügungsparks auf. Russ ergötzte mich mit den farbenreichen Geschichten seiner Kindheit und brachte mich in Kontakt mit anderen Menschen aus der Umgebung.

Schwester Anne Donnelly teilte großzügig ihr Wissen über die Parkinsonsche Krankheit; sie versorgte mich mit Details darüber, wie sich das Leiden offenbart und mit welchen Medikamenten man es behandelt. Schwester Anne war glücklicherweise auch meine Lehrerin in der sechsten Klasse und diejenige, die mein Selbstwertgefühl als Schülerin aufbaute. Aber ihr ist die Schuld an möglichen Fehlern im Satzbau zu geben.

Katherine und Joe Hayden kamen mir zu Hilfe, als es Zeit wurde herauszufinden, wie sich die Handlungen einer meiner Figuren rechtlich auswirken würden. Es ist nicht das erste Mal, dass Katherine und Joe mir zu Hilfe kamen, und ich vermute, es wird nicht das letzte Mal gewesen sein.

Sergeant Ed Welch, kürzlich in den Ruhestand getretener Beamter des New York Police Department, half mir mit Informationen über das Revier und Beschreibungen der Verbrechensschauplätze. Mit 25 Jahren Erfahrung beim NYPD auf dem Buckel kann Ed ein lebendiges Bild malen. Ich würde gerne sein Buch lesen, sollte er sich dazu entschließen, irgendwann eines zu schreiben.

Mit Vince Gargiolos Buch »Palisades Park, A Century of Fond Memories« und zahlreichen Zeitungsausschnitten stellte die New York Jersey Public Library wertvolle Forschungsmaterialien über meinen Lieblingsvergnügungspark bereit.

Eine neue und, wie ich hoffe, anhaltende Quelle der Inspiration kam von Elizabeth Clark, meiner 15 Jahre alten Tochter. Ich kam bei einer Sache nicht weiter und eines Tages beim Mittagessen fragte ich Elizabeth, was sie dächte. Sie kam auf eine wunderbare Lösung meines Problems. Danke, Monkey.

Dank an Jennifer Weis, meine Lektorin bei St. Martin's Press, für die Aufmerksamkeit, die sie diesem Buch schenkte. Jennifer hat ein gutes Gespür dafür, wie eine Geschichte funktioniert, und ihre Anregungen halfen mir, diese zu verbessern. Der Korrektor Dave Cole machte seine Arbeit sorgfältig und gut und fand, obwohl ich es nicht gerne zugebe, irgendwo auch ein oder zwei Fehler. Ich danke Dir sehr, Dave. Sally Richardson, Matthew Shear und Walter Halee unterstützen mich ebenfalls. Ich bin mir dessen bewusst und weiß es sehr zu schätzen.

Wieder einmal hat Laura Dail, meine wunderbare Agentin und geschätzte Freundin, mich ermutigt und ihre Arbeit gut gemacht. Ich wünsche jedem Schriftsteller eine Agentin, die so hingebungsvoll und clever ist und so hart arbeitet wie Laura. Der Vorteil für mich ist, dass sie außerdem einen großartigen Sinn für Spaß hat. Francheska Farinacci, Lauras fähige und sympathische Assistentin, lieh einer Figur großzügigerweise ihren Namen mit der unverwechselbaren Schreibweise.

Schließlich möchte ich Pater Paul Holmes danken. Als beständige Quelle der Ermutigung war Paul seit dem Beginn meines Traums da. Als es im Laufe der Jahre ziemlich trostlos aussah, richtete mich Pauls beruhigende Stimme der Vernunft wieder auf. Seine redaktionellen Fähigkeiten sind außergewöhnlich und ich bin ihr äußerst glücklicher Nutznießer. Grazie, Paolo.

Eliza Blake ist die Aufsteigerin des Jahres beim Sender Key-TV. Zusammen mit dem Starjournalisten Bill Kendall darf sie die Nachrichten ihres Senders moderieren. Aber ihr Glück bleibt nicht ungetrübt. Böse Gerüchte kursieren: Angeblich ist Eliza kokainsüchtig und hat als alleinstehende Mutter einen unsteten Lebenswandel. Dann wird Bill Kendall tot aufgefunden. Der Befund ist sensationell. Eliza gerät noch weiter unter Druck. Eine tödliche Intrige entspinnt sich um sie, deren Urhebern offenbar jedes Mittel recht ist.

»Ein brillanter, fesselnder Roman mit einer klugen, attraktiven Journalistin als Heldin. Ein einzigartiger Lesegenuß!«
Mary Higgins Clark

Mary Jane Clark

Ich sehe was, was du nicht siehst
Roman

Econ | Ullstein | List

B13